文学辽军山乡巨变创作计划

风过五龙

周建新 著

湖南文艺出版社·长沙

图书在版编目（CIP）数据

风过五龙 / 周建新著. -- 长沙：湖南文艺出版社，2024.12. -- ISBN 978-7-5726-2264-9

Ⅰ．I247.5

中国国家版本馆CIP数据核字第2025SE3159号

风过五龙
FENG GUO WULONG

作　　者	周建新
出 版 人	陈新文
责任编辑	张文爽　刘娇阳
责任校对	彭　进
封面设计	琥珀视觉
内文排版	玉书美书

出版发行　湖南文艺出版社
　　　　　（长沙市雨花区东二环一段508号　邮编：410014）
网　　址　http://www.hnwy.net
印　　刷　湖南省众鑫印务有限公司
经　　销　新华书店
开　　本　710 mm×1000 mm　1/16
印　　张　19
字　　数　168千字
版　　次　2024年12月第1版
印　　次　2024年12月第1次印刷
书　　号　ISBN 978-7-5726-2264-9
定　　价　52.00元

芙蓉出品　版权所有，未经准许，不得转载、摘编或复制

目录

引　子　　　　　　　　001

结实的土地

红高粱　　　　　　　012
失季的候鸟　　　　　022
石头的方向　　　　　030
毛驴下岗　　　　　　045

田野茂盛

这里的清明静悄悄　　056
动物食堂　　　　　　068
金苗诞生记　　　　　084

一个不能少

  羊的窑洞   102

  痴   122

  雪　人   140

  左臂上的小嘴   154

  跺　跺   162

村庄里的众生

  立　冬   174

  甄德的德行（上）   185

  甄德的德行（下）   197

  小妭如水   207

  酒醉的蝴蝶   225

  阳光十足   240

  被风吹硬的岗   261

  大康的道路   281

引　子

辽西以西，特殊神奇，蒙汉杂居，农牧兼蓄。王朝更迭在这里频繁兴起，文明的冲突在这片土地上接连不断，"红山文化"与"三燕故都"诉说历史的辉煌，西辽河与大凌河流淌着远古的血脉。

尽管如此，那都是曾经的辉煌。近代以来，辽西以西却是贫穷的代名词，县挨着县，扎堆地穷困，"老少边穷"被他们占全了，直至脱贫攻坚取得全面胜利。

我虽钟情于辽西风情，笔触大多停留在富饶的辽西走廊，没往西延伸。我的文学挚友兼老师孙春平多次提醒我，换一种活法，多给小说积累矿藏。还好，老天眷顾，快耳顺之年，还送给我一个新矿藏，辽西以西，远古的红山文化和当下的蒙汉交融，都能满足我的好奇心。

好奇是作家的禀赋，我的好奇点在乡村，这与经历有关，我从小长在乡村，梦里经常回到老家，回到童年。其实，作家穷极一生，往往都在写童年，我也不例外。尽管我大半生都在城市，但激发我创作的兴奋点，大多来自乡村。

有一天，我忽然涌出些不自信，毕竟，四十年来，乡村比以往的几百年变化都大，生活的节奏再也不是周而复始，同一个街巷，人们能演绎出千奇百怪的故事，几年不回去，你就会完全陌生。我担心黔驴技穷，走进"伪乡村"写作的死胡同。

丰满童年的记忆，是最佳的补救。我时常借机行走在全省乃至全国的富裕村庄，体验一遭。最大的感受是，越富裕的村庄，都市化程度越高，村民越像贵族，没了乡愁，也少了乡情，更没了乡土味儿，只剩下了村名。于是，我便开始向后转，找最穷的村子，看一看原生态的村庄到底是啥样。

找个全省最贫困的村子，蹲几天，这是我的本意，体验一下，是否还是半个世纪前的感觉，没想到这一蹲就是两年，真的像春平兄期待的那样，沉进了"矿藏"里，尝遍了苦辣酸甜。两年前，省直机关派驻乡村振兴第一书记，正愁没人去最困难的村，我撞到了"枪口"上。于是，遂了我的愿望，去全省最贫困的辽西以西，找了个穷上加穷的深度贫困村——五龙村。

正式行文之前，我有必要介绍一下我们村。

五龙位于辽西以西，深嵌进了内蒙古。没来过此地的朋友，听不懂我解释的地理概念，描述一番，才恍然大悟。辽宁的地图，极像张开大嘴的龙头,龙嘴吞噬渤海,龙角深嵌进内蒙古东部。我们五龙村,就在探出的龙角上。登上村里的大峰山,刚到山坡,手机"嘀"的一声,短信提醒:"四季好风光,亮丽内蒙古。"

回头向西望去,内蒙古宁城县城矮矮地浮现在眼前,哪怕十几层高的楼房,上百米高的烟囱,都踩在我们脚下。我们村是全省最高的村落之一,位于蒙古高原边缘,海拔八百多米,三伏天要比县城红山县凉爽二三度,当然,冬天也会更冷,寒流会无遮无拦地吹向村子。村里的人,只要勤劳,颧骨位置准会有一圈儿红晕,那是典型的高原红。

村子面积不小,方圆二十多平方公里,由两个村合并而成,面积抵得上平原地区的小乡。全村有耕地七千多亩,山林一万二千多亩,五百多户人家,二千多口人,人均耕地接近四亩。

整个村子被大山包裹着,"七沟八面坡,山高石头多;地无三尺平,出门就爬坡",想走出村外,只有一条土路。一幢幢起脊的红瓦房,散落在沟畔间,像蜗居在耳朵里,到了村旁也看不到村。我曾对人说过,走到无路可走时,就到了我们村。

青峰山敞开胸怀,粗鲁地抱住了村子,紧得快要与世隔绝了。这座连绵的山,属于努鲁儿虎山脉,山势陡峭,怪石嶙峋,能"摔死猴子,挂死蛇"。山把辽河与大凌河流域隔开,山那面是牤牛河(大凌河支流)的源头,山这边则是老哈河(西辽河支流)的流域。

我戏称我们村是"两河流域"。

连绵的山将辽西一刀两断,隔出了两种地理风貌,也隔出了不同的民俗。东麓多为山石丘陵，民居以囤顶平房为主，为传统的农业区。而西麓的五龙村，更趋近于内蒙古，村民多为蒙古族，性格粗犷奔放，喜酒善饮，房子也是简单的红顶瓦房。村里的羊比人多，尽管三令五申禁牧，也难改上山放羊的习惯，当然每个村民小组都有几户养牛的，也是放养。

村子如此偏僻，我的第一判断，肯定是穷山恶水，事实却非如此，青峰山胸怀博大，敞开容纳了蒙古高原的黄土，沉淀出了几丈甚至十几丈深的厚土。我查阅过资料，四千二百年前，红山文化晚期，这里洪水泛滥了不知几百年，半山腰才是岸，直到有一年，突然干旱了，旱得河干湖枯，才留下了如此深厚的土层。

村里的河大多由南向北，由东向西，我称之为逆流河，河水拉出了深深的沟壑，分割出了八个自然屯。村里的河，只见河床，不见河水，即使是风调雨顺，山上的泉水也流不多远，不知不觉就消失了，河床照例干涸。村里缺水，是不争的事实。

村子何时形成的，老寿星也记不清了，只记住以蒙古王子墓为标志，"前有五龙，后有八城"之说。五龙尚在，八城却撤进了内蒙古，叫不准名字。我观察村里的地形，青峰山下，确实蹲着五个山包，形似龙头、龙腰、龙尾，一副舞动的样子。

至于五个山包是不是龙脉，我无从考证，但五个山包禁止动土，却是事实，常有文物保护部门和派出所巡逻。薛礼征东时，留下了阵亡将军古墓群，有出土墓碑为证。"三燕"古国、辽金时代留下的贵族墓葬群，不计其数。龙尾处的古墓葬更为久远，为红山文化遗址。

若干年前，盗掘红山文物的大案，轰动全国，首犯就是我们脚下的宁城人。我曾问过，村里这么多古墓，没出过盗墓贼？村里人轻描淡写地说，那是断子绝孙的勾当，有那么几个，都没好结果，不是横死，就是半死不活，歪门邪道守不住钱财。这口气，足以证明村民的纯朴，不去觊觎古墓葬，哪怕把羊放进了墓地，也不去啃荒冢上的草。

打我驻村以来，没人能把村名的来历说得清楚，一次遇到镇上一位会说蒙古语的老师，她告诉我，五龙其实不是汉语，而是蒙古语，意思是"英雄的高地"。既然是英雄的高地，怎能有鸡鸣狗盗之徒？

事实上，五龙称为英雄的高地也不为过，远的不说，从村里走出的蒙古族政治家阿育勒乌贵，在民国初年，曾位列中将，主持蒙藏事务局机要，对各民族的团结做出过突出贡献，曾制止了外蒙古的独立。这是史志上记载的，只可惜，谈及此人，没人与我共鸣，甚为遗憾。

我不怨村里人不知史，甚至连本村的名人都不知道。如此闭塞的村落，若想改变命运，要么拼命读书考出去，要么就丢下书本，靠劳动养活家小。所以，留在村里的人，初中文化便是高学历。而考上了大学的人，却成了逃离者，一去不复返了，甚至连父母都连根拔起，跟随着去了城市，把村子的历史也带走了。

愚昧与冥顽便留在了村里，赶都赶不走。乡愁忘了，乡风淡了，德行丢了，人们只关心眼下，除了赚钱，啥都没用。村子的过去，也不能当饭吃，知道不知道，能咋的？这就是现实，几十年过去，莫说别人的祖宗，就是自己的祖宗叫啥名，都不知道，文明的传承在这座偏僻村落便发生了断裂。

文学是审美的，但也不能粉饰丑，毕竟是全省深度贫困村。遇到的事情，千奇百怪，解决问题，千难万难，不能拿我们村和任何村子比。矛盾有普遍性，也有特殊性，但凡拿我的作品去质疑乡村振兴，我都会视之为别有用心。我们村即使再贫困落后，再冥顽不化，也会被时代大潮裹挟着，不断向前滚动，当不了时代的绊脚石。

换言之，如果中国的乡村到处莺歌燕舞，还派我们这些人驻村干吗？虽说脱贫攻坚的任务已经完成，但巩固成果，托住底盘，不让脱贫户返贫，还是个艰难的过程。村落之间发展得不平衡、不充分是个长期的问题。

由此，想到木桶理论，上边"选硬人，硬选人"，让我们留下驻村，就是补短板的，把最穷的村子扶起来。

文人毕竟是文人，不属于"硬人"，能把五谷说清楚，就不错了，没有乡村致富带头人的经验，不具备企业家的实力，所在单位——省作协更没能力上项目、给资金。两年间，我费了九牛二虎之力，修村路、安光伏，可村子还是从前的村子，日子还是从前的日子，些许变化，完全可以忽略不计。

我们村最大的工业是豆腐坊，仅有一家。最大的商业是小卖店，每个组都有，店面还没有一铺炕大。村部最"珍贵"的流动资产，是A4打印纸，装在村支书武维扬车的后备箱里。当然，村里也有电脑，那是我从别处要来的，快被淘汰了。唯一新的，是省作协送给我们村的扫描复印打印一体机。

虽说村里穷，毕竟地广人稀，农牧业一直不错，纯朴的村民从来不计算种地赚不赚钱，连锅台大的地方都种了庄稼。村里大部分人家，都有牛羊，时而放牧，时而圈养催肥。村里人把种地和放牧叫过日子，出去打工才叫赚钱。

村干部最忙的事儿是各种统计报表，因为地补、粮补、林补、低保、五保、社保，加上其他补助，都直接打到村民的银行卡上，逼着我们忙起来，上边给的实惠，必须第一时间打到村民们的卡上，否则，我们又该挨骂了。

真是不算不知道，一算吓一跳，村会计老杜告诉我，从中央到县里，财政每年直接拨到我们村村民户头上的钱，将近三百万。我真的吃了一惊，国家给一个村的钱，超过了省作协全年的业务经费。我由衷地感叹，国家反哺农村的力度真是空前，别看我们村困难多、条件差，只要人不懒，谁都能过得衣食无忧。

找来找去，我终于找到了村里最穷的"户"，那就是村部，两委班子四个人，村集体收入还不足四万元，基本上入不敷出。忙了一春半夏，毛钱也没见到，连当过路财神的资格都没有。不过，这倒也好，省得我操心反腐败了。

提起村部，我就想起了驻村不久，镇党委齐书记找我的一次深谈。我们这些派到边镇的驻村第一书记，集体住在镇政府，那天晚上，赶上他值班，我的宿舍在他办公室斜对过儿，谈话很方便。

齐书记之所以只找我一人谈话，不是看重我是省里来的，而是我驻的村党支部软弱涣散，村里各种矛盾交织，上告信从县里到中央，接连不断，到村部里能看到人就不错了。接下来，他又详细介绍了我们村的情况。全村最高的建筑是村部，二层楼，欠了建筑商四十多万的债，一分钱没给人家，按现有的村集体收入，一分钱不花，十几年都还不清。虽说前任书记透支了基层党组织的信誉，能量却不小，被换掉时，鼓动出近百人的上访队伍，浩浩荡荡地开进了县城，镇党委新提名的村支书人选被迫搁浅。

他知道我天天张罗着给村里上项目，立刻给我画了两道红线。尽管村子下面膨润土矿储藏丰富，却不能开采，环评难通过是一方面，更重要的原因，村子本来就缺水，开了矿，地下水就会枯竭，不能助长无序竞争。第二道红线是养殖场，村里的牛羊养殖已经饱和，除非建座能环评达标的大型养殖场，可村里又没有多余的闲置地。

齐书记找我谈话的重点是，别让村支书武维扬忽悠了，乱跑项目，村部穷是他们自己折腾的，"给钱给物，不如给个好支部"。用武维扬当村支书，是没办法的办法，妥协的产物，村里没有年轻的党员。发展经济是他们的事儿，你驻村做好一件事儿就行，帮镇党委培养年轻的党员，物色合格的村支书。

这次谈话，浇灭了我壮大村集体收入的欲望，人是根本问题，一个人带动出一个村子，这样的例子比比皆是，人的问题解决了，一切都迎刃而解。当我把帮村集体赚钱的精力转移到党建上来时，武维扬立刻警惕了，连村里党员的花名册都不给我。

这时，我才意识到，到最穷的村子，只是我的一厢情愿。事实上，人家是不欢迎我的，起初听说是省里派来的，还很热情，一个劲儿地追问，能给村里多少钱。我的前任驻村第一书记老梅，是市财政局派来的，解决村里招待费的问题，小菜一碟。这回是省里派来的，每年解决个几十万，还不是易如反掌？没想到，我只问村里的人情世故，拒绝谈钱。武支书对我的热情一落千丈，经常拿我的前任奚落我。

事情的转机，是我帮助村里修了路，让村民们出村不再艰难。我并不觉得这是啥成绩，反倒觉得惭愧，村村通快二十年了，还没通进我们村，太不像话了。朋友把我介绍给县领导时，我一见面就诉苦。他们都惊讶了，认为是不可能的事儿，现场办公，打电话追问。结果是被规划漏掉了，我们村成了被遗忘的角落。领导的话，成了金口玉言，交通运输部门立刻补救，没多久，通往村部的土路铺上了柏油。我打电话表示感谢时，他们说，欠账不还，早晚是病。

驻村两年，我接触了形形色色的人，见到的情景、听到的故事，常常让我瞠目结舌。过去所有的乡村经验，都已经崩溃，现代社会已经把乡村收割得体无完肤，哪怕我们这个最偏僻的角落。就算是展开想象的翅膀，永远也想象不到真实生活中竟然会有那么多出人意料，时代的丰富性，已经让作家的想象力望尘莫及了。

我深深地感触到，穷困并不可怕，有国家兜底，没人会为温饱犯愁。可怕的是惰性与劣根，我的表达，不是暴露，而是反思，一百年了，我们消灭阿Q精神依然艰难。毕竟，这部作品来自深度贫困村的体验，自然有"哀其不幸，怒其不争"的描写，有让人哭笑不得的叙述，但文学的意义在于说真话，在于在绝望中发现希望，在污浊中洗出纯朴，描写出在最落后的村子中，这样一个群体的生存状态。

卡尔维诺说过，很想写一部实质上只不过是引言的小说。

我呢，真不该把这部作品叫小说，其实就是老老实实地记录生活，记录生活中一个个真实的剖面，我更愿意它是一部只是引言的非虚构。

结实的土地

红高粱

好多年了，没看过这样火红的高粱，满山遍野都在燃烧。

这番景象，出现在我的新岗位，辽西以西的边镇五龙村。我喜欢这颜色，热烈、奔放、喜庆，踏进这片土地，似乎被夹道欢迎。2021年9月6日下午，天色湛蓝，微风习习，空气清爽，村里村外的红高粱、黄玉米、金谷穗都成了我的亲人。此前，我与五龙村素昧平生，鬼使神差，我成了驻村第一书记，此后的两年，我将与它同呼吸共命运了。

村子离沈阳很远，比出省还远，甚至远于出国（朝鲜），送我的省作协领导和同事，沿着长深高速公路，一路奔波，花费了近两天时间，中间还歇了一晚，才把我送到。虽说我的老家兴城也在辽西，但此辽西非彼辽西，两地东西相差近三百公里，到了辽西的尽头，我称之为辽西以西。

我们村的红高粱，不同于莫言的红高粱，红得特别有层次，随地势层层叠加,一直红到天上,须仰视才得见全貌。我特别恨自己,不会美术,此种震撼,文字再丰富,都无法表达。眼前的红高粱,穗满秆绿,如同穿裙子的舞女,楚楚动人;远处的红高粱,地毯一般铺在重峦叠嶂上,展示着波澜壮阔的红艳。"红地毯"被一道道细瘦的绿与黄间隔着,恢宏中不失细腻与委婉,红得让人心醉。五龙村人,世代勤劳,只要人能登得上去,都会造出一方耕地,时至今日,依然如此,他们用双手,不知不觉地绘出浑然天成的画卷。

没有险峻的山,就没有五龙醉人的秋天。

火红的高粱,在村里整整燃烧了近一个月,我守望着高粱穗,把她们从绿叶捧着的嫩红,直看到经霜成熟的老红。走在乡间小道,不间断地和红高粱摩肩接踵,自然会碰出喜爱的火花,若是把山风当观众,闭上眼睛,心海便会泛出走"红地毯"的感觉,我渴望授予我荣誉的,是这方土地的人民。

虽说我不是这方土地的主人,红高粱的收获也与我无关,但我喜爱瞅铺天盖地的红,愿意看越来越饱满的丰收。看着红高粱,我不禁沉湎于年少时的记忆,那与饥饿有关,三百六十五天,能把高粱米饭吃饱的日子,掰着手指头就能算清楚。那时,高粱是散穗,低产作物,亩产超不过四百斤,而我眼前结实的高粱穗,半尺多高,密得手指都插不进去。

我唯一不解的是,国庆节后,一场接一场地上霜,谷子、苞米都收到了家中，村里人却耐得住，没人下地割高粱。在我的印象中，高粱最怕霜，霜越打，皮越厚，米就越硬，硬得无法煮烂。抢在头场霜前割高粱，中秋节时吃新米，这是习俗。

这回轮到村支书武维扬笑话我老土了，就像笑话法海不懂爱。他对我说，村里的高粱，只用于酿酒，不能煮饭。你不会喝酒，不懂得酒的奥秘，酒香不香，关键看高粱的皮厚不厚，厚皮高粱酿出的酒，口感好，出酒率高，也经得起九蒸八烤。

武支书身材不高，却生着阔身板，两腮总有两朵高原红，他是嗜酒之人，也酷爱高粱，更是村里最好的庄稼把式，村里的酒高粱就是他倡导种的。他接的电话里，一小半是询问他选啥种子，咋种地，咋防虫，啥时浇地，其中询问种高粱的居多。

武支书告诉我，红高粱是五龙村的支柱产业，却不是餐桌上的主粮，品种大多是晋糯5号，专门酿酒。他又告诉我，单产四百斤，那是不能翻的老皇历，今年雨水多，高粱大丰收，每亩地能收一千四五百斤，他家种了二十亩酒高粱。

我帮他算了笔账，每斤卖上一块二，去掉各种成本，纯收入接近三万块。我又替他算了另一笔账，五龙村的玉米亩产接近一吨，两者价格差不多，玉米秸又能当牛羊饲料卖，比种高粱合算多了。

武维扬的头摇成了拨浪鼓，虽说高粱与玉米产量和价格相差无几，可老百姓最会算账，他们算的是成本，高粱的种子那么小，一亩地能省多少？酿酒高粱皮实，耐旱，无病虫害，田间管理比苞米少一多半，不怎么用浇水，机器种，机器收，不用人工，这又能省多少？更重要的是蒙古族不喜欢料理庄稼，省下的时间，悠悠哉哉地上山放羊，省下了草料，这又是多少钱？

几场秋霜过后，绿叶蔫了，红高粱黯淡了，收割之后，田野光秃秃的，露出了本色。我也从热血沸腾的红高粱里走出，实实在在地当起了驻村第一书记。

从我驻村第一天起，武支书追着我屁股后边催上项目，显然是没钱憋的，高低在"省里来的人"身上榨出油来。我没听齐书记的告诫，一直没闲着，成天给省城的朋友打电话，寻找投资项目。可是，他们一听我们村的位置，都退缩了，太远太偏，没有区位优势，没有投资价值。

剩下的，就是资源优势了。膨润土和养殖项目被镇里否了，我的眼睛望着村里红透山的高粱，都是上好的晋糯5号，不仅东北、冀蒙的酒厂喜欢用我们的高粱，就连山西的汾酒、安徽的口子窖，甚至五粮液等都喜欢我们的高粱。何必让他们千里迢迢运高粱，直接设分厂，就地取材，蒸馏出原浆，双方互利共赢，岂不美哉？

我热血沸腾，到处找关系，马不停蹄地联系那几家名扬天下的大酒厂。结果却很令人沮丧，我被直接否定了，酒厂的人还笑话我不懂酒的工艺，酿酒的地方，水和气候比高粱还重要，难道让他们把空气和水都搬到五龙村？

显然，我们村不适合酿酒，否则，不会连个小作坊都没有。

名酒厂不行了，那就降低期望值，联系近处的地产名酒，甚至包括与我们村近在咫尺的宁城老窖。这回倒是没人笑话我，有几家的意愿比我还强烈，让我帮忙跑手续，早日促成合作。回到省城，为分厂跑酒类生产专项执照，结果吃了个大闭门羹。此类手续早已停办，门子再硬也没用，除非有人想进监狱。

人家一句话提醒了我这个梦中人，我只站在一个村的角度思考问题，没想到这涉及国家的粮食安全，都酿酒了，人们吃什么？一切产业的发展，都要有度，不能再盲目扩张了。

这样，我白忙活了一场，不过，也不算全白忙，他们答应我，村里可以成立个合作社，代他们收购高粱。在去省城谈业务前，我特意去了趟武支书的家，要来一穗高粱，权当是样品。我揪下一粒高粱，放在嘴中，嗑开有一点发苦的皮，耳濡目染中，我知道，苦味就是所谓的单宁，再嚼下去，就是黏腻的粉，高粱米的香味儿越嚼越浓，我仿佛嚼回了从前的感觉。

回到省城，我直接去了那家酒厂，化验员拿过我手中的那穗高粱，进了化验室。结果他们特别满意，旱地高粱，半糯性、蛋白低、淀粉高，单宁的含量又恰到好处，这样的高粱出酒率高，口感好、杂醇少、易吸收，是酿酒的首选。

他们让我再等等，含水率降到十个时，再大量收购。

那一刻，我特别有成就感，毕竟一辈子没做过买卖，老了老了，还谈成了一笔大生意，收购量居然是"合作无上限"。

坐上从省城返回红山的高铁，我心里特别高兴，就算一斤高梁村集体能赚两分钱，几百吨的高粱，村里全年的经费就不愁了。然而，我只高兴了半截子，进了村，我就傻了眼，早有一辆接一辆的车开进了村里，挨家挨户收高粱，每斤的收购价是一块二毛五。而酒厂给我的收购价，才一块二。

不知是不是走漏了消息，知道我联系买家，他们便先下手为强，进村抢购高粱。我觉得，我的嘴像是啃满了高粱皮，又苦又涩，没必要张罗成立高粱营销合作社了，有人早早地和我抢市场。

尽管我闹个大白脸子，却并不觉得难受，就像厚厚的高粱皮变成了酒，品一品，还是满醇。奔波的目的，不就是卖高粱吗，有人抢，证明东北大高粱在白酒行业里独一无二的地位。当然，我也替村民高兴，毕竟，高粱滞留在家里，不但一天天地掉分量，还承受着虫噬鼠咬麻雀啄的损耗，刚脱粒，没等晒干，含着十七八个水分呢，就卖光了，还多赚了钱。村民得到了实惠，村里少点儿收入又何妨？

我赶到村部时，没有人，都在忙秋收，便开车去了喇嘛沟武支书的家，他也正在卖高粱，售价竟然是一块三毛五，每斤比别人多卖了一毛钱。一块二，是武支书的心理价格，也是我出去谈判的基础，没想到，才几天，价格就涨了一毛五，还是含水的价格。

武支书看到我，有一点儿不自在，毕竟是我们商量的事儿，我是受他的委托，去的省城。没想到，趁我不在，他带头破坏了我们的约定，天天催我上项目，结果项目来了，他却爽约了。他倒也直率，经济好的时候都没上成项目，现在也不指望了，逼你跑项目，就是让你想招儿,伸手要钱,省里那么多有钱单位,找谁要几万,都够村里花了,起码逼一逼你们单位领导,像别的单位那样,支援几万。

再计较武支书卖高粱,就没意思了,还不如问一问,同样都长在五龙,凭啥你的高粱卖得比别人贵?谈起庄稼,武支书总是眉飞色舞,这是他的专长,全村哪片地啥样儿,最适合种啥,他张嘴就来。到了秋天,眼睛往庄稼地里一搭,他就能估算出产量,每一亩地误差不会超过一百斤。

他慢条斯理地说,就像我能当村支书,他们当不成一样,啥事儿都得有个方法。今年雨水好,不假,但也有个坏处,全年积温不够,生长期延长了,咱们的无霜期就一百三十多天,拿不准播种的时机,成熟度就不够,卖价不高,正常。

我这才想起,武维扬家的高粱地是覆膜种的,地膜能提高地温,保墒能力强。他还讲过,高粱虽然皮实,也不能种下不管,关键在出苗时,那是最旱的节气,不能等雨,哪怕过几天就下雨,也不行,跟上一茬滴灌,就妥了,就像人到渴时,才给他喝水,就晚了,庄稼和人一样,要恰如其分。

我心里哑然一笑,当庄稼人,武维扬恰如其分,当村支书,我就不敢苟同了,否则不可能把我们村党支部确定为软弱涣散,镇党委也不至于悄悄地让我物色人选。起码,在卖高粱这件事儿上,他就不厚道,不应该明知不可为,偏偏放任我不遗余力。

不管怎么说,武维扬还是教了我很多种地知识,比如,覆膜滴灌技术，只有过了青峰山，才会出现，别小看这层黑黑的薄膜，让它覆盖住，缺水少温都被解决了。我也多次查看气象地图，辽宁几乎都在400毫米等降水量线之内，偏偏把伸出的那个小角划了出去，归为温带大陆性气候，我们村就在其中。从某种意义上说，我们村是半干旱地区，只适合长草，不适宜农业，应该归为游牧区。所以，我们村牛羊比人多，人的生活习性偏向内蒙古，也就不足为奇了。

但也得承认汉文化的强大，明明是牧区，活生生地改造成了农业区。别处种地是靠天吃饭，我们村扣地膜、埋滴灌、送农家肥，硬把种地变成了靠人吃饭。

晚上，我很失落地和省城的酒厂联络，失望地告诉了他们我的失败，他们没有怪我，反倒安慰我，全国每年酿酒需要六百万吨高粱，缺口一多半呢，不是自己拥有原料基地，谁家都吃不饱，你们村是高粱争夺的主战场，很正常。

一连几天，武维扬都在为骗了我感到不安，让我徒劳地奔波了许多天，好在他们一直认为我到省城奔波是回家，不会有多大的花销，并不自责。不忙的时候，他跟我扯闲篇，以掩饰刚刚过去的尴尬。我特别想听一听村里的奇闻逸事，他不和我讲村史，热衷于讲家史，他说，他们家族的姑娘当过皇帝，可惜的是五个侄儿都想当太子，个个登台作法，结果一条龙也没出来，五龙就成了捂龙，武家的龙没有舞起来。

武支书是否胡诌，我不计较，唐代这里是胡地，出过安禄山是事实，安禄山母亲墓，离我们村不会超过二十公里，史料中没记载过武则天的侄儿们发配到这里。他的这番话，不过是证明他们家才是五龙的正宗。

我不关心武家的历史，也不再对村名的来历刨根问底，我关心的是老百姓的收入，关心的是漫山遍野的红高粱。武支书笑了，他把我的关心比成隔靴子挠痒痒，对于红高粱，我只是饱饱眼福而已，对他来说，却是实实在在的生活，实实在在的功劳。毕竟，倡导种酿酒高粱，是他的杰作。

红高粱是他们火红生活的一斑。

人就是这样，往往最初的印象，就是最深的印象。虽说广阔的田野不再红火，我还沉浸在红高粱之中。我从盘锦的稻田画中得到启发，那天，我们一块儿去八组，那儿的视野最好，五座山包看得清清楚楚。我向武支书提议，打造乡村旅游，在大地上作画，高粱地里画上五角星，种玉米，明年的中秋，五龙上就能绣出五面五星红旗。

武支书定定地瞅着我，问道，想整个景？我点头。他的脸上掠过一丝不屑，你是第一书记，你安排吧。我怔了下，刚到村里，村民组长都认不全呢，那可不是一家一户的地，需要统筹，我是个外来人，怎么安排？武支书虽然没说，明摆着不支持我。

我的这个提议，等于是给村支书派活儿，越界了。他没有计较，只是解释一句，能把日子过成火炭的人家，都搬到城里住了，剩下的人家，差不多都是"两蛋一星"（穷光蛋、傻瓜蛋、老寿星），想把这事儿做成，得花钱，谁投资？

武支书指了指村部，村部的二层楼上，飘着一面国旗，旧得褪了色。他说，还是现实一点儿吧，村里没钱，你工资高，舍出点儿，换一面吧。

这也是我内心的想法，只是进村之后，没好意思说。武支书说，村民脱贫了不假，没人愁吃愁喝愁住了，那得感谢国家，哪一天国家不给补助了，谁能保证不返贫？家家都有本难念的经，山上的红高粱，你们看到的是养眼睛，我们体验到的却是心血。

虽说没有直截了当地拒绝，却委婉地表达了成见，同一片天地，我们生活优渥，他们的双手结满老茧，对美好生活只是向往一下而已。我的浪漫，被瞬间熄灭，一时间，我不知如何是好。

回到村部，站在村部的二楼上，指着楼后一组、二组的人家，武支书一家一户地给我讲，哪一户人家是怎么一回事儿。听他这么一股脑儿地讲，我虽然记不住那么多，却品味到了其中的悲欢离合与苦辣酸甜，能够顽强地生活在这片土地上的人，都是有故事的人。好在来日方长，我的体验才刚刚开始，有时间重新回味。

失季的候鸟

来五龙棚菜基地办事,见蒋金然,几乎是定律。倘若换了别的棚菜户,除了没算错账,别的事情,还真说不清楚。不是我妄言,有的大棚户,走到大街上,和客户迎面相撞,照样不认识。

村棚菜合作社是蒋金然张罗的,其他十几户人家都是跟着蹭饭吃的。三十余座大棚种啥、咋种、卖谁,都靠他,施肥、选种、育秧、栽培、防病、采摘、销售等环节,他就是拐棍,谁离开了他,谁就瘸。

这是没办法的事情,剩在村里的人,大多没文化,连CO_2是啥都不知道,更不懂蒋金然教他们的数据和符号,他们种大棚,是傻子过年——看界壁子(邻居)。不过,这并不妨碍他们赚钱,就像一家饭店支撑不出一条饮食街,蒋金然也需要大家完成批量生产,否则,商贩不值得雇一回车。

一年有四季,孩子都知道,棚菜基地却只有三季,不是缺了冬季的春夏秋,而是香瓜季、芸豆季、西红柿季。大棚颠倒了季节,温度与湿度按作物的需求，自主调控。冬天可以变成夏天，夏天可以变成春天，春华秋实也可以秋华春实。

冬至过后，我最喜欢去的地方，就是蒋金然的大棚。村部无取暖，冷得滴水成冰，我被城市的暖气养娇了，受不了冻，把他家的大棚当三亚。

钻进大棚，热浪骤然袭来，我瞬间跌入云雾中，水雾糊上了近视眼镜，没等擦净，又被糊上，我的世界只能如梦似幻。眼镜适应时，水雾没了，三十四五度的高温已经辐射过羽绒服，激活了我的汗液。内外五十度的温差，揉搓着我这个经历了半个多世纪的老身板。

大棚里的芸豆却很喜热，舒服地生长，一片欣欣向荣，嘲笑裹得严实的我。豆秧攀着棚顶悬下的绳子，爬得快有两米高了，芸豆角像拴了辫子，密密麻麻地从根部结上去。棚顶的塑料薄膜滴答下水珠，极像是舒缓地降雨。好在走人的路径，顶上不是薄膜，我没有受到水滴的骚扰。

蒋金然光着膀子干活儿，身上汗如水洗，不过，他习惯了，满不在乎。他告诉我，芸豆秧是嫁接上去的，一株能产三十斤。这么高产，一株能抵上老品种的一畦了，细一算账，我更是吃惊，受水灾和雪灾的影响，蔬菜价格始终居高不下，市场上的芸豆卖到了七八块钱一斤。五米高，十米宽，一百延长米的一座暖棚，究竟能栽多少株芸豆秧，我是数不清楚。心中有数的，只有他自己，难怪有人说他，采摘季，一天就是个万元户。眼前的情景，我相信。

看到我满脸流汗，蒋金然领我走向对面，那里隔出几平方米的休息区，温度控制在24℃，人体最适宜。我虽然急着想走过去，脚却不做主，三十厘米的小径，卧着两条小铁轨，还挡着几辆电瓶驱动的小轨道车，绊脚的地方太多，一百米的距离，时时需要小心翼翼。

蒋金然虽然脚步灵活，却不时地走进芸豆秧中，拔掉刚刚长出的草。所以，他总是落在我后面。

轨道车，劳动人民的智慧，摘下来的蔬果，装进包装箱，自动行驶到大棚门口，就等着装车运走了，不知要省下多少劳动力。豆角秧的空隙间，偶尔种着几株仙人掌，上面结着火龙果，间或，点缀点儿其他蔬菜，蒋金然解释道，都是留给家里人吃。

说到这里，他狡黠地笑了下，最重要的是，给客户看，棚里的菜，家人吃，绿色食品，无须证明。再走几步，我忽然看到，满眼的碧绿中，隐藏着鲜红的花朵，清一色的月季花，矮矮的花枝，顶着硕大的花朵。

蒋金然解释道，我家姑娘喜欢，七岁了，爱美才能长得美。说着，他点开手机里的照片，我看到，小姑娘天真活泼，眼睛明亮，果真漂亮得花儿一样。他滑到另一张，是个敦实可爱的小男孩，刚刚出牙，也就是一周岁的样子。他告诉我，县城里有套四室的房子，孩子妈带着他们住城里。

走到半途，我突然听到奇异的声音，是鸟鸣，而且是不同的鸟儿在歌唱。我小时候，常听到画眉、柳莺等候鸟的叫声，久违了的熟悉重新回来，我心里一阵惊喜。尽管我已热得汗流浃背，还是停下来，倾听。没想到，蒋金然这么忙，还有闲心养鸟，把暖棚弄成了鸟语花香，活得真有情趣。

大棚的尽头，隔着一层塑料，也隔出了两个季节，仿佛逆回到仲春，不再热浪逼人，这便是所谓的休息区，放着两把折叠椅，一方小桌。我的侵入，打断了鸟鸣，那里不是几只鸟儿，而是一群。见到我，惊惶失措地飞起，有的径直飞向芸豆秧里躲避，有的飞上大棚的钢架，东张西望，准备随时逃跑。直到蒋金然走进来，才不再惊叫，飞走的鸟儿也飞了回来。

蒋金然解释，鸟不是他养的，是大棚招来的，小满时节，大棚是半敞开状态，总有不同的鸟儿飞进来，捉虫子吃。有些鸟儿，换季了也不走，候鸟反倒成了留鸟，在大棚里一代代繁殖下来。

这时，我看到了大棚东侧的土崖上，错落有致地挂着一片鸟窝。鸟窝下，悬着几个废弃的餐盒，里面浅浅地放着一层小米。显然，这些都是蒋金然的杰作。大棚扰乱了季节，也扰乱了鸟儿的繁殖规律，数九寒冬，鸟儿们有的孵蛋，有的飞进芸豆秧中，寻找小飞虫，喂养幼鸟。

蒋金然总算停下手里的活计，扯件衬衫，穿在身上，坐在折叠椅上陪我聊天。他的那件白衬衫，已经成了黄色，不知是汗浸的，还是作物染的。我安静地坐下时，鸟儿的神态也安静下来，叽叽喳喳，欢快地叫着，不安分的鸟儿还飞下来，落在了他的肩膀上，甚至不知羞耻地屙屎，他却视而不见，满不在乎。

他说，这些鸟儿，是他的天使，看到了鸟儿，就知道了菜是无公害的，属于绿色食品，不仅省下了打药的钱，棚菜的价格一斤能多卖好几毛。他指了指几个摄像头，对我说，棚菜的长势，我躺在看护房看电脑就行，我的客户都有远程监控，打没打药，施没施农家肥，一目了然，甚至又孵出了几窝鸟儿，都瞒不过他们。

剥下羽绒服，脱掉羊绒衣，我穿着衬衫坐在休息区，空气潮润，温度适宜，吸入的是负氧离子，身体感到特别惬意。蒋金然低头摆弄手机，好久没和我说话，我理解他，"80后"这一代，手机已经成为身体"器官"，离开了就丢了魂儿。

安静的时候，身体的感觉特别灵敏，一股微风轻拂过来，我闭上眼睛享受，脸颊的感觉像是我的小孙女在轻轻地吹我。我听到蒋金然说了声，好了。睁开眼睛时，看到他把手机放到了小方桌上。

我问，什么好了？

他指了指休息区顶上的天窗，说道，大棚的温度和湿度，包括局部的，都在手机的遥控中。我这才明白，刚才那股风，是从天窗进来的，天窗的启合掌控在手机里，休息区的舒适度，是人为调控出来的。此时，阳光正浓，我们头顶的那扇天窗，角度明显被调大了。

蒋金然说，大棚里重复性的劳动，还有繁重的体力活儿，都智能化了，手机上有程序，点一下，就能遥控完成。我不住地点头，我的乡村经验，还停留在二十年前，刚驻村时，我还以为大棚的棉苫帘，还是手工操作，一截一截地卷起、放下。事实上，他们已经越过了机械化，直接实现了电子化。试想，一座大棚棉苫帘一百延长米，他家有三座棚，若不是电脑指挥升降机，全靠双手干活儿，得累死。

他还告诉我，暖棚的管理程序，软件是自己设计的，按照太阳的黄经，准确地编排到每一天。时间一到，手机自动提醒，若是遇到阴雨霾雪，还能实时告诉你操作模式。就像司机不认识路，按导航走，棚菜户只要打开手机，点进APP，全明白了。

村里其他的棚菜户，有了软件支撑，哪天哪时种啥，生长的模式和管控方法，和日历一样准，甚至一天中哪个时段的温度差、湿度差，都分毫不差。他们拿着手机，可以躺着赚钱。

我原以为，村里剩下的人，大多是痴茶呆傻了。我低估了蒋金然的能力，如此高端的知识，恐怕得计算机专业本科以上的学识。他洒然一笑，称是自学的，他原本考上了大学，只因家里太穷，念不起。他这么努力，就是想让自己的一双儿女，无忧无虑地念上最好的大学，弥补他一生的缺憾。

我不忍心蒋金然继续陪我，人家是一寸光阴一寸金，我呢，闲人一枚，不过是到大棚蹭温暖的，有这群鸟儿陪我就够了。我让他该忙啥忙啥去。见我没有走的意思，他似乎觉得有些慢待，掰下几个火龙果，招待我。他笑着告诉我，他的大棚，只有客户，没有客人，这么多年了，能坐在休息区里的客人，我还是第一个，哪有把客人丢下的道理。

接下来的聊天，我长了很多见识。他告诉我，小富即安，不是农民的短视，恰恰应该倡导，人的精力是有限的，社会化大分工越细，越容易把小事做精。棚菜生产也是如此，投资建大棚的、焊接装大棚的、平铺底肥（发酵后的纯牛粪）的、测土配方的、种苗提供的、病虫害监测的、收购销售的，都是不同的专职团队，大家风险共担、利益同享，每个团队都力求做精做深，却不求大求全。

我明白了，工厂化的流水线，不仅在农村的普通生活中，在棚菜生产的各个环节中也细化到了极致。乡村中的隐性就业，就这样不知不觉地形成了。

谈完这一切，蒋金然脸上流淌出了成功者才有的笑容，笑中带着一种自信，一种满足，甚至还有一丝骄傲。

说够了大棚，蒋金然转移了话题，重新说鸟儿。他问我，能分得清鸟儿叫和鸟儿唱的区别吗？我从小在农村长大，听惯了鸟鸣，还真没注意到鸟叫与鸟唱的区别。他说，论叫声，柳莺最好听，柳莺却不会唱歌，喙尖的鸟儿，都不会唱歌，它们的尖喙，是吃小虫子的，哪怕虫钻进了茎里，也能叼出来。会唱歌的鸟儿，都生着鹦鹉那样的嘴，我们称作"铁嘴"，专吃硬壳虫和植物种子。

说着，他俯身下去，从身后揪下一截葱，剖开葱叶，用指甲刮开里面，只剩下透明的外膜。他的嘴唇含着膜，惟妙惟肖地学起了柳莺的叫声，声音委婉、嘹亮，还夹带着某些期许。

柳莺们停止了叫声，转动着小脑袋，寻找声音的来源，当它们把目光聚在蒋金然身上时,更激烈的叫声顿时爆发。鸟群活跃起来。

拿葱叶当柳笛,并不新鲜,新鲜的是蒋金然学鸟叫,居然能和鸟儿交流。他告诉我,是从电视里一个叫"鸟叔叔"的那儿学的,鸟叔叔叫阎福兴,老家也是你们兴城的。世间万物有灵,只要用心,人和蚂蚁都能成朋友。

葱叶再次被蒋金然含到唇间,这一次,他学的是画眉,先是叫了几声,然后,没完没了地学画眉唱歌。画眉们都被他调动起来了,有合唱,有独唱,还有二重唱。我看到,和画眉对歌时,他的眼里含着泪水。

广袤的大地上,塑料大棚成千上万,见过谁家的大棚里留下了候鸟?蒋金然是用心留住了春天,用情留下了候鸟,用爱播种美好生活。

那一天,快要日落时,我才走出蒋金然的大棚,此时,大棚的大幕(棉苫帘)在他手机的遥控中,徐徐落下。

走出大棚前,我攥了把地下的土,是黑色的,几乎能攥出油来。年年施底肥,蒋金然改良出了一片人造黑土地。

石头的方向

"咣当"一声巨响,一团白烟骤然冒起,蓝天下腾出一小朵蘑菇云。一辆翻斗卡车,从沟壑里爬出,一溜烟地跑了。这是辆偷卸毛石的车,拉着膨润土矿的废料,倾倒进我们五龙村的大坑。这种粉尘,虽说无毒无害,村里人照旧厌烦,起码窗台白擦干净了,太阳也不纯洁了。

唯有一人,喜欢这股白烟,不待烟尘散净,开着电动三轮车,停到沟沿,拿起手锤,背着工具箱,就往沟里钻。有人告诉我,这人叫李德君。我年纪大了,记忆力差,尤其新冠阳过后,更甚,熟悉的名字都会忘记,何况陌生人。我索性给他起个代名,叫李石头。

李石头是个怪人,嘴比监狱的大门还严,莫说是听他说话,想看到他的牙都不容易。他是我们村唯一的租房户,租的是村中二组的老房子,有六七十年了,外墙皮的砖,接二连三地粉,像花脸猫。好在房租便宜，一年才几百块，相当于白住。

偏僻的山村，到处都有空壳房，即使买下来，也没多少钱，为啥他还"串房檐"呢？村里人告诉我，计划生育闹的，他生了四个孩子，罚得底掉，锅都没剩下，弄得房无一间，地无一垄。

我这才知道，李石头致贫的原因是超生。

没房没地，能养活四个孩子，且都像模像样，可见李石头并不简单。果然，村里人说，李石头是学美术的，燕都第二师范毕业，当了几年老师，调到镇里，干了十几年的文化站站长。媳妇东躲西藏地生三娜时，他丢了公职，农民都当不成了。反正一无所有了，他索性硬抗到底，不见儿子不罢休，终于生了四宝。

如此执着，是个人物，值得研究。

李石头奔着烟走，我像只瞄着螳螂的黄雀，盯着李石头走。走到沟口，我停下了，怕他发现，认为我不怀好意，那就麻烦了。怪人都有怪脾气，别打扰他。还好，他的注意力全在脚下，不停地用手锤敲。对他来说，高高在上的我，是丢在空气里的风，没有存在感。

我看到，他在毛石堆里上下翻找，折腾出的股股粉尘，把他的脸染成了大马猴。尽管灰尘垢面，仍遮不住他的表情，期许、琢磨、不屑、惊喜相互交织。显然，他是个表里如一，有心思、无心机的人。大约过了半个时辰，他挑拣出了大大小小六七块石头，抱着它们，爬上沟沿，装入三轮车，不疾不徐地开走了。

我一直纳闷，边镇是中国膨润土之乡，莫说是矿里废弃的石头，就是载重车颠掉的矿石，俯拾即是，李石头干吗对废料情有独钟？回镇政府的宿舍，上楼途经民营站，李站长喜欢敞门办公，每逢看到我，总是喜欢邀请我进来喝茶。他也是五龙村的人，喜爱文博考古，尤其是红山文化，谈起来滔滔不绝，我们有很多共同话题，常在一起聊天。

他解开了我心中的谜团。

李站长的办公室有书画，有盆景，有石雕，若不是门牌标识显著，还误以为进了文化站。他边摆弄一块树化玉，边告诉我，你说的那个李石头，是我本家兄弟，这块石头，就是他给的。我凑上前仔细看，那截硅化木，貌似原石，却是精心剥离出来的，寥寥几刀不经意的雕刻，凸显了山水画才有的效果，可谓巧夺天工。

高手在民间，我没想到，李石头居然是个艺术家。

随着聊天的深入，李站长带我进入一个未知领域，那就是膨润土矿是咋来的。他说，两亿多年前，地球进入活跃期，火山时常爆发。我们这一带的火山灰较轻，飘浮在空中，落下得最迟，厚厚地积累在地面上，就形成了含钠、钙、硅的膨润土。那些埋在地下的树木，遇到硅，就侵成了化石。火山喷出的硅，滚成球，遇到水，就成了玛瑙，所以，有膨润土矿的地方，在山皮之下或者矿体的浅层，就有机会碰到木化石、玛瑙，甚至还能碰到琥珀。

我瞬间明白了，李石头是在废料中淘宝。

黄金有价玉无价，能在石头堆里发现玉，注定收入丰厚，即使计划生育罚得再狠，这么多年过去了，怎么还穷得连家都没有？

李站长笑着告诉我，他家兄弟最值钱的宝贝，不是上好的玉，也不是构思奇巧的玉挂件，而是他的四个孩子。他全靠玉雕这门手艺供养一家老小，没有这四个孩子，他有可能一辈子不碰石头，专心画他的画，成为一个大画家。

李站长如数家珍地谈李石头的四个孩子，大闺女叫大方，在中国医科大学一直读到博士，成了医大一院的医生，天天治病救人，忙得春节都没假期。老二叫二想，想有个弟弟的意思，学习不比老大差，大连理工的研究生，在军工厂造飞机呢，满身都是秘密，和亲爹都没话唠。这两个孩子都是为国家养了，爹妈根本就见不着面。

最操心的是三娜，长得好看，不爱学习，初中就开始谈恋爱，越管越叛逆。也难怪，就因为她不是男孩，在家里始终不受待见。三娜出生时，李石头看到又是个丫头，加上因为超生，被各方挤压得快崩溃了，气上加气，踢了一脚，骂了句，滚那边去，于是落下"那"这个名字，后来上学，才加了女字旁。也许，就那一脚，把三娜踢笨了，勉强读下了专科，却在沈阳漂着，宁肯做五险一金都没有的打工仔，也不回家到矿上当舒适的化验员。

四宝是手捧着长大的，眼睛盼蓝了才盼来的小人种，怎不百般呵护。不过，李石头疼爱有余，却不娇惯，尤其是学习，看得更严。所以，四宝的成绩一直很好，始终名列前茅。现正在红山县读重点高中，老师不断激励他，以两个姐姐为榜样。他却不屑一顾，说她俩只是人才，不是天才。这小子，注定又是个名牌大学生。

啥是宝，没有人，啥都不是宝，砸锅卖铁也要把孩子供出去。李站长这样解释他的兄弟。

好奇，是作家的天性，既然膨润土矿的毛石里能找到玉，我也要试试。行走在村屯间的沟壑，看到哪儿有丢弃的废矿石，我就会蹲下来翻石头，左瞅右看，企图有所发现。然而，即使把我的手指头磨疼了，鼓捣的依旧是石头，没有点石成玉的本事。

那天，我正在淘宝，李站长打来电话，要带我到李石头家坐坐，看看他的作坊。我正懊恼不会慧眼拾珠，求之不得呢，电话撩起了我的热情，我要当面取经，看看啥样的石头能藏玉。我任驻村第一书记，经常走街串户，唯独没敲过李石头家的门。计划生育把他追怕了，谁找他，他都认为是来找麻烦的，关门闭户地过日子，基本上不同别人往来。我不想惹人烦，所以一直没去他的家。

李站长就不同了，人家之间是兄弟。跟随李站长进入李石头家时，我调整了角色，冒充是玩家，前来鉴赏。李站长不是空手来的，从车的后备箱里抱出来好几块石头。他经管全镇十余家民营膨润土矿，从烂石头堆里找点儿东西，还不是小事一桩，没准还会派两个力工，帮助翻找。

看着李站长抱着的玛瑙，我目瞪口呆，分明是块花白的石头，哪儿有玉的模样，如果将它们混进毛石，我根本辨不出。李石头不瞅李站长的脸，眼睛一直盯在石头上，接过石头，上下左右瞅了好一会儿，又拿起激光手电往石头里照，这才满意地砌在墙上。

李石头家院里的那道墙，可不是普通的墙，堆砌的是各种玉矿原石，黑白红绿紫，五色杂陈。李站长告诉我，这些石头有阜新的，岫岩的，也有阿拉善的，甚至还有新疆的。放在别人的眼里，可能永远是石头，摆在李石头的面前，却是通灵宝玉，有生命的，时刻等待他灵感的召唤，脱胎换骨成艺术品。

接李站长怀里的玛瑙时，李石头没有任何表情，仿佛给他找石头，天经地义。他转回身，又站到"作坊"前，操起打磨机，投入地磨石头。所谓的作坊，其实不是坊，就是在屋门外摆个铝合金桌子，不足一平方米。平展的桌面上，镶块微微凹陷的槽，排布着漏勺一样的孔洞。槽上，一个类似净水器的水龙头，在细水长流。

涓涓细流洗浴着巴掌大的石头，那块石头有刀划出的图案，只是我看不懂。金刚钻打磨机从李石头手中平稳落下，"吱吱"地摩擦，像女高音在飙音，高亢而又尖锐。流水带走了磨出的粉末，也带走了磨出的热量，一块晶莹剔透的黄白玉，脱掉了黄褐的外皮，显露出了它的圆润与通透。李石头把我们丢在一旁，只顾埋头干活儿，好在李石头的父亲隔着窗玻璃，喊我们进去，让我不再尴尬。

屋里很窄，没有几件家具，炕和箱子仅有两步远，箱子上摆满了玉摆件，没有雕龙，没有飞凤，也没有福禄寿喜，更多的是奇峰、亭阁、走兽和山林。李石头的媳妇，虽说是普通家庭妇女，半百的年龄了，岁月并未把年轻时的俊俏打扫干净，她忙着到外屋烧水沏茶。李石头的妈，眼睛是瘪的，耳朵是摆设，木偶一样，靠着炕上的被垛。

老头儿和儿子完全不一样，爱说话，李站长刚一介绍我，他连忙说，知道，知道，你帮咱村修了路，大家都知道。我不敢揽功，路是国家投入，省里规划，我只是跑腿而已。老头接着夸我，把我当成了党的形象，夸得我无地自容。

李站长拦过话头，老叔，周书记不是外人，别转弯子，有话直说。

老头儿这才说出有求于我的话题，四个孩子，他最惦念三娜，别的孩子靠本事都能活，三娜不行，还赖在大城市不回来，租房子坐公交，喝口水也得花钱。你从沈阳来的，熟人多，能不能帮助孩子找个工作，有五险一金就行。我这才明白，李站长带我到他们家，夹藏着私心呢。

不过，找我也是应该，李石头家是村里的返贫边缘户，属于我帮扶的范畴，三娜有份稳定的工作，也算我完成了分内的工作。何况，李站长带我来的，含有个人的情感，公事私办，让我少了拒绝的理由。

我在脑海里扫描有能力帮助的人，海岩的脸庞第一个跳进来。海岩是我在省作协的同事，后来又成了作协的领导，沈阳土生土长，人脉关系很广。我想借助他的社会能量，给三娜找份稳定的工作。

我要下了三娜的基本情况，联系方式，输进手机，给海岩发了微信，向他求援，还言过其实地说着李娜家的状态，好像还在贫困中挣扎，千万千万帮我这个忙。后疫情阶段，公司裁员的多，聘人的少，我知道让海岩为难了。

没想到，一杯热茶喝完，手机微信"嘀"地响了。海岩回复，介绍三娜到他朋友开的公司，学习计算机绘图，五险一金，三千底薪，明天就去面试。如此神速，李石头父亲和妻子脸上乐开了花，对我千恩万谢。我再三解释，帮扶是我在村里的本分，谢就远了，让孩子好好工作。

妻子替李石头做主，找出两个手把件，玛瑙玉龟和老坑玉佛，塞给我，以示感谢。两件玉器，眉须都雕得飞扬起来，可谓精致。玉有灵性，专等有缘人，我虽喜欢，却坚决地拒绝了，好玉需要花钱去请，否则，不叫缘分。再说了，动动手指，发条微信而已，不该感谢我。

唯一无动于衷的是李石头，他沉浸在石头的世界里，早已目中无人。金刚钻飙出的声音，越来越尖。我最终看明白了，李石头掌中的那块玛瑙，是匹桀骜不驯的狼。

我向来尊重为艺术而生的人，哪怕性格有缺陷，也不会计较，这与我大半生在文联工作有关。我拿起手机，将箱子上那些寄情于山水的玉雕拍下，准备推荐给省民间艺术家协会，争取参加省展。

李站长趴在李石头的耳边，把我的意图转达给他，才把他从另一个世界拎回来。他愣愣地瞅我好一会儿，突然间连连摆手，表示作品不满意，不参展。我虽然不是行内人，却常有机会欣赏玉雕。我觉得,这些作品顺应了原石的自然形状,雕得出神入化,一草一木都能体现出意境的美。究竟要达到何种艺术程度,他才满意?

出了李石头的家,李站长再三解释,他这个弟弟不通人情世故,远不及他雕的玉,通透圆润。我说,他家有一个阿庆嫂就够了。我这话,既理解了李石头的木讷,也等于夸奖他娶了好媳妇。李站长说,媳妇是我老叔给找的,我兄弟不娶不行,最薄的铁饭碗,找最好的乡下姑娘,还能解决传宗接代的大问题,这才是佳配。这就是老叔的精明之处,农业户生俩孩子,合理合法。没想到老二还是丫头……再说下去,就是重复了,看我心不在焉,李站长停住了话头。

一个星期后,我不得不再去李石头家。海岩打来电话,嗔怪了我,我的帮扶户李娜只上三天班,就不辞而别了,原因是学不会绘图,又不想听老板责备。海岩让我做做她父母工作,公司没有嫌弃她的意思,劝劝孩子继续上班。

这一次,还是李站长陪我来的,三娜和父母叛逆,却听伯伯的话。

见到我们进院,李石头一反常态,像抛光过后的翡翠见到了阳光,从来都没露出过的牙,都喜滋滋地闪出了白玉的光。我以为,三娜反悔了,又去公司上班了,他在向我报喜呢。结果是他领着我俩立在作坊前,欣赏他刚刚完成的作品,好像三娜的事儿根本没发生过。倒是他的父亲和媳妇，出门相迎时，频频向我道歉。

人都有选择的自由，三娜也应如此，最好别去勉强。反正三娜不认识我，劝她也是白搭，只能适可而止，如何在电话里劝说，有她伯伯呢。我被李石头拉进了他的世界，沉浸在他新完成的作品里。

真是应了那句话，世上没有垃圾，只有放错地方的宝贝。

那是块玉化得很糟糕的树皮，被火山灰埋掉前，树心都烧光了，只剩下半个弧形。整块石头，外面黑黢黢的，染了墨一般，里面疙瘩瘩的，像一堆没长成的瘪黄豆，没有纹理，更不通透，谁看谁都认为是块废料。不过，也不是一无是处，树皮的上方，突兀出一小块，居然是圆形的琥珀。

如果换成别人，发现有琥珀，马上掰下去，单独卖钱了。李石头却独具匠心，把它修整成圆圆的月亮，琥珀里裹进了半透明的水草，极似飞舞的嫦娥。琥珀与树皮的连接处，恰好被膨润土染白了，寥寥几刀，就成了飘浮的白云。

顺着李石头的手指看下去，树皮里的疙瘩可不那么简单了，黑是山的背景，黄是茫茫戈壁，平展的麻点是沙漠，两道若隐若现的树化玉，居然成了千年不朽的胡杨。虽说整块石头极少动刀，却是刀刀剥出灵魂。

李石头拿过那匹玛瑙狼，放入树皮里的山巅之上。化腐朽为神奇的一幕出现了，那匹孤狼冲着月亮，正在仰天长啸。好一件"荒漠苍狼"，把自然的残酷与冷漠、生命的顽强与孤傲，表达得淋漓尽致。

从灵魂深处散发出来的傲骨与不屈，才是真正的艺术。

李石头把"荒漠苍狼"放在刻着昆仑山形状的木托盘上，用缓冲气泡膜塑料袋，一层又一层地包裹好，装入贴着泡沫的木箱子里，外面又裹了层海绵，用胶带粘牢。这么小心翼翼地打包装，不用说，我就明白了，让我带到省城，参加展览。

其实，这次来，我还真的不完全为了三娜，也没有把他的作品带回沈阳的打算，我是另有目的。县里筹办红山文化节，请我当顾问，红山文化最显著的标识，就是玉猪龙，而玉猪龙的原件，不在北京就在沈阳，客人来了，见不到玉猪龙，等于白参加了文化节。

我把主意打到了李石头身上，让他做一个仿品。

李石头很爽快地点了头，我怕他没有参考资料，掏出玉猪龙的彩色图册，递给他。没想到他看都不看，一把推开。显然，玉猪龙早就在他心中生根了，甚至每一个斑点都了然于心，根本不需要资料。

李站长很沮丧地从屋里出来，他没能说服三娜，孩子宁愿漂着，也不愿挨累。人都是独立的个体，谁也别当谁的家，三娜的事情，就算翻篇了。见我说着玉猪龙的事情，李站长马上转变了角色，换了话题，来说服我了。他说，近几个月，他兄弟沉迷于创作，没干来料加工的活儿，老三的收入不够养活自己，老四天天花钱，手头紧了。

我明白了，李站长担心是上边下的指令，玉猪龙白搭手工。几天前，李站长和我讲过，李石头有个长期合作的伙伴，内蒙古的包老板，玉器商人，每一次到五龙，都是带料来，雕什么随李石头的意，不管雕成什么样子，每个玉件给两万元手工费。

这是找我要预付款呢，我掏出手机，从微信中找出李站长，毫不迟疑地转给他两万块，让他当中人，督促李石头仿出真假难辨的玉猪龙。

李石头抱着木箱子，轻轻地把他的作品放入我的车里。带上他的作品，我驾车返回沈阳。省民协的人都在展览馆忙，"人与自然"艺术展的征集作品正在收尾，把"荒漠苍狼"送去，恰好赶上末班车。没想到，这件作品不仅入选，还被评为唯一的金奖。这个金奖，不是徒有虚名，而是模仿北京奥运金牌做的，金镶玉，某环保人士捐赠的。展览开幕时，业界人士一脸茫然，不知道这个李石头从哪里蹦出来的，居然独占鳌头。

展览持续了一个多月，金牌得主始终没露面，让人更觉得神秘了，奖牌和证书是我代领的。再次回村，把奖牌和证书递给李石头时，他居然瞅都没瞅，顺手递给一旁的李站长，继续全神贯注地做玉猪龙。

玉猪龙已经成形了，淡黄绿色，通体光泽圆润，唯有背部打孔处，有红褐色斑块，那是河磨玉的皮壳。龙体蜷曲如环，头尾切开似玦，吻部前凸，短耳竖立，目圆而略鼓，额与吻道道阴线，皱褶饱满。

整个玉件，除了过于崭新，与出土的玉猪龙毫无二致，且形神兼备了。不用猜，仿制玉猪龙的想法，早在李石头心中酝酿成熟了，起码在选料上做了长期的准备，否则不可能连俏色都一模一样。

作坊上，不再有金刚钻、锯片、抛光机等工具，恢复了最古老的绳子、弓子、磨石、麂皮等。李石头正在效仿远古技艺，绳切，石磨，弓镂，钻孔，皮研，在给玉猪龙做最后几道工序。

李站长告诉我，一个多月了，不分昼夜，只做这一件活儿，人都累瘦了。

我知道，李石头磨玉时，不喜欢有人打扰，就和李站长一块儿进屋，喝他媳妇泡的红茶，那种茶是砖茶，蒙古族特喜欢。获奖了，大小也是件喜事，李石头的母亲还瘪着眼睛，木偶般靠着被垛，他的父亲也没那么高兴，虽然对我不失热情，却少了热度。

人是欲望动物，我理解老爷子，因为三娜，有求于我，当然热情有加。事后，我才知道，错怪了老人家，他的身体出了问题，燃烧不动热情了，只是没人当回事儿。

离红山文化节开幕的日子不很远了，我不好意思直接催李石头，只是对李站长说，见好就收吧，我看这玉猪龙磨得也差不多了。李站长一笑，他说，差得远了，没有沁，也没有古玉的包浆，摆出去展览，怎能以假乱真？内蒙古宁城博物馆有个老馆长，那是做旧的高手，让他过一遍手，专家都辨不出真伪，鉴宝节目都给弄错过。

好在玉件不大，预先留出空位就行，不妨碍文化节布展，需要我耐心等待。

很多事情都是在等待中发生了突变。我万万没有想到，玉猪龙打了我的脸，我向红山文化节组委会打的包票，成了泡影。李站长捧着两万块钱现金，沮丧地站在我面前，告诉我一个令人吃惊的消息——玉猪龙不见了。我原以为李石头嫌钱给得少，找到了大买主，撕毁了从前的约定，或者宁城的博物馆馆长见到珍品，起了歹心，截留了玉猪龙？

我的猜测都错了。李站长说，被人偷了。

如果是新玉猪龙，人们顶多对仿制工艺赞佩不已，成功地做旧后，则大不相同，以假乱真毫无问题。李站长给我发过做旧后的视频，与原件的视频相互比较，连芝麻大破损的坑都毫无二致，绝对是真假难辨，如果流入文物市场，当成真品销售，将是价值连城。

我俩急忙赶到李石头家，他呆若木鸡地站在一旁，见到我，眼圈儿红了，总算和我开口说话了，玉猪龙丢了。

派出所的蒋所长也在现场，前院没有任何异常，问题出现在后房山。那里有一道厢式卡车的车辙印，显而易见，盗贼借助卡车的掩护，从后房山掏出个狗洞，钻进屋里，所有的精品玉件都没碰，唯独偷走了玉猪龙。没有充足的准备，不可能偷盗得如此精准。

李站长懊恼地拍着自己的脑袋，怪他粗心大意了。李石头的家，从没断过人，是他父亲身体越来越不适，疼得已经坚持不住了，到医院一检查，胰腺癌晚期。李石头把整个家都交给了李站长，包括他的瞎妈，夫妻俩带着老父亲，直奔省城的医大一院，找他们家的大方，想法救下她爷爷的命。

李石头家中无人，李站长不放心，把自己家的两条大狼狗牵过去，放进李石头家的院里。狗链子拴得长长的，防守得院内没有死角，莫说是人，就是狼进来了，也不一定能打败两条狗。小偷绕过了凶猛的狼狗，采取了盗洞的手法，从后面悄无声息地窃取了玉猪龙，事后，还将盗洞堵上了。

大方没能留住她的爷爷，只是让爷爷有个体面的临终关怀，李石头是带着父亲的骨灰盒回的家。没料到雪上加霜，玉猪龙被偷了，那可是他在心里琢磨了几十年，凝结一生智慧的仿品，可谓千年一遇啊。他只顾父亲的病了，没来得及将它交到我手里，或者，太喜爱了，想多把玩几天，却生出了意外。

蒋所长得知玉猪龙是红山艺术节急需之物，怕县领导怪罪，忙上报给了县刑警大队。刑警队现场勘查之后，得出结论，嫌疑人体态瘦小，行动敏捷，手法娴熟，有过盗墓的前科。

刑警队走了，李石头也离开了家，走上与刑侦完全不同的路线，既然是玩家干的，李石头自然有自己的线索，只是谁也不知道他去了哪儿。

毛驴下岗

走在村中,细细体察,蓦然发现,两个常见物种,在我们五龙村消失了。一个是毛驴,另一个是大豆。毛驴消失,并不费解,摩托车、电动车、汽车遍布每家每户,谁还养毛驴当行脚?

费解的是,村里人为何不种大豆?村里缺水,缺钱,缺人,唯独不缺地,人均四亩,满山遍野的高粱玉米谷子,偏偏没有大豆。粮食直补中,大豆最高,庄稼售价中,大豆最贵,却没打动村中任何人家。

不种大豆,并不耽误村里人吃豆腐。村中唯一的一口甜水井,在五组敖包沟的张国语家,所以,全村只有他一家豆腐铺,五百多户人家,想吃豆腐,都去他家买。别人家也想抢张国语的生意,遗憾的是水脉不行,被膨润土矿泡硬了,做出的大豆腐不香不嫩,有渣味儿,块头也不足,赔了,竞争者也就自动退出。

张国语家独居在沟的深处,井是在岩石里凿出的山泉水,清洌甘甜，没有受到矿的侵扰。他家做的豆腐，香嫩滑软，样样不差，块头足，价钱低，三块钱能吃个饱。2022年清明节前后，我接连吃了半个月，天天重复，却百吃不腻。

那是护林防火的日子，我们村压力山大，万余亩油松林，沾上火星，便是万劫不复。每天早晨四点多，我们就开始巡山，直至日落。别看村部困难，这个特殊时期，午饭必备，每餐只有一个菜，五花肉宽粉炖大豆腐，一炖一大盆。即便如此简单，却吃得村支书武维扬天天龇牙咧嘴、心疼胆疼，村集体一年的收入，不比穷困户多，禁不起吃。

全村十个组，九个村民组组长，加上护林员、村镇两级干部、疫情管控员，总计三十多人到村部吃午饭，四大盆菜摆上办公桌，大家端着碗，"呼哧呼哧"地站着吃，急促地吃完，盆底剩下的往往是肉和粉，豆腐却吃得干干净净。

张国语家的豆腐，是传统的石磨豆腐，全是手工，特别费时。他头一天把大豆泡好，后半夜开始忙碌，等到日出后，十五盘豆腐就卖光了，晚来的只好空手而归。张国语特别轴，不管生意有多好，就做十五盘。尽管如此，大家也不到外村去买，第二天早点儿来便是了。

白天，张国语还有第二份工作，膨润土矿的化验员。矿老板看中的就是张国语的轴劲儿，斤斤计较，分毫不差。他总结自己的人生，做豆腐是事业，化验员是职业。事业是用命去做，享受的是卤水点豆腐的奇妙过程。职业用心去做，不能出现一点儿差错。

吃完午饭，压力也减轻了一半，我们紧绷着的弦松弛了许多。村里民俗，清明期间，午后不能上坟烧纸，除非脑袋被驴踢了。护林防火的重点转移到烧秸秆，拖拉机下地旋耕，秸秆多了，会缠住旋耕机，放火烧掉，是最便捷的方式。然而，风大物燥，极容易把燃烧的秸秆扬到天上，落进树林，那可就惹了冲天大祸。

我开着车，翻山越岭，全村转，哪儿冒烟，往哪儿追。村支书武维扬坐在副驾驶，没完没了地接电话。打电话的是李林凯的儿子，因疫情无处打工，返乡回来，第一件事就是追讨父亲上缴的新农保。

新农保规定，未满六十岁的人去世，退还个人账户所有款项。李林凯死了五年，他儿子才想起来要新农保的钱。武书记关上手机，愤愤不平地说，儿子和爹一样，脑袋被驴踢了。村子里的事情，千奇百怪，不用问，一番电话又翻出一桩"公案"。

村子中间，是我们五龙最高的那个台。我开车停下，站在上面，居高临下，能观察全村的烟火，也减少了些奔波。武维扬指着不远处的坟包，开始讲述李林凯。

李林凯是村里一组人，住在村部旁，开了家生资商店，拴了一辆毛驴车，用来运货。生资商店，除了冬春交替时忙上两个月，其余时间大多闲着。可是，毛驴的嘴却不能闲着，天天都要吃草料、吃粮食，还得照顾它，挺费钱的。不如买辆三轮车，闲时，放置一旁，没有任何花销，这也是村里人淘汰毛驴的原因。

李林凯的毛驴，不是普通的毛驴，是头大叫驴，浑身黝黑，比骡子矮不了多少，跑起来飞快，拉个一两吨的货物，不在话下。李林凯对他的毛驴情有独钟，不管村里人如何劝他，说养驴没意义，他决不舍弃，反倒挥着红缨长鞭，赶着高头大"驴"，让毛驴车成了村中独一无二的风景。之所以称为"风景"，是因为别出心裁，他的毛驴车有倒车镜，大卡车装的那种，安在车辕处，视野极好，无论后边发生了什么，他不用回头，便一目了然。

对于李林凯的"整景"，村里人一笑了之，一旦需要赶集拉货，便会不由自主地想起他的"毛驴出租车"，这也是广告效应。所以，拉货赚的钱，基本上能供得上毛驴的草料。尽管李林凯的叫驴驴高马大，有的是力气，他还是舍不得远途运输，超过六公里，花多少钱雇车，也不去。原因是，他的叫驴是种驴，主要收入来源于配种，不能让驴损耗精力。

方圆几十里，再也找不到这么好的种驴，尤其是肉驴饲养户，都渴望着幼驴速成，没有个高大的种儿，小毛驴怎能长得快？更多的时间，李林凯是空赶着驴车，带着他的叫驴，到处"谈恋爱"。叫驴很有感染力，只要昂扬地叫几声，返春的母毛驴便丢了魂，碰到面，立刻掉腚顺从。

然而，只有一次例外，却产生了意外。

村里，除了张国语家的骒驴与之遥相呼应，就没有第三头驴了。张国语家的驴，一辈子走在磨道，只会左转弯，想走直道，必须有人牵着，否则，就习惯性地自我转圈。尽管如此，并不妨碍毛驴返春，春风荡漾的季节，驴头上的蒙脸布都蒙不住骒驴的躁动，它不再稳稳当当地走在磨道，或急或缓，或挣或抖，不时地竖起耳朵，寻找叫驴的叫声，豆浆也磨得粗细不均。

张国语对豆腐的要求特别苛刻，毛驴的不专心，影响了豆浆的质量，他本来很生气，却不敢打毛驴，打出尘土，会脏了豆浆。想一想，便也释然，驴也需要生理满足，也需要他"善解驴意"。况且，他也有意让家里的毛驴更新换代了，于是，他便找到李林凯，想给两头毛驴拉郎配。

李林凯不想接这单生意，张国语和五组的组长处得挺僵，组长和李林凯是磕头兄弟。五组组长和张国语结了很深的梁子，如果李林凯和张国语交往过密，磕头兄弟肯定会和他翻脸。

事情的起因是张国语家的水井，五组的人除了张国语家，个个都是大黄牙，那是水中含氟造成的。五组组长夸下海口，给全组人安自来水，得到了大家的一致赞成，虽说张国语家独居在一里之外，但大家愿意掏钱修管道。

不愿意的是张国语，甜水井是他家的命根子，抽干了他家的井水，拿啥做豆腐？尽管许多人做张国语的工作，称地下水是集体资源，张国语没资格独霸。武维扬也以村支书的角色，给他施压，称五组人给他的水井管理费，不会少于做豆腐的收入。张国语只用一个字解决，滚。

五组安自来水的事情就这样搁浅了，条件好的人家，怕孩子牙黄，买桶装水喝。有人发誓，一辈子不买张国语家的豆腐。可是发誓归发誓，真的馋起豆腐，尤其是牙口不好的老年人，还是忘了誓言。

张国语求李林凯，让他家的叫驴配种，出了双倍的价格，李林凯依旧摇头。急得张国语直喊，你嫖娼花多少钱，我给你多少。吓得李林凯捂住了张国语的嘴，这是隐私，除了一块干坏事的人，没几个人知道，可见人们在豆腐坊里，无话不讲。

李林凯答应下来，给的确确实实是人驴同价。

真的把两头毛驴拉在一起，却不是想象的那样如饥似渴。两头驴只是交颈摩挲打转转，叫驴不闻骚，骒驴不掉腚。李林凯一时性起，强行干涉两头驴的"爱情"，叫驴也是一时性起，第一次悖逆主人，尥起了蹶子。

不偏不倚，叫驴的后蹄子一下子踢到了李林凯的太阳穴上。李林凯当即仰面朝天，气绝身亡，终年五十五岁。从此，脑袋被驴踢了，在别的村是愚蠢的代名词，而在五龙村却是真实的存在。

踢死了主人，叫驴被卖了，躲不开被屠宰的命运。骒驴的命运也好不到哪儿去，每每想到李林凯因为自家的毛驴而死，张国语觉得晦气，再也不用它拉磨了，也卖了。

办完丧事，李林凯的儿子在村里没法再待下去了，爹去世本来是一场意外的悲剧，却让别人指点成了喜剧，常有人指着他的后背说，被驴踢死的李林凯的儿子。

反正在村里赚不到钱，李林凯的儿子立马出去打工，一走就是五年，过年都没回来。新冠肺炎疫情刚刚暴发时，村里打电话，问他在哪儿,他烦。直至疫情断断续续延续到了第三年,他所在的城市也遭遇了疫情的袭击,再也找不到工作了,才被迫返乡。

刚才,给武书记打电话,没完没了地磨叽返还父亲的新农保,肯定是憋得没钱花了,否则谁愿意提及伤心往事。好在新农保返款,没有时限,村里仅仅盖个章而已,武书记的脑袋没被驴踢过,不会为难他。

其实,张国语在事情过去之后才顿悟,动物之间也是有情有义的。别人不知道,他是知道的,两头毛驴是母子关系,驴不欺母,人家不想乱伦,才强烈反对"乱点鸳鸯谱"。犯错误的是人,不讲"驴道主义"的也是人,强行让两者之间发生关系,不踢你才怪了呢。李林凯死得好冤,临死还落下个笑柄。

可怜的两头毛驴,太计较"乱伦"了,《婚姻法》在牲畜界没有法律效力,就因为这一蹶子,双双上了屠夫的案板。

没有毛驴拉磨了,张国语和其他村的豆腐匠一样,买了个电磨,一分钟的效率超过石磨一小时,还腾出豆腐坊的可用空间。可是,产量高了,豆腐渣少了,豆腐的口味却差了,再也找不到从前的感觉,不香不嫩也不滑腻,平庸得和白家洼市场上买的没啥区别。再也没人肯天不亮排着队,到他家买了,也没人想吃豆腐非得等到第二天。

轴人张国语果断停产,直到恢复了石磨豆腐,才渐渐地拢回了村民,让大家重新赞佩,还吸引来了附近的白家洼子等村人,大老早地开车到五龙买豆腐。

武书记讲到这里时,我产生了个疑问,石磨豆腐,靠的是一圈圈拉出来的,张国语家没有驴了,拿什么磨豆腐?难道他们夫妻俩轮换着推磨?我知道人推磨有多累,十圈八圈还可以,推上几个小时,六十多岁的人了,不累坏也得累瘫,那是不可持续的。

用传统石磨做豆腐,如何获得动力来源?谜底是不经意间打开的。

早晨五点,天刚微亮,我和武书记已经站在村中间的高台上了,和每天一样,武书记开始打开群聊视频,查看护林防火员谁还赖在被窝,谁已经到岗防火了。此时,清明节已过去好几天了,紧绷的弦开始松弛,有一多半的人提出,中午不到村部吃饭了,言外之意是嫌武书记抠,没有酒,也不添个硬菜。

突然间少了这么多人,豆腐订多了,剩下总归是浪费,总得提前告诉张国语一声。武书记没打电话,也没发微信,指挥着我开车下高台,颠簸着奔向敖包沟的山坳。

沟里还沉浸在黑暗中,我打开大灯,在凹凸不平的车辙间拧着我的车轱辘,直到沟的最深处,拐上一座平台,武书记告诉我,张国语家到了。我看到,他们家的屋裹着云雾,虽然灯火通明,却看不到灯在哪儿。豆腐还没做好,屋外边已有好几个人在等候了。

真是"酒香不怕巷子深",这么破的路,豆腐居然不愁卖。

只是取消订数,干吗非得登门相告,信息如此发达,手指头碰碰手机,啥都搞定了。我知道,趁着防火不再迫在眉睫,武支书带我来，就是要满足一下我的好奇心，看一看张国语的豆腐到底是咋做出来的。

进入云腾雾绕的豆腐坊，我仿佛进了仙界，张国语也成了豆腐神仙。最让我大开眼界的是我琢磨许久的石磨，我做梦也没有想到，让毛驴下岗的，居然是一辆电动自行车。张国语的异想天开，不亚于当年李林凯的毛驴出租车。

磨道还是从前的磨道，毛驴踩凹的那一圈痕迹还在，一辆电动自行车被捆绑在从前毛驴的位置，继承着毛驴的方向与速度，不疾不徐地转圈儿。虽说畜力驱动改成了电力驱动，但结果却与电磨大相径庭。

张国语的改良，既没丢掉传统，又提高了效率，真是高手在民间啊。

尽管武书记介绍了好几句，我是驻村第一书记，张国语依旧滤包熬浆，云里雾里地忙，根本没屌我。卖完豆腐，他还得赶去膨润土矿，没时间扯闲。当武支书说到少订一盘豆腐时，张国语突然停下手里的活儿，急得就差伸手打人。别看豆腐坊生意小，那也是订单经济，突然间退了一盘豆腐，意味着他要等零散的客户，会耽误上班时间。

轴人张国语每天能多做一盘豆腐，那是给了武支书天大的面子，突然退货，对于精致到每一粒豆子都要拉细的张国语来说，就是不守信誉。武支书没把退货当回事儿，云雾中也没看张国语的脸色，重复一句，周书记的官儿比县长还大。

张国语终于停下了手里的活儿，亮出大嗓门，只说了两个字，出去！

我突然意识到，官本位在村里屁都不是，在张国语的眼里，我和武支书连一块豆腐都不如。豆腐能抗饿、解馋、联络乡情，豆子一个粒是一个粒，决无诳语，而我们却让他破了规矩，多做了一盘豆腐，给他一成不变的生活带来了麻烦。

讪讪地离开豆腐坊，我心里不是滋味，我在反思，尽管我很努力，努力的结果，或许就是从前的毛驴，时过境迁的产物。村里人能让毛驴下岗，不理我，与让我下岗何异？

第一书记，任重而道远。

田野茂盛

这里的清明静悄悄

清明下雪了，2023年的第一场雪，十几厘米厚，边下边化，雪掩盖下的地，湿漉漉的，能攥成泥巴。本该是雨纷纷的节气，却下起了雪，嫩黄的迎春花、娇艳的桃花遭到无情摧残，纷纷凋落。

这两种花儿，五龙村极少，即便有，也是自然天成，长在野沟壕边。反正不结果，也没人赏，花开花落无所谓，村中没有林黛玉。毕竟一冬无雪，大地早就旱透，一锹挖下去，全是干土，种子不能发芽。人们最关心的是墒情，雪虽浸湿地皮仅寸许，起码缓解了旱情，下总比不下强。

其实，清明下雪在五龙村并不是怪事儿，海拔八百多米，辽西最高的村落之一，别处下雨，这里下雪，实属正常。甚至春风杨柳万千条的谷雨，也可能飘落雪花。

不管怎么说，我紧绷了半个多月的心弦，终于放松了。护林防火，从镇长到护林员，从村支书到村民组长，都有责任区。驻村第一书记也不例外，如果烧了林子，六十岁的我，也得背个处分退休。

这方面，边镇有过惨痛的教训。我驻村前，相邻的四龙沟村，闹过一场森林火灾，整座山的松林全毁了。引燃大火的，是个傻子，家徒四壁，派出所也拿他没咒念。正所谓打败你的人，与你无关，一连串的人因此受到处分。镇党委齐书记正在公示期，喜气洋洋地准备上任，一场大火把副县长烧丢了，还背了处分。与我相处到年底，县里把他调到一个小局当局长，结束了本该美好的政治生涯。镇长则一撸到底，成了科员。主管林业的副镇长更惨，公务员的身份都没保住。更别提村支书和村干部了，被折腾得扒了一层皮后，打回原形。唯有傻子，还是傻子，只是监护人变成了新的村两委班子。受益的是村里勤快人，烧焦的树桩在家门口堆成了一座小山。

这场雪，如同甘霖，如临大敌的我们，终于舒了口气。见了面，互相都是笑脸，每个人都在重复，太好了，点都点不着了。这就意味着，今后几天，不必凌晨顶着星星出发，满山遍野地奔走，像机场的安检，盘查每一个进山的人，杜绝带火种上山。

清明上坟烧纸，是传统习俗，而村里的坟头，大多在山上的松林间，不小心就会酿成一场毁灭性的大火。我们五龙村，一万多亩松林，半个多世纪过去了，没着过一场火。护林防火，早就在人的心中扎下了根，谁也不会因为给祖先送几个纸钱，被抓走拘留。若是引发山火，就会倾家荡产、人财两空了。不仅没得到祖先的庇护，还辱没了祖先。所以，每逢清明节，村里人只是上坟献花，不敢烧纸。即使想给祖先送几个钱花，往往在夜深风静时，在自家的院里烧几张纸，聊表心意。

可是不怕一万，就怕万一。越是下雪，越容易麻痹，万一谁和我们一个心态，点都点不着了，硬去上坟烧纸，引燃山火的风险依然存在。谁能保证我们村没有傻子，在家闲不住，上山玩火呢？油松不像其他树种，松针的油性非常大，见火就着，哪怕天下着雨，也控制不住，火球子根本不着地，在树冠上翻滚，雨水没等浇到，就被蒸发成了汽，随着浓烟滚跑了，直到毁掉成片的山林。

护林防火，防的不仅仅是上坟烧纸，最要命的是管住农田里烧秸秆。点都点不着了，指的是烧荒燎地。地里残留的秸秆，很容易缠住旋耕机，白雇拖拉机整地了。大多数人家，嫌累，不想把残余的秸秆抱出田地，一把火烧掉，最省事儿，管都管不住。这样的火灾，大大小小每年都会闹出几场，所以，必须严看死守。

虽说不用担心烧秸秆了，但看松林间的坟头，依然不能掉以轻心，万一有人心存侥幸，焚纸祭拜呢？

我开着我的新车——四驱吉普，在雪地里绕上了我看守的山口。那里居高临下，八组石门子沟都在我的视野内。更重要的是，八组的村民，都能看到我横在山上的吉普车，有上坟烧纸的心思，也被熄灭了。

上坟烧纸被制止住了，可祭祀祖先却是不能制止的。人们上坟，改用了绢花和纸花，山上呈现出了另一种景象，翠树之下，白雪之上，一夜之间，花团锦簇，五彩缤纷。若不是这些花的提醒，我还真不知道，平素上山时，脚底下经常踩到坟茔。

五龙村蒙汉杂居，村中大多数为蒙古族人，丧葬文化也是蒙汉交融。汉族人习惯进祖坟，世世代代埋在一起，年年清明用土添坟，让坟包高高耸起，远远地就能看到。传统的游牧蒙古族人，一般是人死在哪儿，就埋在哪儿，然后驱逐马群围着坟跑，直到找不到墓地，便一去不复返了。

定居的蒙古族人，丧葬习俗多少受到汉族人的影响，家中有老人"成佛"，也留起了坟头。只是祖坟意识很淡薄，人死后，都是临时起意，找个风水宝地，随意地埋了，父与子的坟茔或许相去甚远。

受蒙古族人的影响，村中人普遍重生不重死，老人入土为安后，很少有人添坟加土。若干年过后，坟自然就会平下去，茅草之下，看不出坟的存在。虽然如此，却不妨碍村里人找到安葬的先人。熟悉地形那是当然的，更重要的是有两个标志，一是坟上的草长得格外茂盛，那是埋坟取土时，取的是松下的腐殖土。另一个是坟旁种树，也就是独棵的神树，称之为"商什"树。树种绝不是周边的松树，而是榆树、山榆树、水曲柳或者枫树。神奇的是，牛羊仿佛有灵，能闻到死人的气息，不管多饿，哪怕把旁边的草啃光，绝不去啃坟上的草。

找到了树，也就找到了坟。坟上的草越茂盛，预示着家里人丁越兴旺，而清明上坟烧纸，即使不能引起火灾，烧掉了坟头的草，也是不吉利。这一风俗，无疑减轻了我们护林防火的压力。人们顶着启明星赶到山上，献上几束绢花或纸花，以示对逝者的祭奠，等到天蒙蒙亮时，早就匆匆下山，该忙啥还忙啥去。

这个清明节，松林间、雪地上，百花盛开，便不足为奇了。

路口安静极了，守到了中午，见不到几个人上山。没有风，云却散了，天晴得透彻，太阳变热了，很快烤化了雪。过午不上坟，这是习俗，加上道路变得泥泞，更见不到人，我总算放心了。

镇政府在护林防火微信群里发了通知，可以撤岗。开车下山，陡坡儿很多，尽管我开的是四驱吉普，轧在雪地上还没问题，在泥水里就不一样了，车轱辘也常扭扭歪歪。若是换成平素开的老捷达，早就不知道滑到哪里了。

平安地回到村部，李惠在等我。他长我一轮，也属兔。我们俩是本命年，都穿着红袜子。认识李惠很偶然，我们是以书结缘。退休前，他曾是镇里的宣传委员，赋闲回村后重操旧业，开始写字画画。

2022年春节后，我在省城筹集了八千多册图书，雇了辆"货拉拉"厢式卡车，运回到村里，建了个图书馆，把一大溜书柜塞得满满的。其中有一个美术、书法专柜，大多是精品书系，不乏古今中外名画集。捐赠这部分画册的是我们省作协的领导金方，她丈夫是鲁迅美术学院的教授，也是著名的画家。她把他们家珍藏的许多书，捐赠给了我们村。

等到了清明前，美术专柜中世界名画那一格，出了个大窟窿，不知道是谁把书拿走了。村部人来人往，很少有人去阅览书，丢书还真是个怪事儿。我说，不碍事，回省城，我再去出版社化缘，继续往里补书。有人读书，终归是好事儿。

去年的今天，没有雨雪，天干物燥，到了清明防火最关键的节点。天色将明未明时，我神情紧张地守在石门子沟的山口，一个魁梧的身影，径直向我走来，对我说，你人生地不熟，我来给你做伴儿。这个老者，就是后来成为我朋友的李惠。他特意告诉我，画册是他拿走的，活了七十多岁，还没看到这么多名作，天天学习，舍不得还了。

有人承认拿了书，解了我心中疑惑。村中有嗜书如命的人，起码能证明，我们村虽穷，却不是精神上的贫矿。李惠陪我守山时，见到村民上山，不住地吹嘘我，称我是省作协的副主席，大作家，村里的图书馆有许多辽版精品书，周书记帮咱弄来的，抽工夫多读读。末了，才说到正题，上山不带火，别给周书记抹黑。

等上山的人走远了，他又劝我，别弄得如临大敌，山上有森林养着，水土才能留得住，草才能茂盛，牛羊才会有吃的，蘑菇、中草药才有生长的环境，村里人就靠这些活着呢，比抓护林防火的人都懂得珍爱。他又跟我说，外来的人护林防火，不过是一阵风儿，守住乌纱帽而已，我们得世世代代活下去，谁没事儿砸子孙的饭碗？再说了，一年三百六十五天呢，谁能守得住？上山前搜兜不带火，和出门揣钱一样，成了村民的自觉，不用别人管。

李惠对我说的这些话，等于给我服下了宽心丸，我不再紧张兮兮。有他相陪，我和上山的村民一下子融洽起来，他们主动把兜底翻过来，让我放心，还表示要互相监督，防患于未然。太阳升高了，人影见稀，我们有了空暇，就聊村里的掌故和人物。

刚驻村时，我找来了《红山县志》，特别留意查看五龙村。县志上记载着我们村出现过的大人物——阿育勒乌贵先生，汉名叫张文，字献廷，生于清同治十年，民国初年留任蒙藏事务局，曾替袁世凯阻止了外蒙古独立，晚年支持抗日义勇军，拒绝与伪满政府合作，致力于蒙古莘莘学子教育。

在县志里，我曾浏览过烈士名单，细心数一数，从抗日战争到抗美援朝，五龙村居然列居全县榜首。李惠解释说，五龙村的地形，像人的耳朵，四周皆是山，通向村外，只有一条通道，只要在村口放好岗哨，藏身之处最为理想，所以成了辽西热东一带最早的抗日根据地。村里人向往革命，纷纷参军，烈士多就不足为奇了。

这一点，八组组长甄德和我共同讨论过。1943年底，周治国率八路军武工队十八勇士，以五龙村为中心，东击红山县，西攻宁城，南袭凌源，孙悟空般大闹三座县城，弄得三县的日伪军日夜不宁，而五龙村，则成了牛魔王的肚子，专供孙悟空藏身。没有五龙村，武工队的十八勇士，不可能全身而退，还带走了数百名新兵。

我把县志里的这些讲给村支书武维扬时，他一脸茫然。显然，不爱读书的武支书对五龙村光荣的历史一无所知。李惠替武支书辩解，他说，老武是林场村的书记，合乡并村时，才归到的五龙，不知道村里过去的事儿，正常的。

不管怎么替武支书辩解，我都觉得苍白，都认为不正常。即便是两个村子，相邻不过四五里，小事不知，情有可原，影响到全县全省甚至全国的人物都不知道，太说不过去了。村支书都不了解本村的历史，能指望村民记住村里的往事？像李惠这样，能说古论今，村中能有几人？这一点我很担忧，忘记历史，就意味着背叛。同样，忘记村史，怎能记住乡愁？

生态文明，仅仅是街整齐、山翠绿，还远远不够。除了人居环境的改善，更重要的是人的素质、道德修养的提升。纯朴善良、进取向上、崇尚学习的村风，才是真正的人与自然和谐共生。李惠对我的观点竖起了大拇指，愿意和我一道，改善五龙村的人文环境。

于是，在2022年的清明节，我们达成了共识。村图书馆近百平方米呢，书柜虽然摆满了一面墙，还有许多空闲，我们把空闲利用上，设置出五龙村历史名人图片展、革命烈士事迹展，并且把他们后人或直系亲属的名字也标注上，把村史馆、图书馆合并在一起。

李惠的热情很高，他还提议，把村里考上重点大学、读了硕士和出国留学的人，也一一列上，增加家族的荣誉感，给村里的少年儿童树立个榜样。这一点，我还真没想过，我原以为，这么穷的村子，很多人都像村支书武维扬那样，初中都没毕业，哪一年建党都记不住。谁能想到，村里的大学生居然比比皆是，念书出去的，不比打工出去的年轻人少。

虽说在村里待了半年多，我对村子的认知，仅限于走不丢而已，深层次的东西，还远未触及。李惠是土生土长的文化人，对村子的理解和期待，更深入骨髓，除了支持他，我别无选择。

我真正了解知识改变命运，是在2022年的暑期。寂静而又老气横秋的村子，突然变得生动活泼与热闹起来。村部前多了一群跑来跑去的孩子，衣着打扮特别时尚，完全没有乡土气息。我很疑惑，据我了解，村里到白家洼子念书的孩子，一年级到六年级，加在一起不足一个班，哪儿来这么多孩子，而且个个不俗，有的戴着小眼镜，说话也是南腔北调。

细一打听，我才知道，这群孩子从西安到杭州，从哈尔滨到深圳，来自祖国各地。他们的父母都在大城市，都在很重要的岗位，因为疫情，学校放假，只能在家里上网课，没办法照顾孩子，就送到爷爷奶奶、姥姥姥爷家，让隔辈人代为照管。

原来，五龙村真的藏龙卧虎，这么多人靠读书走了出去，只是我不知道。这些人力资源，比我们村地下藏着的膨润土资源，不知要珍贵多少倍。一个村子的人才，能把世界缩小成地球村，多么好的事情，还天天愁村里的发展？可惜的是，我们不懂得珍惜他们。走出去的人，认为终于脱离了苦海，一辈子不想回家。我身旁的人，从不议论谁家的孩子有出息了，反倒嫉妒他们，怕我知道其教子无方，不想承认，更不想面对现实。

种地也好，帮扶也罢，哪怕修路、上光伏这样上百万的大投资，都能找到上级财政的支持。可是，一谈到文化，从上到下，都缩回了头，因为没有专项，不能拨款，想做村史馆，只剩下自筹这条路。

李惠比我有先见之明，老宣委出身，早把事情看明白了，压根都没提钱的事情。他有退休金，还经营着一家农资商店，收入很可观。只说了句，多卖点儿种子就出来了，不在乎做展板、画画、放大照片所花的费用，只想在有生之年为村里做点儿事儿，留给后人。还怕我不相信他有这个能力，特意拉我到他家，看一位国内有影响的书画家写给他的横幅"惠风和畅"。李惠的网名叫惠风和畅，常在微信里交流书画作品，恰好这位书画家参展作品与李惠的网名重合。天作之合，两人在网上认识了，就把这幅作品赠送给了他。

能得到名家的首肯，绘画功底注定不俗，给村里做个展板，还不是绰绰有余？我也庆幸在村里结交了个文化人，自然乐见其成。村图书馆丢掉的书，无形中成了钓大鱼的诱饵，李惠将会拿出上千倍的书款，来做村史图片展。

事情说起来容易，做起来却不是件易事儿。一个年逾古稀的老人，从收集资料，到形成图片，从最初的道听途说，到最终的准确认定，是个漫长的过程。他必须东家跑，西家凑，然后再到县里相关部门一一核实，才不会出错。我能帮他的，只有文字的润色。

从上一个清明，到今天的清明，我们筹备了一年，设计出个回廊似的展区。迷宫般回廊的尽头，豁然开朗，那便是缩小了的图书馆，村民可以坐下来，安静地读书。李惠在村部等我，就是让我看他刚做完的效果图，如果我认可，便可以按图施工了。我很感动，毕竟一大把年纪了，雪天路滑，居然走到村部等我。

揉搓了一年，设计方案已经揉熟了，我们用了一下午的时间，逐个推敲，最终定盘。

总算又松了口气。晚霞映红西山时，我站在村部的二楼，看到山坡上出现一个奇异的景观，松林下，一片杏林忽然绽开了粉白的花朵，红的霞、绿的松、白的花、褐色的土地，把村子渲染得生机勃勃。商量完事情，我必须开车送李惠回家了，除了担心天暗路滑，还有礼物送他，那就是后备箱里的一刀生宣。老人爱写字画画，纸是必不可少的。

进了他家的门，他死活不让我走了，他的儿媳妇也加入拉扯我的行列。理由和我送李惠回家一样，雪化了，晚上可能结冰，回镇里宿舍的路有陡坡，四驱车也不能保证安全，万一出了危险怎么办？

李惠的儿媳妇，我是认识的，直到见了面，才知道他们是一家人。她在镇里的卫健办工作，负责计划生育工作，我们经常在镇里的食堂见面，平素回家她往县城跑。我居然不知道，她也是五龙村人。

面对女人的阻拦，我无法生硬地走，只好留下来。蒙古族人好客，留我吃饭，是他们早就谋划好的，否则，怎会有炖了好久的全羊？酒是必不可少的，尽管我的酒量很小，老人还是对我进行了一次破坏性实验，让我酒后和他同吼蒙古长调。

那一夜，我醉倒在李惠家，做了一个漫长的梦。一会儿，我是民族英雄阿育勒乌贵先生；一会儿，我又是和我同姓的老八路周治国；再一会儿，我又成了从村里走出的留学生，徜徉在世界各地……

总之，李惠让我真正融入了五龙村。

动物食堂

村干部一有惰性，镇里就当鲇鱼，敲打敲打。2022年初，新上任的镇党委王书记下了死命令，每个村都要上项目，至少一个。村支书武维扬说，我主内，你主外，你是从省里来的，接触的人多，你去跑项目吧。

我觉得这事儿不算难，也没推辞，况且，推动乡村振兴，驻村第一书记责无旁贷。虎年的春节刚过，我陷入了跑项目的泥潭里。尽管前任镇党委齐书记提醒过我，我最先跑的还是开矿，膨润土矿，探矿资料显示，村里一多半地块，打开山皮就是钠基矿床，品质非常好，一挖掘机下去，就是一千多块，拿到采矿证，就能值几千万，可谓一本万利。结果，从县里跑到省里，四处碰壁，矿产资源开采，只能减少，不能增加，不再审批。

虽说项目没批，我还是为村民的纯朴感到欣慰，尽管村里没有大富之人，想一夜暴富，并非难事。膨润土最贵的那一年，外村有个人趁着电闪雷鸣的夜晚，雇了好几辆铲车，数十辆载重货车，在自家的承包地挖了一夜，天亮前又复原了耕地。只用一夜，就成了百万富翁。尽管大家都知道挖了矿就能富，村里却没有一个人尝试，包括有调动铲车和载重卡车能力的二组组长李梓军。

难的啃不下来，就选容易的，建养殖场成功率最高。五龙村邻近内蒙古，村民习惯养牛羊，想建个养殖园区。可是，找地成了难题，五龙人勤劳，经过十几代人的努力，村里不是庄稼地就是林地，几乎无闲。何况养牛羊业已经饱和，粪便排污环保项目很难过关，没有几百万的投资，基本上批不下来。

撞了南墙，只好跑其他项目，省直驻村第一书记群中，有国家电网和辽宁电力的，他们推广光伏发电项目，全额投资，村委会每年还有提成，正好壮大村集体经济。九组喇嘛沟的组长，指点我一个地方，与四龙沟交界的朝南山坡，有三百多亩荒地，没草没树，都是石头，干啥都不成，建光伏发电站最好。结果，我跑了一冬，国土和林草部门都不同意，县长协调了都不好使。地是荒山，确定无疑，我现场考察过，还拍了照片。当初却报了草场和林地，村民早就领取了补助，如果批了光伏项目，等于承认批复是造假，套取了国家资金，有人要承担责任，九组的村民，也得退钱。

我解决不了历史遗留问题，煮熟的鸭子飞了。

看我热火朝天地跑项目，武维扬始终无动于衷，躺在村部的床上，乜斜着眼睛瞅我。直到我一事无成，无奈地回到原点，彻底认栽时，指着村部左前方闲置的校舍说，实在不行，就在里边养溜达鸡吧。

武维扬说，这还差不多，你跑累了，歇着吧，这事儿我来办。

校舍在自然屯中间的一处空地，东邻一道深邃的沟壑，沟壑向东北延伸，直通到大峰山上。山上草盛林密，峰峰相连，森林绕村十余公里。校舍空闲的原因是并校，并入相邻的大村白家洼子已经十来年了。闲校址被二组组长李梓军花三万块钱买去了，总共有十余亩地，一直撂荒，一大溜校舍，只有窄窄的三间有人间烟火，其他数十间房子不是破旧不堪，就是要坍塌了。

李梓军是爱地之人，尽管在规模不小的矿山当矿长，忙得不亦乐乎，还在村里包下了七八十亩地。原校址很空旷的一大片，野草丛生，就这么荒着，我很不解，问一次李梓军，得出答案，地面下到处是水泥块，无法耕种，抠出水泥换土，成本太高，不合算。本来，买来大院，他没打算住，借给一个朋友安家，权当是免费打更。他的根本目的是趁便宜抄底，占个地盘，待价而沽，没想到没有接盘手，砸在手里了，好在他拿几万块钱不当钱，有屁股不愁打。

武维扬调动李梓军上项目时，依然是躺在床上，连屁股都没抬，打电话骂道，你那个学校闲着干啥，给我养五千只草鸡，你不养鸡，下半辈子你就养我。

话说得如此霸气，不容置疑。后来我才知道，李梓军是武维扬的叔伯小舅子，上不成项目，武书记就当到头了，当然要给有钱的小舅子施压。

校舍经过改造，成了鸡舍。

送鸡雏的大卡车来自山东，那是专用卡车，厢式的。我拿着边镇政府的证明，开车到红山南高速路口接车到村。卡车的门上重重叠叠地贴着封条，昭显着经过了道道疫情防控检查。让人意想不到的是，车厢打开，没人照料的小鸡雏千里迢迢来到五龙，居然一只也没死，活蹦乱跳地下了车。

鸡雏每只售价仅为一块二，只比鸡蛋贵了四毛钱，倒是运费价格不菲，每公里五块钱。我都亲自去高速路口接鸡雏去了，李梓军肯定会在老校舍等着。没想到，接货的只是他媳妇，他该忙啥还忙啥。这一万多块钱，对李梓军来说，是小菜一碟，还不及鸡舍建设的一成，不过是十几天的工资，根本没当回事儿。

毛茸茸的小鸡雏，卸下车就获得了自由，"叽叽叽"稚嫩的叫声响彻村落，听着让人心暖。鸡雏散开，返青的草甸上，一大片鹅黄，煞是好看，它们有的去鹐小米，有的跑去喝水，有的居然会捉小虫子了。

我看得满心欢喜，武维扬也挺高兴，总算有个项目落地了，他拍着我的肩膀说，别有负担，项目是咱俩的，军功章可以复制。

三天后，意外发生了，五千只鸡雏，都打蔫儿了，眼睛一闭，腿一蹬，一片一片地死。李梓军媳妇拿着铁撮子，一撮子接一撮子往路旁的沟里扔死鸡崽，扔到晚霞飞满天时，鸡场里的鸡雏，恐怕连五百只都没剩下。

乌鸦从远处飞来，幸福地啄食死鸡崽，黄昏中，它们兴奋地叫着。

李梓军驾着大吉普回家，停在校舍旁，看到这一幕，怒从心头起，他再有钱，也不是大风刮来的，鸡雏成堆地死，他也心疼。他操起手机，和供货商吵了起来，让山东方面赔偿他五千只鸡雏，立刻送来。

对方拒绝了他的要求，称他们管理不善，鸡苗是冻死的，合同中说得很清楚，鸡苗的室温不低于三十度，每周只能下降二三度，直至脱温。鸡苗是娇嫩的，不能当野鸡养，何况，野鸡崽常在母鸡的羽毛下增温呢，你们居然下车就散养，没文化，真可怕。

李梓军气急败坏，溜达鸡生下来就该是溜达，他的要求有错吗？他家又不是没养过鸡，老母鸡抱出小鸡崽，谁管过？出了壳就满地跑。然而，白纸黑字，合同上他签了名，商家玩了文字技巧，免责了，官司都打不赢。

第一次养鸡，几乎全军覆没，等于交学费了。

再次养鸡，李梓军汲取了教训，不再简单地把校舍当鸡舍，设置了隔离区，防止鸡雏扎堆，鸡舍增加了塑料大棚，提高室温。进鸡雏时，他不再图便宜，品种是适应性强的三黄鸡，要求供货商把鸡苗养到脱温状态，放到养鸡场马上适应，健壮得个个能吃草、捉虫。

脱温鸡苗，需要养上一个月，公鸡母鸡都能分出来了，价格一下子翻了十倍，其他投资和人工成本不算，光鸡苗就是六万，若是再失败，要赔进去十几万。李梓军本想打退堂鼓，武维扬不同意，扬言给他家门口挖大沟，让他回不了家。

李梓军被逼上梁山。

所谓的脱温鸡苗，事实上快是半大鸡了，秃溜溜的，不好看，叫声正是难听时。这一次供货商很讲究，派来了技术员，从环境管理到疫苗接种，全程跟踪服务，直到鸡苗完全适应散养的环境。

老话早就说过，家有万贯，带毛的不算。家禽难养，古来如此。李梓军再吊儿郎当地不精心，鸡崽还会全军覆没。这一次，李梓军再也不敢"装屁"了，而是跟在技术员后面"吃屁"，人家传经送宝，他觉得放屁都是香的。事实上，技术员不敢"放屁"，他是靠技术吃饭，把许多书本中没有的经验都教给了李梓军。

立夏到小满，辽西植物疯长，同这个季节一样，李梓军的草鸡，在他们家的百草园（养鸡场）里快速成长，公鸡曳出了多彩的尾巴，母鸡成了修长的"小姑娘"。李梓军的媳妇彻底告别了全职太太生活，离开了县城的楼房，丢下了锅碗瓢盆，全职照顾这五千只草鸡。

李梓军的媳妇养尊处优惯了，五千只草鸡立刻让她掉进苦海。养鸡比养孩子累多了，在县城，她陪闺女从小学到高中，直至考上大学，十几年都没有养鸡一个月累，每天都累得筋疲力尽。睡一觉，充满了电，第二天接着干。

鸡免疫力差，易死，三黄鸡也不例外，李梓军媳妇按照免疫程序，给每只鸡打预防针、投药，一个动作重复几千次，不累垮那才怪了呢。鸡是活了，人却快累死了，李梓军原以为养溜达鸡，就是原生态，原校舍里偌大的一片草甸，虫子又不少，早上松栏，晚上关栏，平时再喂点儿，就没啥事儿了。没想到，想把鸡养活，会这么难，要干这么多活儿。

好在李梓军心疼媳妇，雇了两个人，替她干活儿。尽管如此，鸡的寄生虫怎么防，怕鸡拉肚子，柴胡、常山等中药的水怎么熬，给整个大院里消毒的烧碱怎么稀释，这些技术问题，还得是她操心。

当然，最操心的是放牧。早晨，数千只鸡冲出鸡舍，就像是鸟儿飞出了牢笼，立刻乱成一锅粥。鸡是散养的，自由却有限度，必须培养"集体主义精神"。淘气的鸡，有了飞上墙的本事，要雄视天下，不及时轰下来，就成了"叛国者"，一旦丢失，又成了损耗。两个雇工跑到院外，拿着竹竿往回打。

李梓军很讲"鸡道主义"，院子里搭了好几道架子，专供淘气的鸡往上飞。

大院里有分区，用尼龙网隔着。草鸡的爪子，最能刨土，鸡越大，破坏力越强，用不了一个月，草场就会被刨得只剩光秃秃的一片黄土。尼龙网隔出几块草场，用来轮牧，否则，院里的草无论有多厚，都会被刨光。

轮换草场时，草鸡特别兴奋，望着网那边油汪汪的草、蹦来蹦去的蚂蚱、拱来拱去的虫子，早就馋得不行了。别看老校舍种地不行，种草却没问题，铺上两寸厚的土，种上溜达鸡爱吃的草，甚至种上点儿小白菜、小菠菜，都没问题。

俗话说，"鸡刨根，寸草不生"，被鸡刨过的草场，已经残破不堪，必须重新收拾。最先收拾的是鸡粪，一律清除出去。别以为鸡粪留在地上就能当肥料，鸡粪劲儿大，尤其刨进土里后，发酵时，温度能超过60℃，不管是草根还是草籽，碰上就会烧死。再有，鸡粪碱性太重，破坏土壤的酸碱度，草木会烂根子。

鸡粪堆在院墙外，坐在村部的二楼，就能看到团团蒸汽从粪堆上冒出。等到鸡粪发酵后，拌和硫酸亚铁和锯木屑，才是难得的好肥料，重新铺回院里，不管种啥，都会长得欣欣向荣。

太阳快要落山时，李梓军的媳妇吹响了哨子，鸡们爹开翅膀，飞奔着跑回鸡舍。这是养草鸡的撒手锏，鸡舍的食槽里有碎苞米、麸糠、豆粕等五谷杂粮，回晚了，就吃不着了。没有这些"美味佳肴"诱惑，溜达成性的草鸡们，或许"乐不思蜀"了。

李梓军是浪荡公子不假，却不是没心没肺，雇的远程技术员，用手机监控指导，没出现一丝纰漏。媳妇更是尽心尽力，管理得精心到位，没有任何差池。然而，草鸡的损耗还是与日俱增。

最难管控的是草鸡之间的战争，没有战争，就不能称为草鸡了。战争的形态是啄肛，试探性进攻从啄羽开始。虽说食物充足，战争的起因还是食物，两只草鸡或许为争抢一只蚂蚱，互相就看不顺眼了，强壮的那一只，开始啄弱方的羽毛。其他的草鸡也过来啄，弱的一方便成了众矢之的。

若是弱的一方能跳出重围，没被啄掉几根羽毛，便算万幸。

若是背部被啄秃，那可就麻烦了，这就是标识，谁都有资格过来啄肛，这只草鸡的死期就不远了。

对付啄肛的锐利武器就是竹竿，对于草鸡来说，这就是原子弹。只要李梓军的媳妇扛着竹竿进入鸡场，欺凌弱者的鸡群不等竹竿落下，立刻炸了营，四散奔逃。屁股鲜血淋淋的草鸡，原以为得到了拯救，很委屈地缩在她的怀里。事实上，却是被她挑出去，拎进屋里，一刀斩断了它所有的痛苦。

想纠正啄肛的恶习，必须立马将受伤见血的鸡淘汰掉，否则草鸡们就会无事生非。久而久之，会把鸡冠当成伤口，群起而攻之，那样就乱套了。鸡的战争，最大的受益者是武维扬，回家前，他总是到养鸡场绕一圈儿，顺手拎起被李梓军媳妇收拾好的白条鸡，回家炖了喝酒。虽说是仔鸡，还没长大，可供他吃一顿还是绰绰有余，况且是名副其实的溜达鸡，肉质鲜嫩。

另一种战争，发生的概率不高，在有限的会打鸣的公鸡间。发育快的公鸡，已经显现出王者的气势，它们经常为地盘而虎视眈眈，谁也不服谁，最终爆发势均力敌的战争。它们扑扇着翅膀，斗得天昏地暗，其他小母鸡吓得远远地躲着。

这种情况，李梓军的媳妇一般不管，优胜劣汰，这是鸡类的自然规律。站在我们村部的楼上，就能看见公鸡斗架，武维扬闲着没事儿，就隔着窗玻璃看热闹，一旦看到斗出了结果，他就下楼了，拎走斗败的公鸡。

有人的管控，鸡的战争还是有限的。最难对付的是野生动物对草鸡的觊觎，几千只鸡，成天"叽叽喳喳"地叫，几里外都能听得到，对野生动物的诱惑力有多大，不言而喻。要知道，我们五龙村，三面被森林包裹，野生动物多着呢，甚至还有国家重点保护动物黄羊和梅花鹿。狼回来了，豹子的脚印也清晰可见，狐狸大白天都敢窜到村里，土拨鼠到处打洞，黄鼠狼多得数不胜数，这些都是鸡的天敌。

生态环境好，是优点，可也深受其扰，野猪拱地咱就不说了，单说鸡。村民家一般只养十几只或者几十只鸡，鸡舍有网罩着，有狗看着，有鹅报警，有夹子埋伏，有主人的锹镐伺候，野生动物还有所顾忌，山上有野兔野鸡，顶多追得累些，不至于有生命危险。

偷李梓军家的鸡就不一样了，狼跳过墙，叼走两只鸡，易如反掌。天上还有鹞鹰，飞掠而下，叼走只鸡，影儿都看不到。虽说校舍下面都是水泥坨子，可东墙下就是沟壑，黄鼠狼和狐狸，在沟里掏个洞，就能探过墙底，轻松地找个水泥缝隙，探出头就能吃到鸡。还有蛇，借着黄鼠狼打的洞，爬过来，吞下了鸡悄无声息。食草的土拨鼠也不示弱，钻进养鸡场偷吃荤腥。

李梓军的养鸡场成了唐僧肉。

同许多人家一样，李梓军在养鸡场里养了十几只鹅，充当鸡的警卫，没多久，就被黄鼠狼咬死了。黄鼠狼偷吃鸡，比狼和狐狸还招人恨，不是偷一只就跑，而是一咬一大片，只喝血，不吃肉，太祸害人了。

鹅打不过黄鼠狼，李梓军就养了两条黑背，结果，母狐狸冒充小母狗，把黑背给策反了。除了咬几只土拨鼠向主人报功，大部分时间，黑背纵容狐狸偷鸡。

辛辛苦苦养到了三伏天，李梓军家的草鸡，只剩下五百多只。存活下来的鸡，包括不会打鸣的母鸡，都成了昴日星官，翅膀一扇，能飞出个三四十米，平时栖在架子上，即使狐狸、黄鼠狼进来了，也只能"望鸡兴叹"。它们啄食蝎子、蜈蚣等毒虫，如同游戏，生存本领，不输野鸡。

鸡少了，劳动强度低了，再雇人看管，恐怕剩下的鸡还不够付工钱。李梓军的媳妇辞掉了雇工，自己干活儿。十几万的投资，就这样天天看着打水漂，她越干越气，直到有一天，一病不起。

一直当少爷的李梓军，只得起早贪黑，每天松栏关栏，投食喂水。白天还得正常上班，当他的矿长。虽然一整天没人照料，未见鸡有损耗，它们都成了达尔文进化论的支持者。更何况黑背和狐狸的"恋爱"失败后，气疯了的黑背绝不轻饶任何入侵者，院里经常陈列着土拨鼠、黄鼠狼的尸体，向狐狸、土狼示威，以儆效尤。

痛定思痛，李梓军开始搞调研，走了几家土鸡饲养场，发现人家是"监狱"管理模式，吃草吃蚂蚱，如同给犯人放风，只松个把小时，立马赶回鸡舍中，重归笼养状态。李梓军把生态养鸡理解错了，以为草鸡是纯天然、全天候散养的状态。

实践证明，散养的鸡只能散户养，无法形成大型养殖场。溜达鸡玩的是概念，市场上大多是蛋鸡淘汰了，松在院子里养几天，解开绑腿，都不会跑。

拎到市场上销售，更不理想，就算没有损耗，他家的鸡每只成本快一百了。同样是三黄鸡，同等分量，别人家才卖五六十块钱，价格上就没有了优势。就算人家相信你是纯天然生长的，就算大家都有健康生活意识，事实上会飞的鸡肉质并不太好，硬而不香，就像野菜再好，也卖不过大白菜，真正的溜达鸡，并不被市场宠爱。

李梓军也想到了品牌的效应，打响他的五龙牌原生态草鸡，可是，就剩下五百多只鸡，失去了规模，再去宣传，徒劳无益。虽说草鸡散养是纯粹的生态回归，却无法真正地形成产业化。溜达鸡的市场供给，只适应小民小户的自产自销，它的生命力不在于规模，而在于零散，市场则是小溪汇成河的地方。

从这个角度上来说，李梓军还算得上养殖大户，他基本上做到了散养草鸡的极限。

住了一个月医院，李梓军媳妇的病总算好了，就是不能再着急上火。毕竟鸡少得只剩下十分之一了，活计自然少了八九分，她忙得过来，何况草鸡们早就学会了适者生存，吃草吃虫时不忘警惕身边的情况，只要不饿，决不从木架上飞下来，草场也因此得到了恢复。

李梓军的媳妇除了早晨松栏时扫鸡舍，晚上给鸡添饲料，白天大部分时间或养身板或玩手机。

有一次,我陪着武维扬到鸡场里看看,黑背不欢迎我们,李梓军的媳妇也不欢迎我们。她一直怨恨,他们家养鸡是我们给挖的坑,完成的是村里的任务,是我们给她找了个大麻烦。

她说,我们家鸡场又进黄鼠狼了。

我信以为真,踮脚张望着,找黄鼠狼在哪儿。

她有气无力地笑了下,接着说,一百多斤呢。

我一下子明白了,她是骂武维扬呢。我拉着武维扬的胳膊,想要离开。

她拉住牵狗绳,拴牢,对我们说,来就来了,走啥,进来吧,四千多只都没了,不差这一只,别当吸血鬼就行。

武维扬根本不怕骂,推门就进去了。她接着说,自己抓吧,逮哪只算哪只。结果,追了半天,一只也没追到,好几次摔得差点儿嘴啃泥。末了,他也就算了,自我解嘲地说,哪天黄鼠狼咬剩下了,给我。

她又笑了,又骂了句,你还不如黄鼠狼吗?

村里的人际关系就是这样,不骂不说话,骂中看智慧,骂中见人情。

我们也挨了骂,真正的骂,镇党委王书记把我和武维扬找到办公室,批评我们俩,把上项目当儿戏,全镇十四个村,别的村上项目,都是挣钱,你们村却让李梓军赔个血葫芦似的,回去,重新上项目。

别看武维扬在村里舞马长枪，见到王书记，就成了霜打的茄子，争辩一句都不会。我虽然驻村，本质上是个"员外郎"，并不怕王书记的批评，总不能把野生动物的祸害都算到我们头上吧？这是天灾，不是我们不努力。

王书记才不听我的解释，上项目是让老百姓得实惠，除了三天两头拎人家鸡，咋防范，上过心吗？觍脸说镇里瞎指挥，猪脑子。我明白了，王书记批评的是武维扬，我是陪绑而已。最后，王书记撵走了武维扬，把我留下，让我到县林草局，找高局长，看能不能给李梓军争取些补偿。

让我找高局长，王书记是顺水推舟，给村里上光伏项目时，高局长驳了县长的面子，欠下了人情，这回让我找他，等于让高局长给县长一个台阶下。王书记当着我的面给高局长打了电话，主题却是保护野生动物。

到县城见高局长，我已轻车熟路，这次高局长没打驳回，尤其是听说豹子和鹞鹰吃了鸡，更感兴趣了，生态环境好，濒危野生动物都出现了，那是他的政绩。他让我回去找图像资料，只要证据齐全，李梓军养鸡场那点儿损失，不算个啥。

我本想打电话，把喜讯告诉李梓军，转念一想，不行，虽说豹子、鹞鹰吃鸡是事实，可想得到损失补贴，必须有充足的证据。野生动物吃鸡，随机性很强，除非提前准备好了，否则谁会专门为这个录像？这件事儿，怕是又要白忙活。

驾车回到村里，看到李梓军的媳妇正在忙碌。我下了车，本着试试看的态度，想问一问国家重点保护动物祸害鸡时，留没留下影像资料。细一瞅，我吓了一跳，她正指挥两名电工挥汗如雨地干活儿，墙上墙外架电线呢，沟壑的那面陡坡上也挂满了，让偷她家鸡的野牲口有来无回。

我劝她，这可使不得，万一电到了人，那可是出大事儿了。她说，警示牌都挂出去了，谁没事儿闲得去触电。我又说，电死了野生动物，你也会坐牢的。她气呼呼地说，动物吃我的鸡，谁也不管，我电死了它们，还得蹲大狱，还有没有天理？我说，你别急，先把电网撤了，你要是怕损失，剩下的鸡都算我的，我拿车做抵押。

李梓军媳妇气乐了，我开的是辆旧捷达，十辆车也不值她家剩下的鸡钱。

好说歹说，李梓军媳妇答应了不通电，可让她拿出图像资料时，她却难住了，从没想过这件事儿，鸡被野物吃了，自认倒霉，哪有闲心录像？再者说了，豹子和鹞鹰贼着呢，都是突然袭击，就是想录像，也来不及呀。

图像资料没找到，眼看着这件事儿又泡汤了，我有一种一事无成的挫败感。正心灰意冷地往村部走，听到知了拼命地叫，抬头看上去，无意间我望见了村部旁的监控探头，正对着李梓军的养鸡场。

我痛恨自己的笨，天天在眼前，居然熟视无睹。我忙钻回车里，驾车回到镇上，径直去了镇里的派出所，找到蒋所长，求他找出野生动物祸害养鸡场的画面，拷进移动硬盘中。蒋所长帮了我多次，也算得上我在镇里的朋友了。掐算着鸡场损失最重的日期，我们找出了花斑豹和鹞鹰偷鸡的画面，虽说清晰度不够，但偷鸡的场面，和动物世界里一样精彩。

图像是镇宣委小迟给我剪辑的，交到林草局高局长的手中，已经是成形的资料了。高局长特别高兴，他认出，那是只未成年的豹，属于濒危野生动物华北豹，李梓军牺牲的是鸡，成全的却是自然生态。幼豹现身，足以证明，辽西以西成了华北豹新的繁衍地。尽管李梓军家的鸡练出了躲避天敌的本领，却躲不过豹子，小豹子的爬树本领不亚于猴子，会飞的家鸡，总不如野鸡，木架子成了摆设，小豹子总能得手。

李梓军的无意之举，等于给濒危野生动物种群带来了繁衍的生机。

没多久，补偿款就下来了，十万块。李梓军苦尽甘来，尝到了天上掉下来的馅饼。

既然钱是白来的，就不能白白地揣进兜里，起码不能让武维扬背上个无能、不会上项目的名声。李梓军又订下了新鸡苗，买下了高清监控设备，反正鸡被野生动物吃了，有人埋单，就当办动物食堂了。

金苗诞生记

我写的人叫贾不足，我们村五组岗岗沟人。我们俩第一次见面，就是正面冲突。2021年国庆长假后，我驻村满一个月了，也混熟了许多张脸。在村部，我已经习惯了站着办公，正和村支书武维扬说事儿，他的手机响了。他示意大家别说话，边接电话，边向村委会委员小卢和小平打手势，三个人急匆匆往外走，脸色中带有掩饰不住的慌张。

武支书把手机揣进兜里时，回头对我解释一句，两家干架了，我们处理一下，你看家。

村里有很多舌头碰牙的事儿，武支书一般不让我处理，我不了解村情，听不出指桑骂槐，怕我调解成驴唇不对马嘴，或者是火上浇油，还得他收拾烂摊子。言外之意，我是"外国秧"，融不进他们村。

我孤独地留在村部，百无聊赖中，翻着桌上的花名册——全村党员名单，共六十四人。我瞅着这些名字，越瞅心里越沉重，身份证那一栏，大多是二十世纪四五十年代出生的，偶尔还有二三十年代出生的，五十岁以下的党员，少得可怜。难怪我张罗几次开村党员会，都没成，总不能派人到老党员家去，将他们从病床上抬到村部吧，那可真成了"风景"。

后继乏人，是乡村振兴最严峻的挑战。

我正在忧心忡忡，一阵"稀里哗啦"的声音，打破了村部的寂寞。一辆电动三轮车开进村部，一个女人指挥着三个孩子，扯着被子的四角，将一个残疾人抬进来，丢到我面前。这便是被我称为贾不足的人，没有右脚，一副拐杖放在他的左右，面色蜡黄，一脸狰狞。

看着这个被病痛折磨的人，我问道，怎么了？

女人说，胆囊炎犯了，作死呢。

我得过胆囊炎，疼得死去活来，难受得五内俱焚，住了一个月院，消瘦了二十斤。或许是同病相怜，我问道，怎么不去医院？

女人吼道，病是村干部气的，有病就得村里管，不管，就死在村部。女人说完，丢下贾不足，领着三个孩子，气呼呼地走了。

棘手的问题横在我面前，别看我不认识贾不足，人家却认识我，知道我是省里派来的第一书记，想不摊上人命，就得管他的死活。

明摆着呢，赖上我了，我忙给武支书打电话，想问明情况。武支书不接，给小卢和小平打电话，他们也不接。我顿悟，武支书临走前接的电话，肯定是通风报信，三个人一碰眼神，心领神会，全撤了,把我傻乎乎地留下。

有病不能耽搁,尤其是胆囊炎,躺在地上受凉,更不行。我坚持着立刻送他去医院,新农合医保,能给报销一多半,残疾人还另有照顾。

贾不足边"哎哟哎哟"地喊疼,边说,村里不给钱,我上个屁医院。

我巴不得马上哄走他,好声好气地询问他,住院需要多少钱?

他伸出一根手指头,一副不给钱死给你看的架势。我立刻不吱声了,村集体收入一年不过几万块,对于村部来说,一万块钱,是承受不起的数额,真是狮子大开口啊,难怪三个村干部吓跑了一对儿半。我们驻村第一书记,没有钱财物的权力,遇事都要按政策来,我不可能给他态度。

贾不足的态度却十分鲜明,不给治病,死在村部。对峙了一段时间,招来了一些围观的村民,看热闹也好,瞅笑话也罢,我的一举一动,都是村里人日后的话题。我想把这个球踢给镇派出所所长,刚想打电话,他费尽力气,挤出了几个字,一千块。

早知道他只想要一千块,不必费唇舌了,我兜里的现金,足可以应付他。我说,治病要紧,我先给你垫上,啥时有,啥时还。

他一把抓过钱,力气大得不像有病。把钱捂在胸口,不知是疼的,还是和村里较劲儿,咬牙切齿地说,我从不借钱,你找村里抹账。

自打把钱掏出,我就没指望他还,更不能让村里报销,村民爱攀比，多给谁几十块钱，都会计较，后患无穷，就当肉包子打狗了。眼下，最要紧的是把他请出村部，否则，以后我在村里没法待，倘若他意外死在村部，我会吃不了兜着走。

还是好心人多，村里人帮我把贾不足抬出来，塞进我的私家车。我开车出了村部，准备送他去四十公里外的红山县，到县医院就诊。

谁知到了镇里的路口，他执意让我右转，开往镇医院的方向。镇医院的水平，不过是消消炎，止止疼，不可能治愈。看样子，贾不足还是心疼钱，没有把病治好的打算。

总算把他交给了医生，他躺在病床上，输了液，我也卸下了负担，长长地松了一口气。

晚上，我回到镇政府的宿舍，正巧镇党委齐书记值班，我把白天遇到的事情讲给他。我不是计较贾不足拿走了我的钱，和普通农民相比，省直机关干部的收入简直是在天上，这点儿破费，不算啥。我气愤的是武支书，他是村里的掌舵人，居然临阵脱逃，让我替他挡枪。齐书记听了，一个劲儿地"嘿嘿"笑，末了，还替武支书解围，骂道，这个舞马长枪，别看平时挺横，真的遇到了茬子，比兔子跑得还快，别说是你，给我也没少挖坑。

齐书记给我沏杯茶，让我坐下慢慢听。

脱贫攻坚的第一年，齐书记就任边镇。既然是攻坚，党委书记就要带头"爬坡过坎，滚石上山"，做最难的事儿，包最差的村，管最穷的户。我们五龙村，最偏僻，最贫困，还是有名的软弱涣散党支部。

谁都说我们村是麻绳拎豆腐——提不起来，齐书记不信邪，就包了我们村。至于包哪个贫困户，武维扬耍了个心眼儿，把贾不足递了出来。贾家困难不假，却不是村里最穷的户，他家没有痴茶呆傻，地又不比别人家少，一穷是因为懒，二白是因为折腾。

贾不足的穷折腾，是从丢了右脚开始的，从此，他就成了上访专业户。他在红山县的一个小街巷里，和一个开吉普车的司机发生口角，不让人家走，结果，遇到了蛮横的茬子，人家不理他，直接撞过来，他躲闪不及，车轮从他的右脚面上轧过去，肇事者一走了之。

他的第一反应不是去医院，而是坐在地上，一个劲儿地让围观的人追轧他脚的司机。交警来了，问他车牌号，他没记住，一个劲儿地催警察抓人，抓不到人，他不去医院。结果，错过了最佳治疗时间，只得锯掉了右脚。出了院，他就到县交警队找肇事司机，后来听说这是故意伤害，又去找刑警队。做笔录时，别说是车牌号，他连轧他的是什么车，都说不清楚，对司机的描述只是简单的一句，像黑煞星。巷子里没有电子眼，警察调了周边的监控，他也没认出是哪辆车。

事情就这么撂下了，贾不足从督促公安局破案，变成了告公安局不作为，这么丁点儿小破案子，都破不了，为人民服务都是假的。告来告去，总算没有白告，毕竟残疾了，公安局从扶贫济困角度出发，给了他足够的手术费。他告状的目的，是一劳永逸地解决一辈子的事，手术费不过是杯水车薪，他接着告，告得他自己都认为，轧他脚的是公安局。最后，把公安局告烦了，干脆拘留了他。

拘留所里的人，少不了上访的人，这里反倒成了教唆学校，他从闹访的人中，学到了经验，变无理访为有理访，上访时如何声东击西，打游击战、麻雀战。只要国家有大事儿，想方设法去上访，最好去北京，你一闹，政府就害怕，拿钱安抚你，求你别给他们上眼药。

事实上，公安局还真没把贾不足的案子当成小事儿，局长亲自督办，案子最终还是破了，贾不足也铁嘴钢牙地认准了嫌疑人。遗憾的是，车是偷的，人是杀人逃犯，贾不足丢掉的脚，成了破案的线索——上面有轮胎的痕迹。不过，他的脚却是白白地丢掉了，案犯命都不要了，拿啥赔偿你？

贾不足以破命案的功臣自居，闹访得更有理由了，被拘了几回后，不但没尝到甜头，反倒吃尽了苦头。拘留所里，少不了有亡命之徒，拖着半条命进来的，见谁欺负谁，没人惯着你是残疾人。他思来想去，公安局是专政机关，越闹结果越坏，还是闹政府容易些。

正巧，有个大矿主租了三组的地，开采膨润土，每亩地两万块钱，租期十年。三组被占地的人家，立刻发了一笔财。其他组的人不干了，土地是集体所有，不属于哪一家，承包地种庄稼理所当然，转包出去开矿，性质就变了，收益要全村人共享。

贾不足自告奋勇，牵头告状，矿主两万块钱征地，便宜成了白菜价，这里面肯定窝藏着腐败案，征地款部分人受益，更不合法，要求重新分配。先是数百人阻拦矿山开采，被警察驱散后，到县里、市里上访、告状。最后，他带着几百人的签名信，到北京上访。

本来，贾不足就不爱种地，也舍不得往地里投入，上访成瘾后，他家的庄稼更没人管了，四十几亩地，不施肥，不打药，常常草比庄稼高，产量不及别人家的一半，家里也弄得一贫如洗。

如此反复，年年如此，缺只脚的人，比腿脚好的人跑得还欢，镇里经常被折腾到北京接人，弄得苦不堪言，为他一个人，镇里每年都要花费好几万。

齐书记刚来时，不了解这一情况，结果被武维扬给糊弄了。等到镇干部告诉他实情，不能包这一户时，已经晚了，说出的话，是泼出去的水，作为全镇的一把手，既然承诺了，怎能不做主？

醋打哪儿酸，盐打哪儿咸，齐书记弄明白了，既然是膨润土矿主惹出来的是非，就让矿主消化掉。齐书记找来矿主，让矿主安排个人，到矿里上班。矿主正想巴结新来的书记，安排个亲友当工人，还不是小菜一碟。

当齐书记说出贾不足的名字时，矿主差一点儿跪下，追问到底是啥亲戚，这么上心。齐书记说出是他包的贫困户时，矿主满脸苦相，宁可包阎王殿里的小鬼，也不能包这个活爹。齐书记说，既然县委让他主政一方，刀山火海都不能躲，安排贾不足打更，二十四小时不离开矿山，工资每月六千，拴住他，不让他跑出去告状，你们少了麻烦，也替镇里解了忧。

驳了齐书记的面子，以后咋在镇里混？矿主打牙往肚里咽，每月六千，企业蓝领才能挣这么多，这个混蛋，借了镇领导的光，工资收入这一项，全家一年能脱两次贫。

贾不足以为矿主怕他了，神气地穿着保安服，掐着腰站在门卫室，颐指气使指挥拉矿的大卡车司机，也常找些理由，不让他们走，只要他们上一点儿小意思，啥毛病都没有了。拉矿的司机，见过大钱，没人和这个无赖计较，也没把三五十块当回事儿，有时间多跑一趟，就是上千块，让个瘸子耽误了，不值得。

拦路虎的日子，贾不足很满足，走出矿山，他常常显摆自己的告状成果，带上拘留所里教他上访的兄弟，下饭店，去歌厅，泡温泉，找小姐，吃喝玩乐一圈儿，就成了月光族。等快到家了，才想起自己还有三个儿子，剩下的钱，只够买三根香肠了。

如果只有一次，便也罢了，每次挥霍一空时，他才突然想起，家里还有三个儿子，便向老板索要三根香肠，回到家，一个儿子一根。为此，贾不足又有了新的绰号——三根香肠。

尽管齐书记让矿主把贾不足的时间安排满，二十四小时不离开矿山，可劳动法反对超时工作，矿主也没办法约束贾不足不出户，人家说回家过次夫妻生活，你总不能反对吧。可每次出了矿山，和狐朋狗友混一圈儿，又开始花样翻新地告状，网络舆情、手机传送等信息技术都被他用上了。气得矿主直骂，吃着他的，嚼着他的，养个狗还懂得看家呢，贾不足咋就喂不熟呢，他替镇里养着个白眼狼。

白眼狼的生涯是在一次意外事故中结束的。那是贾不足到矿山上班快半年时，他一时手欠，摸卷扬机玩，小拇指被卷了进去，绞掉了一厘米。商量赔偿时，贾不足要了十万块，矿主爽快答应，条件是解除劳动合同，不能来矿里上班了。

贾不足以为十万不少了，一辈子没见过这么多钱，也没多想，当时就签字了。回到社会上，总算没人管束了，天天吃喝玩乐，等到钱花光了，重新算账，才发觉吃亏了，十万块钱，不到两年的工资，矿主骗了他。他把签字的事儿丢在一边儿，又来上班，被矿主撵了回去，再来闹，派出所来人了，把他押回了家里。

别的矿主听说贾不足一下子讹了十万块，只要齐书记介绍他来工作，头摇成了拨浪鼓，倒找钱都不雇他。从此，贾不足重新沦为贫困户，重新走上了上访之路，齐书记伤透了脑筋。

我知道，齐书记是关心我，毕竟短暂驻村，不任实职，文人不识人心叵测，不知水有多深，一旦书生意气，那就麻烦了。他把贾不足的故事讲给我，是让我引以为戒，谨慎处之。他没有怪罪武维扬，没几个浑人蛮户，还叫乡村吗？不敢直面斗争，还当什么乡镇党委书记？所以，确定领导承包返贫边缘户时，他毫不犹豫，还是选择了贾不足。

既然齐书记敢把贾不足包到底，我也不能半途而废，起码在镇医院治疗的事儿，有始有终。毕竟，我是个老胆囊炎，备了许多鸡骨草胶囊、消炎利胆片，还有头孢等消炎药，我送给他一部分。小康路上，一个不能少，贾不足少了一只脚，我们也不能让他走慢了。

齐书记让我干脆把好人做到底，他联系妥了县残联，让我跑一趟县城，免费再给贾不足安义肢，让他离开拐棍也能走。我会心地一笑，贾不足的身体残疾很容易解决，高科技足可以让义肢成为他身体的一部分，可他心理的残疾如何解决？这是我们共同面临的问题。

开车到县残联，我找到工作人员，她不愿意了，耷拉着眼皮，明知故问，人有几只脚？

我瞅着自己的脚，没说话。

她说，别人是两只脚，他有五只脚了，我们给他装了四个义肢，最贵的好几万块呢，里面都装上电脑处理器了，比正常人跑得还快，好事总不能可一个人来。

抱怨归抱怨，齐书记的面子残联主席还得给，工作人员该办还得办。

一千块钱的医疗费，几瓶点滴就打光了，镇医院不再收留贾不足，给我打电话，让我送他回家。还好，贾不足没有耍赖，同意出院。他有假肢，不穿，偏要挂拐杖。医院的右边，是一家小超市，他盯着超市，不走。我扶他，他推开我，说，去，给我买三根香肠。

我笑了，他知道我为啥笑，也不在乎，占便宜就行。

送他回家的路上，我一言不发，恐怕言多语失。他却一直问我，你知道我最恨啥吗？我心里说，你不是一直告矿山占地吗？不就是腐败吗，何必问我？我不回答，他一直问下去，非要得到答案。

矿山承包，历来是敏感话题，我不能掉进陷阱，紧咬牙关，不提。见问不出来，他只好自问自答。出乎我的意料，他最恨的不是腐败，而是新冠疫情，非必要不出县，堵死了他的路，告状无门了。

谢天谢地，疫情有一亿条罪状，却有一条好处，阻止了贾不足的折腾。

贾不足总算没出幺蛾子，没再到村部耍赖，甚至穿上了我从县残联带回来的义肢，在岗岗沟里走街串户。年底，齐书记把武维扬和我找到办公室，谋划如何增加村集体收入，巩固脱贫攻坚成果，尤其像贾不足这样的邋遢户，没有勤劳致富的概念，靠替人告状活着，怎么才能阻止他返贫？

不给他钱，他就作死，就这么个烂泥扶不上墙的滚刀肉，谁能想出好招法？我们三个人的眉头皱成了一座山。

这一冬，我也没闲着，省直驻村第一书记有个群，我们在里边谈振兴乡村的项目，可是很多项目，都需要配套投资，村集体一分钱不拿，村民投入一分钱都想要一块钱的好处，项目多好，也进行不下去，门被自我封死了。好在齐书记无意间接触到"金苗工程"这个项目，让我去论证。其实，我心里明白，他就是想把项目落到我们村。

所谓"金苗工程"，就是种纯天然的有机谷子，是彻底的绿色食品，不仅不能有一丁点儿农药残留，而且对土壤要求极高，不能有重金属，腐殖土要达标，疏松度要合理，氮磷钾含量要正常，起码五年内没施过化肥。

这么苛刻，哪里是在找地，简直是在找金子，除非回到五十年前。金苗公司来人考察时，我们心不在焉地接待他们，武支书也不积极，觉得这是个瓢尾巴上的事情。全村只有贾不足家的地没打过药，没施过化肥，我们很随便地领了过去。谁想到他们却像发现了新大陆，高低要签下合同，全面托管。

贾不足因祸得福。

才四十几亩地，值得他们投资？后来我才知道，齐书记和他们达成意向时，公司曾派人暗访过，相中的不是贾不足的地，而是荒弃的膨润土矿采空区，那里能回填出二百多亩耕地。虽说是生地，最大的优点是没被农药污染过，没施过化肥，就像一张白纸，画上什么就是什么。

公司敢投入生地，还非五龙村不可，最根本的原因是地理位置与气候。只有生长在老哈河和大凌河分水岭斜坡上的谷子，年度积温、昼夜温差最好，含糖量最高，钾的吸收最丰富，这样的小米最有营养。更重要的是，混有膨润土的耕地，根系发达，易于硒的吸收，公司化验过，村里打出的小米，含硒量没有低于0.4的。

有证据表明，富硒食物防癌抗癌效果最好。

自然，公司也相中了村里的牛羊。我们这个村，三面环山，面积达二十多平方公里，快有平原的一个乡大了，五百多户散进山坳，只看得到山，见不到多少人家。尽管上面一直强调禁牧，我们村从来没执行过，村偏僻得无人问津，出门就是山，上山放牧，是几百年的习惯，没人能改得了。所以，每家门外的牛羊粪都是堆积如山，满村子飘散着热烘烘的臭味儿。

然而，物极必反，往日臭不可闻的粪堆堆，给美丽乡村建设添了许多堵，现在却成了香饽饽。不是饲料养大、满山啃草的牛羊，粪肥是纯而又纯的农家肥。真是众里寻他千百度，蓦然回首，宝贝却在山沟处。

他们计算过，全村的牛羊粪，足可以把二百多亩的生地铺上一尺厚的粪肥，再人工配比些复合肥，种过两茬，地就熟了。发现贾不足的地，是意外惊喜，何况，两片地相距不远，易于管理。

耕地托管，是新模式，公司既不改变承包属性，也不占有最终收获，等于把土地找了家托儿所，从种到收，农户啥事都不用管，公司全包了，唯一的事情，秋后按收成领钱。

啥都不管，齐书记不同意，公司起码要管一个人，把贾不足录为农业工人。当然，齐书记毫不掩饰贾不足的"劣迹斑斑"，就像城里占了农民的地，必须安置人员一样，除非不用贾不足的四十几亩地。

贾不足的地，是他们肯在我们村投资的王炸。谷子生长的最佳地，在辽西以西的老哈河与大凌河分水岭的老哈河一侧，他们在此范围寻找数百里，唯有贾不足的地，是没有一丝有害成分的好地。

他们的谷子，是种给大都市里的权贵阶层，人家的小米每天要配着海参吃。谷子地的土壤分析报告，人家要派第三方全程核实；谷子的生长过程，人家要在视频里全程监控；谷子的运输、加工，由专人负责。煮出的小米粥，闻不到米香，喝不出黏稠，肠胃感觉不到熨帖，没有降低"三高"和提升免疫力的功效，金苗公司会被砸牌子的。

当然，这样的谷子，天价到什么程度，属于商业秘密，除了金苗公司的老总，别人不能问津。

协商的过程中，如何让贾不足尽职尽责，成了争论的焦点。齐书记突然灵机一动，既然是金苗，金贵到了无以复加的程度，谷子的生长环境、环保要求肯定苛刻。他提出，谷子地最大的问题，是膨润土矿的粉尘染污，这个问题必须解决。

这个问题，被所有人忽视了，原因在于膨润土确实无害，困难时期，村里人曾当成观音土充饥。可是，高贵的客户却不管这个，粉尘污染怎能不算污染？否则，环保部门也不会紧抓不放。

答案水到渠成，贾不足和矿主针尖对麦芒，让他管这件事儿，不给钱都有积极性。

于是，金苗公司妥协，贾不足成了我们镇第一个农业工人，他的四十亩地，连手都不用伸，光出眼睛盯屏幕，一年就是八万块。

别说贾不足一事无成，告状告得他懂得了电脑技术，一教就会，一点就通。从谷子地旋耕打垄开始，摄像头就对准了四面八方。不等种子下地，只要看到膨润土矿起尘土，他立刻将视频下载，传给环保督察。

谷雨前后，辽西风沙骤起，这时爆破矿山，或者启运矿石，准被贾不足逮个正着。环保督察下来，不去别的矿山，专门盯上我们村的矿，警告、罚款、勒令整改。尽管每一次督察下来，镇领导都被折腾一番，但总比被贾不足折腾强。防止返贫是道硬杠，一味地给钱，只能纵容懒惰，一味地绥靖，只能纵容恶。这是拴住他的最好办法，乡镇里的事情，有时就得歪打正着。

一石二鸟，一举两得。多年难以解决的膨润土矿环保问题，一下子就找准了切入点。

矿主拉着三箱香肠，来监控室求贾不足。贾不足断然拒绝，别说三箱香肠，三车香肠都收买不动他，他的一举一动是公司加客户双重监控，这个饭碗太金贵了，他不想丢。他给矿主比个例子，监控是自动抓拍，就像公安局局长驾车违章被拍了，除了认罚，别无选择。

清明到谷雨，忙着护林防火，天不亮就开始奔波，似乎把贾不足忘了。等忙完了，感觉到夏天急着要来，一连热了好几天，骤然间，树木一片葱绿，原野里开始欣欣向荣了。

月底这一天，温度突然降下十几度，车里不再热得像桑拿，天气预报说，要下一场雨，小到中雨。我驾车从村里回镇上，路过矿山时，看到拉矿的大卡车盖上了苫布，往日装得满满登登的膨润土矿被遮得严严实实。高高的尾矿山上，人影幢幢，他们正在栽沙棘树、种荆条苗。停下车，我仔细辨认，感觉到那个指手画脚的人，正是矿主。

贾不足的监管效果明显。

一个不能少

羊的窑洞

岗岗沟后街，有处孤独的院落，深藏于沟壑。院子很大，大得空旷，不亚于足球场，五龙村没有比它更大的院落。院子无墙，木障子夹成，密得钻不过一条瘦狗。大门也是木棍子扎的，宽得能开进坦克。院子的东侧和北侧，依着崖壁，是天然的墙，像个大L。崖壁下，接二连三地排列着窑洞，成为辽西以西从未见过的奇观。

院子的西北角，有三间蓝顶瓦房，被三丈高的崖壁压抑，显得格外渺小，仿佛被压没了。蓝顶房，是保障房的标配，整个辽西，一个模式，是脱贫攻坚时统一建成。毋庸讳言，院主人王国凡，曾是贫困户。

初见王国凡，是2021年深秋，我在村里"流串"五十户后，最后到了他家。这是镇里给的任务，让新任驻村第一书记走访"返贫边缘户"。我称自己为流串，是轮流串门的简称，这么多人家，分散在八个自然屯，不"流串"，一天也走不完。

到了王国凡家，我已经"流串"不动了，不是累的，是被公羊撞倒，摔疼了，一时半晌不敢走。那时，浑黄的大日滚落到远方的老哈河，收获之后的原野，豁达而又苍黄，我最后抵达了王国凡的家。王国凡是我们村唯一的脱贫致富户，"建档立卡"中没有他的名字，不再是我"流串"的对象。

我之所以还要去他家，是出于好奇，别人家不输血，立即返贫，唯有王国凡，鸡窝里飞出了金凤凰，从村里最穷的户，一下子飞到了上等户，成了全镇的典型，我要探寻其中的奥秘。结果，好奇害死猫，我被绵羊打败了。

羊群钻出松树林，从东侧的山上涌下，像翻滚的泥石流，直接流泻进王国凡家的院子，满院子"咩咩"地叫。我本来是闪在了一旁，观看羊群的归心似箭，没有侵犯羊群的意图，就连两只牧羊犬都没理会我的存在。羊群的头羊，那只黑头大公羊，却看我不顺眼，进了院子，还瞄着我。最后，它居然出了院子，迈着小碎步，向我走来。

我疏忽大意了，只认为狗会有攻击性，没想到黑头公羊误解了我，认为我这个不速之客，贪图它妻妾儿女肉的鲜美，企图抓走烤全羊。加速是突然间发生的，我猝不及防，被它一头撞倒在地，实实在在地摔了个大屁墩，若不是一把抓住了它的角，有可能会被它豁伤。

王国凡追了过来，对黑头公羊拳打脚踢，避免了给我造成第二次伤害。我真的没想到,黑头的力气会那么大,大得像个小伙子,否则我不会坐在地上,一时半晌起不来。我是被王国凡背进保障房的,黑头跟在后面进了院,"咩咩"地叫着,像个失宠的孩子。

我躺在炕上,边缓解疼痛,边和王国凡聊天。

别看我早就知道了王国凡,对我这个外来的,他却一无所知,我若不自我介绍,还打消不掉他担心我讹他的顾虑。当我说出,我是驻村第一书记时,他疑惑地看着我,问道,老梅呢?老梅是我前任驻村书记,他不解的是,怎么换成了老周。

我"流串"一天,看到的不是痴呆呆傻,就是奸懒馋滑。唯有王国凡,长相不凡,典型的蒙古族大汉,高颧骨,细眼睛,壮实得像树墩子,和其他贫困户截然不同。

其实,王国凡沦落为贫困户,与所有的人都不同,他是"勤劳致贫"。如果和村里人一样,忙时种地,闲时打工,不至于妻离子散家败人亡。他太想致富了,借遍所有亲朋的钱,办了一个养猪场。他抓猪崽时,猪肉价格达到空前的每斤三十二块,等到猪崽长大,肉价大跌,降到了七块钱,一夜之间,他就成了"百万负翁"。

王国凡赔掉底儿了,媳妇带着孩子改嫁了,房子抵了债,承包田转给了别人,家里的冰箱、电视等物件被人抱光。最后,一只碗顶五百块,一双筷子顶一百,一根烧火棍也顶了十块钱,把整个家顶光了。扫地出门时,就差扒光了裤子。老妈一股火,到另个世界省心去了。

无家可归的王国凡，借了一把铁锹，一路向北，走到岗岗沟的尽头，停在山脚下的沟壑旁，挥锹给自己挖窑洞。从此，他就成了洞中人，直至镇里给他盖了保障房。我翻阅村里档案时，看到了王国凡致贫原因：投资失败。这样的贫困户，在全县并不多见。

别看这里和陕北的土质极为相似，民风却完全不同，没人挖窑洞。王国凡住窑洞，那是特例，穷得无着无落，不想住露天地，迫不得已，才去穴居，好歹有个家。有家就要有院子，贴着沟壑，最不缺的就是地皮，况且，窑洞挖出的土恰好填沟，王国凡的窑洞，便有了相对平缓的院子。

王国凡能起死回生，转机在五年前，上级拨给五龙村十万块扶贫款。依着村里，一如从前，一家两千，给贫困户分了，省心。镇里不干，年年扶，年年贫，啥时是个头啊，十万块钱必须上扶贫项目，变输血为造血，让钱能生钱。

项目是现成的，村里到处埋着膨润土，挖出来就是钱，可上边有政策，不许开采。其他项目，除了山高林密草深，适合放牧，没有了别的资源，政策却又是禁牧，扶贫款除了分下去，还有啥招儿？

转了一圈儿，又回到村里最原始的产业——养羊。镇里拍板，要养就养最好的羊，锡林郭勒的黑头绵羊，这羊肉质好，繁殖快，适应性强，能快速出钱。村支书武维扬"啧"了一声，脱裤子放屁，一个贫困户发一只羊，过不了多久，都被杀吃了，还不如直接发钱，买个米面油，还能多过一段日子。

这个顽疾，镇里早就知道，规定这群羊不许分，实行代养制度，由一个贫困户统一经管，替所有贫困户代养，按产羔量扣除成本，每年给贫困户分红。项目能否持续，找个合适的代养人，最为重要。当年的镇长，和现在的我一样，在村里"流串"一圈儿，最后，天上的馅饼就掉给了王国凡。

毕竟，五十只羊，圈养必须有足够大的院套，才能让羊跑得开，否则，就不是锡盟的羊了，和肉羊没有了区别，丢了品牌的优势。镇长看遍全村，唯有王国凡的窑洞前能装下。更重要的是，王国凡不傻不茶，人又靠谱，有过养猪经历，宁可家都不要了，也要还债，还有比他更合适的人选吗？饲养业大同小异，会养猪，就能养羊。

王国凡不认为这是馅饼，也没有一朝被蛇咬，十年怕井绳。他养猪时，县长都到他家视察了，等到他破产时，只能在电视里抓到县长的影子。他住窑洞时，县长莫说是上电视，看电视的资格都没有，到班房忏悔去了。可惜，忏悔的内容不包括鼓励王国凡养猪。

镇长动员时，他迟疑好久，羊易倒圈，弄不好就会全军覆没，下羔时容易得布病，还传染人。他家就在山脚下，山上的野牲口，随时能下来，难免会祸害羊，这些损失该怎么办？对于这些顾虑，镇长也考虑到了，他和王国凡签订了合同，盖了政府的大印，打了包票，客观损失，王国凡不承担任何责任。

签字时，王国凡手哆嗦了，他放下笔，又附加了两个条件，镇里还需要镇长呢，羊群也要有头羊，没有好的公羊做种，哪能繁殖出好羊羔？大家不约而同地笑了，想到了那句调侃镇长的话，"村村都有丈母娘"。

第二个条件，是关于羊圈，院子再大，也替代不了羊圈，正好院子的东侧，有百米长三丈高的土崖，他让镇里帮他依崖挖出十座窑洞，冬暖夏凉，还能防野牲口。尤其是一进腊月门，天气最冷，羊就不长了。有了窑洞，小羊冻不着，照样增肥，过年就能卖个好价钱。

镇长毫不迟疑地答应了，给镇里十家膨润土矿派活儿，每家出一辆挖掘机，帮助王国凡挖窑洞。不消一日，十座窑洞挖成，挖出的土，推向沟壑，把院子垫得更大了。等到卡车拉着绵羊，从锡盟到赤峰，经宁城到达五龙村时，王国凡已经将羊的新家——十座窑洞起拱、平地、安窗、钉门，收拾妥当。

和锡盟绵羊一块到达的，还有一只黑头大公羊，大得像头小驴驹子。卸车时，先把公羊牵进了院子，它在院子里"咩咩"一叫，满车小母羊都昂起了黑色的小脑袋，水汪汪的眼睛都望向了大黑头。

有了头羊，羊群就不会散了。

聚集在一起的，还有村里五十家贫困户，按照花名册上的顺序，每放进院里一只羊，王国凡就用红油漆在羊背上写上一个数字，和花名册上的人对应，还大声喊着这个人的名字，告诉道，这

107

是你家的羊。

村里人爱计较，傻子也不例外。王国凡就是用这种办法，确定羊的归属，谁家就是谁家的，下羔是他们家的，半路死了，也是他们家的。代养不是包养，病死和摔伤，只能自认倒霉，账不能算在他王国凡头上。按照序号，每五只羊一组，王国凡将五十只羊分别关进了十座窑洞。那只大黑头，就送进了自己住的窑洞。

安顿好了这一切，王国凡让贫困户们走进窑洞，检查自己家的羊，仔细检查一番，看看有没有毛病，瘸腿的、烂嘴的，让卡车拉回去，换羊。确认无误之后，每户都要认准自家羊的特征。因为日子久了，羊背上的油漆会磨光的，到时候，别认错了。

贫困户记自家的羊，王国凡跟在一旁，给羊起名字，谁家的羊，就叫谁的名字。别看这群羊全是黑头，一个模子，许多人都看混了，看蒙了，但细微之处，还是有很多差异，如额宽额窄，脸长脸短，眼大眼小，蹄深蹄浅。十个窑洞走下来，王国凡大体上记住了哪只羊是哪家的。这本事，不亚于一位好老师，拿着花名册，给学生点名，一遍就能记住全班的新生。

代养，也是有代价的，王国凡一只母羊也没有，这样养下去，岂不是替别人作嫁衣，白忙活了。别急，王国凡的不凡之处，就是会算账，黑头大公羊是绝好的种羊，就像孩子属于夫妻双方，羊羔也不能羊的主人独享。母羊一般一胎生俩羔，若都是公羊或母羊，其中一只便是王国凡的。若是生出一公一母，公羊归王国凡。生三胎以上，王国凡也只能选中一只，而且以公羊为主。倘若母羊只生一胎，王国凡只能干瞪眼，羊羔归羊的主人。

当然，王国凡还有另一项收入，每年春天的羊毛归他剪，也归他卖，权当工钱，羊的主人别想惦记羊毛。

王国凡只负责日常的草料喂养，精饲料和育肥，他不管。想让自家的羊不瘦，晚上自己到窑洞里再喂一遍粮食，还能让羊与主人亲近，尤其是怀孕的羊，不增加营养，不用心照料，容易掉羔子。

这一大群羊，饲料是笔大开销，干草、苞米秸等粗饲料，每个月近万斤。若是别的人家，养这么多羊，草块儿应该在门外堆成山，怕雪浸雨淋，还得用苫布盖住。喂出一只小羊，一年的草料钱起码一千五六，如果真的圈养，一年到头，真的是白忙活了。

最要命的是，王国凡身无分文，若不是那些贫困户怕自己的羊饿死，赊了苞米秸给他，他真的没有能力代养下去。好在他与村里的护林员达成默契，圈养了三天，让羊们熟悉了窑洞，熟悉了院子，他就带着黑头公羊，领着这群羊，出了家门，左转上山，去啃黄中带青的山草。成熟的草，营养恰好，不趁机把秋膘攒足，羊群怎能熬过严冬？

护林员护的是林，不是草，林下的草越厚，他们越心惊肉跳，村里人烧地头子，一时不慎，就会让风把火星子捎到山上。满山都是青翠的黑松林，烧着了，就是无法扑灭的森林大火。没有了森林，要护林员还有个屁用？

别看黑松林易燃，可火星子是点不燃松枝的，最危险的是松林下的草。那里是火星子的温床，把火星子藏在里边，焖上半个时辰不燃，等到释放时，便是不可救药的漫天大火。真的是"星星之火，可以燎原"。

护林员喜欢村里人放牧，把草啃光了，也喜欢砍柴人，把林下的松针捡光，把贴近地面的树杈砍净。这样，就减少了火灾的隐患。所以，让护林员承担禁牧的责任，那是聋子的耳朵——摆设。

羊去啃山，吃百草，喝山泉，是王国凡最惬意的事情。用羊肉贩的话来说，我的羊吃的是"中草药"，喝的是"矿泉水"，屙的是"六味地黄丸"，最能补肾益气。王国凡放牧，省却了草料钱不说，放牧的羊，还原了锡盟羊的原生态，不肥不腻，肉质鲜美，每只羊起码能多卖一百多块。羊群吃饱了喝足了，钻出森林，在向阳的坡上懒散地歇息，这时的黑头大公羊最活跃，挨个到母羊屁股那儿闻骚。

那些拒绝黑头公羊，甚至掉转过头，顶撞公羊的母羊，王国凡牢牢地记住了。黑头是那样雄壮，又能百般呵护羊群，任何母羊都会为之动心，抗拒的唯一原因，就是怀孕了，没有交配的欲望。他对这几只绵羊格外留意，时常摸着它们的肚子，估计着预产日期。因为镇里从锡盟买回它们时，已经揣了羔子，不是大黑头的骨血，能避免羊群近亲繁殖。

没有女人的王国凡，很乐意看公羊骑母羊，算是聊以自慰吧。公羊骑累了，也就老实了，牧羊人与羊群一起，安静地躺下，享受着晚秋正午的阳光。小寐之前，王国凡掏出小本，写下日期，记下谁谁谁的名字，意味着这家的母羊，大概率在这一天受孕了，这样就算出了预产期。

给母羊接生，是个技术活儿，公羊不会，王国凡却是行家，道理与给猪接生大同小异。最难堪的是，人手不够，有母羊下羔，王国凡忙着接生，羊群就得陪着。不放牧，每天的草料钱就省不下，雇个人放牧，日工起码两百块，比省下的草料钱还贵，不合算。

这时，他就特别想念改嫁的妻子，妻子劝他养羊，他非得要养猪，认为养猪能挣大钱，结果，一下子掉进了深渊。如果听媳妇的话，有媳妇帮忙，莫说是几十只羊，就算几百只羊，也能应付自如。可惜，这一切都一去不复返了，哪怕他成了全村首富，也拉不回妻子。

雇不起人，王国凡就有了新想法，等有钱了，买两只牧羊犬，训练好了，完全能替代他放羊。他就会有时间，照顾下羔的母羊，清理窑洞里的粪便，打几车上好的青草，阴干，替代部分精饲料。

王国凡的愿望是一年后实现的。仅一年的工夫，他就收获了一百只羊羔。内蒙古宁城天义镇的一位阿訇，开了一家清真店，专门销售锡盟的黑头羊，听说附近就有黑头，而且是真正的游牧状态，大喜过望，再也不必千里迢迢跑到锡盟进羊了，与王国凡签订了长期供销合同，还交了预付款。

阿訇的预付款是有条件的，羊出栏前要有半个月的育肥，精饲料另当别论，每天必须喂两次乌珠穆沁草原上的干草。干草是阿訇亲自到草原买来，亲自押运，亲自交到王国凡的手中。喂羊的时候，还要看视频，确保卖给阿訇的羊真正吃上草原上的草。阿訇如此苛刻，就是要保住锡盟黑头的原汁原味。

虽说草的价格堪比大米，王国凡咬咬牙，还是答应了。水涨船高而已，饲养的成本贵了，羊的价格也涨了近一倍，王国凡并没吃亏。从此，双方严格遵守约定，王国凡喂得一丝不苟，阿訇卖得井井有条，两人互惠共赢，良性循环。

这样，王国凡的实力骤然大增，他买了两只牧羊犬的狗崽，从小培养和羊群的感情。没过多久，他又精挑细选了两只黑头小公羊，羊的种群也要避免近亲繁殖，否则，就会种群退化。况且，没有竞争对手的黑头大公羊，也会让羊群没有活力。

两只小公羊与小狗崽友好相处一年，狗崽成了威风凛凛的牧羊犬，小公羊成了大公羊，只是犄角不壮，不敢和黑头公羊相撞，更不敢觊觎发情的母羊，只好低眉顺眼地跟在羊群的后头。这样，头羊引路，奔向最好的林下草场，牧羊犬护在左右，保证羊群不散，野牲口不敢欺负羊群。两只刚长成的公羊殿后，不管王国凡在不在场，都能保证羊群完整地回家。

牧羊犬把王国凡从寸步不离的羊群中解脱出来，他有时间干干净净地清理窑洞，让每只羊都有一个舒服的居住环境，也有能力打一眼深机井，让羊群喝上纯净的水，照顾待产和刚刚生产的母羊。

当然，不被羊群拴住身子，王国凡还得感谢一个人，那就是我的前任梅书记。王国凡的手机，是梅书记给的，从此，他和这个世界重新建立了联系，兽医能和他直线联系，视频诊断羊的疾病，还亲自送药上门。羊群没闹传染病，没有病死的羊，手机功不可没。还有那两只牧羊犬，也是老梅亲自跑到草原，从狗崽中千挑万选出两只最精神的。

老梅没少为王国凡跑腿，否则，不可能被评为全省扶贫先进个人。与他相比，我觉得自己相形见绌。

第二次到王国凡家，是2022年清明节之后，春风虽好，却刮得放肆，护林防火到了最要紧时，我成了名副其实的看山人，每天顶着星星，守在上山的路口。路口大多在半山腰，可以俯视藏在沟沟坳坳里的村屯。当然，王国凡的家也在我的视野之内，他家离山最近，看得也最真切，只是窑洞被山挡住。

太阳拱破天幕，幽蓝的天空逐渐变成蔚蓝，漫无边际的油松林，由墨绿过渡到了青绿。森林的边缘，三五成簇地散布着野杏林，白中带粉的杏花，正在花枝招展，呼唤着春风吹绿大地。

青草钻出了嫩芽，就像人见到了久违的青菜，王国凡应该把羊放出来，让羊尝尝鲜。可从星星熄灭，到太阳跃到头顶，我只见羊群在院里打转，未见他打开大门，松栏上山。院里摆布着充盈的草料，还有饮水的槽子，舔盐的石板。

有的羊，无视牛的强大，钻到牛肚子底下，找寻剩下的苞米粒。原本安静的牛群，有了些许骚动，它们讨厌羊侵犯自己的领地。一直忙碌的王国凡，出现在牛羊之间，呵斥不安分的羊，他努力让院里的牛羊井水不犯河水。

整个一上午，我都能观察到王国凡的院子，我感慨，资本就是这般奇妙，原本一无所有的王国凡，给了启动的力量，便一下子飞了起来，不仅让羊群扩大了四五倍，还养了十几头牛，添置了一批养殖设备。养一头牛，等于养十只羊，十几头牛，足可以在县城换个不错的楼房。

没人能想到，财富的繁衍，仅仅靠一只黑头公羊。

五年过去，羊群的归属发生了很大的改变。当初的五十个贫困户中，有人懒得给羊添精饲料，干脆把羊卖给了王国凡；有人惦记自己的羊，觉得放在别人家不放心，还是养在自家院里安心，把羊牵走了；有人觉得与王国凡分羊羔时吃了亏，或者认为代养就是白养，不甘心把羊羔分给王国凡一半，全部领走，放在亲戚家羊群里了。当然，也有人馋羊肉，代养没过一年，把羊要回去，杀吃了。毕竟，锡盟黑头羊的品种好，肉香，顶不住诱惑。

真正让王国凡代养的，没剩下几户。这就意味着二百多只的羊群，差不多都属于王国凡了。这也是没办法的事情，羊群总是要更新换代的，他舍不得替换黑头大公羊，只能换掉所有的母羊，避免近亲繁殖。没想到歪打正着，卖羊时，赶上了最高价。等到他收拾好窑洞，再次购进黑头羔羊时，价格骤降了三分之一，里外里差价十几万。

羊群大换血，没法再分哪只羊是谁家的了，幸好事先他把羊折算成了股份，每年给那几家代养户按比例分红，彼此都能省心。

羊群的高售低入，受益者不仅仅是王国凡，代养户也水涨船高，分红的钱，增加了好几千。

中午，我终于放下了紧张的心弦，人们都回家吃饭去了，见不到有人上山，我没必要把自己站成机械人，准备到王国凡家歇歇脚，讨口热水喝。这时，我猛然看到，王国凡终于打开了大门，那只撞过我的黑头公羊，带着羊群，拐到山上，牧羊犬一左一右，看护着羊群。两只黑头小公羊已经长大了，跟屁虫般跟在羊群的最后边，偶尔也想爬爬母羊，偷尝禁果。大黑头一回头，"咩咩"叫两声，它们就蔫了，老老实实地给羊群殿后。

我心一凉，这口热水恐怕讨不到了，王国凡要去上山放羊。可是，我万万没想到，他没跟羊上山，而是关上大门，继续清理院里的羊粪，让羊群放任自流。我不再担心口渴了，下山去了他的家。

王国凡早已大汗淋漓，衣衫都湿透了，见我进院，像见到救星，非但没请我进屋喝水，反倒让我帮忙，把羊粪推进粪坑。我的前任梅书记经常帮他干活儿，他把我也当成了梅书记，我忍着渴，只好和他一起挥汗如雨。

十几头黄牛中，还有两头小牛犊，黄脑袋中间顶着一朵大白花，经常跑到我们身旁撒欢，像是对我的欢迎，更像赞赏我的劳动。

除了羊毛，粪肥是王国凡养羊的另一个副产品，院外的几个粪坑，轮流沤着牛羊粪，等到积累粪肥闷熟了，卖给大棚户，还是一笔收入。好在他干了一上午，眼见得活计收尾了，不至于耽误我午后的站岗。

王国凡告诉我，窑洞冬暖夏凉，冬季羊照样长膘，但有个致命的缺陷，容易返潮，羊的粪尿必须当天清理干净，否则羊容易患病。每天打扫窑洞，每周换一次土，是他的必修课。换的土是有要求的，是阳光晒足的干土，这样才能充分消毒。三伏和三九天，隔几天还要烤一次火，连同给羊铺的稻草，一起烧掉。

我问他，羊群自己上山，你放心吗？

他说，没啥不放心的，五龙村人淳厚，没人偷羊。

我说，有羊群就有牧羊人，哪怕雇个人。

他说，你知道人工有多贵吗？一年等于白养了三十多只羊。

我又问他，早上为啥不松栏，在院里圈了一上午，多吃了多少草料？

他告诉我，羊特别贪青，吃了一冬干草，冷不丁吃多了青草，容易屙稀。更可怕的是跑青，遥看青青近却无，羊群炸开，不跟头羊走，就不知道回家了，那将是灭顶之灾。留在院里，吃个六七分饱，羊就会懒下来，啃几口嘴边的青，就足够了。

不消一刻钟，活儿干完了，他也又累又渴，我们这才一块回到屋里。毕竟，我没摆架子，我们自然亲近了许多，坐下来喝白开水时，他又给我讲了一些我不知道的事情。

王国凡呷了一口水，长长地叹息一声，人啊，还要想开点儿，往远看，啥难事儿，都不难了。养猪破产那阵子，老婆和我离婚，看起来是坏事儿，却救了我一条命。那时，我只有一个心眼儿，人死账烂，我往山上一爬，爬到能摔死猴子的地方，纵身一跳，一了百了。

我们家最凄惨的一天，是最后一批肥猪拉走的那天。猪价贱到了白给的程度了，我不忍心赔钱，想等到猪价涨起来，结果猪都养到了五百斤，越养赔得越多，只能卖了。

大肥猪被拉走时，老婆不是抱着我哭，而是抱着猪哭，那些大肥猪是她一天天喂大的，就像闺女出嫁。眼瞅着血本无归，数钱的时候，她是蘸着泪，我是滴着血，饲料钱都赚不回来，人工更是白搭。

我大病了一场，虚得走路得扶墙，放屁都打晃，别说出去打工了，连上吊的力气都没有。没死，感谢把我列入困难户，没花自己一分医疗费。养羊医好了我的病，疗好了我心里的伤，让我重新振作，活出个人样。

等有力气死的时候，我倒不想死了，我想看一看，改嫁的媳妇到底活得咋样。院里的十几头牛，我就是为她养的，牛病少，不淘气，省心，人工授精，又省了养公牛。野牲口敢祸害羊，却不敢碰牛，有牛在院里，等于给羊站岗。媳妇跟了别人，我不在乎，只要她幸福就行，我就想用这十几头牛证明，我比任何男人都行，靠它们换回媳妇回心转意。

这二百多只羊，除了给别人分红，基本上是给我儿子养的。我儿子学习不错，在红山县读高中，想让孩子名次进步，得花钱请家教，把孩子供出去了，我也没枉活一回。等到孩子有了着落，我还要还一桩心愿，养猪时我找亲朋借了好多钱，还钱时，一根烧火棍也算钱了。这样不地道，账都记在我心里呢，到时候，真金白银地还给人家。

王国凡说到这里，感慨万千，每天都有干不完的活儿，就是缺人手，想雇人，舍不得工钱是一方面，这活计粪臭尿臊浑身膻，好人不愿意干，赖人干不好。只有原配夫妻，配合默契，不和你藏心眼儿。

还有，我为啥感谢梅书记？农村长大的城里人，泥水不憷，粪尿不嫌，常帮我干活儿。

每逢王国凡说到梅书记，我总是惭愧，我是个书生，眼里没活儿，还笨手笨脚，不像梅书记，能把活计想到前边。王国凡却说，躺在别人怀里，一辈子没出息，我能有今天，已经感激不尽了，亲爹对我也没这么好，让我一年纯赚十几万。我向沈阳的新松公司订了货，让他们替我设计两台清理粪便的机器人，让机器替我干活儿。我现在是投资阶段，罗锅子上山——钱（前）紧，再过几年你来看，我这儿就是牧场了。

王国凡就是王国凡，确实不同凡响，他思维开放，养羊不拘泥于传统，运用起了高科技。难怪五年间，没有一只羊病死，奇迹不是从天上掉下来的，那是他早就防患于未然了。否则，最易倒圈的绵羊，怎会安然无恙？

谈到高科技，他从炕上抓过个遥控器，随着他对手柄的操作，一阵类似蜜蜂的"嗡嗡"声传来，一架无人机从我不知道的地方飞出，飘摇着直上云天。我从遥控器的显示屏上看到了黄褐的大地，奔跑旋耕的拖拉机，雪片般飞扬出去的杏花。没多久，便是看不到边际的油松林，俯冲到树梢之上，藏在松林中的羊群便显露出来。王国凡虽然未出家门，牧羊无人机替他长了一双眼睛，羊群的一举一动，都在他的掌控之中。

我有了一种"以权谋私"的想法，图省事，用他的无人机替我在路口站岗，躺在他家炕上护林防火。王国凡默许了我的懒怠，告诉我如何使用无人机的对话功能，不想让谁上山，可以随时喊话。

午后的活计，给羊拌料。放牧的羊，晚上需要喂一遍，这一遍特别重要，就像马无夜草不肥，羊的增肥也是如此。我不懂饲料的配比，王国凡不需要我帮忙，让我躺在炕上，玩无人机。

到五龙村这么久了，除了站在山巅，我还真没俯瞰过全村，恰好有这个机会，不能错过。无人机的速度，比猎鹰还快，不消十几分钟，就把全村八个自然屯瞅了个遍。王国凡还要用它放牧呢，再消耗下去，电池用光了，无人机就飞不回来了。

一大把年纪了，新鲜一下，便知足了，我遥控回了无人机。让王国凡找来充电器，便给无人机充电。一次充满电，只够飞行二十几分钟，我不能耽误他监控羊群。王国凡对我绝对放心，充满了电，让我继续玩无人机，顺便照看一下羊群。

尽管羊群已经喂过，不会发疯地跑，可还是愿意啃青，越走越远，远出了平时放牧的区域。我操控着无人机，好不容易找到它们，却发现了惊人的一幕。两只土狼一只咬着黑头大公羊的脖子，另一只拖着后腿，拼命地撕咬。还有两只土狼跃跃欲试，与牧羊犬对峙。羊群挤在一起瑟瑟发抖，唯有后面的两只黑头小公羊，昂起头，不慌不忙地瞅着与土狼搏斗的黑头大公羊。

大黑头确实不是善茬，它是为保护羊群奋不顾身的，遍体鳞伤还能拖着两只土狼远离羊群，滚向山沟。

我惊讶地大叫着，狼吃羊了，端着遥控器往外跑。王国凡丢下活计，一把抓过遥控器，按下侧面的一个按钮。这时，扬声器里传回来音爆声，比打枪还响。显示器中，两只土狼立刻松开了嘴，和另外两只土狼一起，仓皇而逃。无人机不依不饶地追在土狼的身后，继续施加音爆，把土狼吓得屁滚尿流，直至远远地赶跑了它们。

大黑头公羊毫无疑问被咬死了。我很自责，若不是我贪玩，无人机掌控在王国凡手中，就能及时发现异样，土狼也就没有机会靠近羊群了。王国凡却不以为然，他说，小母羊又都是大黑头的孩子了，继续繁殖下去，就是血亲繁殖，会产生基因突变，抵抗力下降，说不定哪天会倒圈。这也是老天爷成全我，我想淘汰大黑头，又舍不得，土狼帮了我的忙。

王国凡遥控回了无人机，骑着山地摩托车，消失在松林里。我等到日头偏西时，等回了他，摩托车上，垂着往日不可一世的大黑头。羊群也跟在摩托车的后面回来了，两只黑头小公羊一前一后，羊角上都有血，显然，一场新的头羊争夺战结束了。牧羊犬垂头丧气，仿佛为没打败土狼，向主人检讨。

恰好第二天我该驾车回家了，不管王国凡有啥打算，我拿出两千块钱，执意把大黑头买走。好在我只买羊肉，不要羊皮，王国凡亲自操刀，剥下大黑头的皮，永久地收藏，作为自己能重新起步的纪念。

临分手时，王国凡颇有感慨，凡事都有利弊，很久没有见狼了，这是生态重回平衡的标志。狼的领地意识很强，我的羊群走得太远了，一旦啃光它们领地的草，山兔、野鸡、豆鼠子就会跑到别处觅食，等于间接抢走了它们的食物。狼最怕的是人，袭击羊，就是和人作对，尽管如此，也要捍卫自己的领地。不是有了狼的存在，放牧就会危机四伏，恰恰相反，有狼的存在，羊的各种生理机能才会被激活，繁殖能力会突然增强，成长得会更健康，羊肉的草原味儿会更浓。

王国凡说，无人放牧的缺点，狼有接近羊群的可能。无人机的优点，就是能及时止损，大自然就是这样，相克相生。

我想到了鲇鱼效应，世间的很多道理都是相通的。

痴

曾三是我另一个帮扶对象，七组人，住在村子极东端，紧临青峰山，山坳人家。从村部开车到他家，需要半个多小时，不是路远，是路太破，开车简直是经历着《黄河大合唱》，车在吼，轱辘在叫，油门在咆哮，不如骑摩托方便。

认识曾三之前，我先认识的是他儿子曾亮，地点在边镇政府四楼，我的宿舍。驻村书记不住村，食宿在镇里，这是上级的安排，出于安全考虑，生活与工作分离。那时，我刚报到，只顾忙着认村里的人，镇政府大楼的人没认识几个。早晨洗漱过后，没等去吃早餐，有人跟随在我身后，很节制地敲响了我的宿舍门，这人便是曾亮。

他三十多岁，穿着很旧的半截袖，蓝裤子也旧得褪了色，不过，倒挺干净整洁。他的右手有些特别，别人是拎着公文包，他的手却深深地插进公文包中。他一副客客气气的样子，有一点儿像乡镇干部，或者村会计。

看到我戴着眼镜，满头白发，一脸老成的样子，他便问我，你是新来的镇长？

我没觉得这是问题，边镇镇长空缺好几个月了，我这个陌生面孔，被人误以为镇长，实属正常。我还特意解释一句，外地来的，驻村书记，不在楼里上班。

他似懂非懂地看着我，探头望向我的宿舍，发现只有床，没有办公桌、沙发，就相信了，顺嘴问我，镇长在哪个屋？我也没多想，指了指我宿舍斜对面的办公室。

没想到，我这随意一指，就指出了毛病。他走到镇长办公室门外，就直挺挺地站着，守在门口不走了。保洁员来了，两个人吵了起来。保洁员有个良好的习惯，不管镇长办公室有没有人，每天都去打扫卫生。

保洁员打开镇长的办公室，他一下子就钻了进去，坐在镇长的办公座椅上就不走了。保洁员吼他，起开。

他也吼，我是镇长，把钥匙给我，凭啥不让我办公？

保洁员没办法，打了报警电话，对面的派出所来人，硬是把他拉走了。事后，我才知道，这个叫曾亮的人，我们五龙村的，精神有毛病，得了妄想症，总认为他才是边镇的镇长，楼里的人都要听他的。他隔三岔五到镇里来，痴迷于找自己的办公室，镇机关干部都知道，谁都不告诉他镇长在哪个屋办公，只有我这个新来的，懵懵懂懂，不知深浅，泄露了秘密。

早餐后，我驾车去村里，人没到，消息已经进村，村支书武维扬见面就问，你把镇长办公室告诉曾亮了？

我不喜欢看武维扬幸灾乐祸的表情，他始终认为驻村第一书记是多余的人，抢了他的风头，上边吃饱饭撑的，弄出个人监督他，出的笑话越多越好，待不下去，自然就滚蛋了。我不觉得这事有多丢脸，镇长办公室又不是白宫，怎么就不许告诉别人？乡镇领导就在最基层，本来就该和老百姓打成一片。

我反戈一击，曾亮是咱村的人，他到镇政府丢的是谁的脸？

武维扬跟没听见一般，或者曾亮到镇政府已是常态，不足为奇，也不以为耻。他翻着眼睛望房顶，突然说一句，村干部每人五个帮扶户，你还差一户，把七组的曾三给你吧。

我是新来的，认领谁都一样，但有一个程序必须走，需要与帮扶户当面对接。就这样，我驾车拉着武维扬，去七组，找曾三。

所谓的帮扶户，就是返贫边缘户。防止返贫，是道硬杠杠，必须先预防，预测谁家的人均收入达不到六千，帮扶人就要被"踢屁股"。别说我是下派的，就算是本村的外来户，想融入村子，也得结过几门亲戚之后。无论帮扶谁，我都是两眼一抹黑，没有挑拣的余地。

武维扬一路解释，曾三家情况特殊，七口人，六个痴，不过，不打紧，用不着你操心，国家兜底，每人每月九百块，一年下来，国家给他们家七万多，加上庄稼的收入，别看是村里最潦倒的人家，过日子其实不愁，起码比投资失败户强，没饥荒。

几经辗转，我终于爬上了曾三家的山坳。他家的辨识度特别高，一眼就能认出，全村都是红砖红瓦大院套，他家却是白墙蓝顶彩钢板房，这是保障房的标识，大老远就能认出。

曾家的院子很脏，柴草胡乱地堆放，有几只瘦骨嶙峋的羊，奋力地扯着枯了快有一年的苞米叶。还有十几只自由散漫的鸡，漫不经心地扇着翅膀，满院子排泄，想进屋里，得踮着脚走，一不小心，就会踩到"地雷"。

看到我走得如此小心翼翼，坐在门口晒太阳的两个女人和三个孩子乐不可支。户主曾三忙从屋里钻出，拿着一把捡来的秃扫帚，给我们扫出一条进屋的路。曾三又矮又瘦，脸像核桃，手像树皮，看上去能有八十岁，实际上才六十刚出头。

武维扬告诉我，全家人，一窝痴呆傻，曾三是唯一的明白人，其他人，智商不及周岁的泰迪。他解释道，这不是骂人，就是这个情况。我认可了武维扬的观点，不身临其境，永远想象不到，会有比贫困更可怕的，那就是绝望。国家不养着他们，他们真的会活得不如畜生。

不用问，看着这双老手，我就知道，这一大家子人生活，挑水、拾柴、做饭、种地、饲养家禽家畜、照料男女老幼、缝补衣裳，都是曾三一个人的事儿。苦难已经把曾三眼里的亮光都磨没了，只剩下低头劳作。

不过，话还是被武维扬说得绝对了，最后走出屋子的，是半个明白人，我在镇政府见过的曾亮。曾亮拿出洗过的衣服，无视我们的存在，径直走到院外，把衣服搭在两棵树之间的绳子上，他很清楚哪里干净，哪里埋汰。

我突然发现，曾亮搭衣服时，露出了没有右手的断肢，手腕处光秃秃的，像根木棍子支撑着衣服。

到曾三家，我有两个意想不到。没想到曾亮是曾三的儿子，起码，曾亮是个整洁干净的人，怎么会在这么肮脏的家？反差实在是太大了。另一个没想到的是，曾亮是残疾人。

晾完衣服，曾亮再次走出屋子，已经穿戴整齐，一副出去"工作"的样子，右手夹着的公文包，恰到好处地遮住了他的残疾。

武维扬说了句，曾镇长，上班去？

曾亮的眼睛露出了熠熠光芒，没人叫他镇长，武维扬调侃地喊了句，他便当真了，举起公文包，自豪地说，我要批文件。

武维扬又说，今天别走着去上班了，你的司机接你来了。说着，他面向曾亮指了指我。曾亮看了看我停在院门外的车，又当真了。

曾三露出了个哭相，央求道，武书记，别拿我们家半拉人开玩笑。

半拉人曾亮不是一窍不通，站在院中间想了好一会儿，似乎琢磨出些滋味，不再傻等着我们，夹着他的公文包，出去"工作"了。

我掏出事先准备好的"明白卡"，贴在了他们家的墙上，卡下面签上了我的名字，还有电话号码，一旦有啥事儿，他们可以直接联系我。如果有人检查，卡上墙了，就证明对接到位了。我明白，"明白卡"的良苦用心，就是木桶原理。共同富裕，最关键的是补齐村里最短的短板，哪怕是块榆木疙瘩，也得给补出来，否则，这桶水，你永远也装不满。

武维扬指着"明白卡"说，明白没有？以后有事儿找周书记，你们家的事儿，都归他管。毫无疑问，他把村里最难的大包袱甩给我了，谁让我是驻村第一书记呢。按照他的解释，第一的意思，我应该是村里的老大，凡事都是第一个承担责任。

强龙难压地头蛇，况且我这个第一，不过是他眼里的摆设。如此明目张胆地耍人，我又没法拒绝，真是哭笑不得。我算是领略了武支书的本事。

曾三是认识字的，趴在墙边往下看。他的媳妇、儿媳妇还有三个孙儿孙女，挤在一块儿，露出黄黄的大板牙，瞅着我痴痴地笑，傻呆呆的样子可怜、可笑又可怕。看了一会儿，曾三有些怕怕吓吓地瞅我，怯怯地问一句，上半年还有呢，下半年咋又没她们娘儿四个了？

我认真地瞅下去，果然，"明白卡"上只有三个人名。我觉得，这是我的大意，事先没了解情况，就草率地签字了，曾三提出的异议没毛病，人都摆在这儿呢，卡上没名字，就意味着少四个国家给兜底的人。我瞅着武维扬，用眼睛追问，到底是怎么一回事儿？

武维扬似乎想起来点什么，忙解释道，那啥，她们娘儿四个是黑人儿，没户口，上半年全面建成小康社会，是硬指标，完不成，都得问责，她们的补贴，你的前任第一书记给掏的，你来了，都交给你了，户口的事儿，你就接着给跑吧。

自己名字都写不好的村支书，却玩儿出了宫斗的心眼儿，我无语了。

回村部的路上，我生气了，只顾开车，一言不发，车轱辘也在颠簸中表达我的愤怒。不是因为武维扬把麻烦推给我，而是我觉得痴苶呆傻也有生存权，我作为驻村第一书记，有帮助他们的责任和义务。我愤怒的是，他言而无信，好歹也是两千多口人的当家人，说话咋就没有个准呢？没有户口，意味着不算五龙村的人，享受不到低保补助，村里也用不着担责。可是，人没人管，防止返贫，不就成了空话？

武维扬却不以为意，反倒兴趣盎然地讲起曾亮咋丢的手，咋变成的文疯子。他大体上是这么说的，曾亮二十岁以前，和正常人没啥区别，只是反应慢些，毕竟是傻妈生的，能上学，能把职高念下来，就不错了。曾亮丢手那天，正和他爹一块儿铡草，他妈不知犯了哪根神经，拿起扫帚疙瘩打向他爹的脑袋，他爹猝不及防，松了手。没等曾亮反应过来，铡刀突然落下，那只手没抽出来，齐崭崭地断了。他爹拿着断手，带着儿子，跑到县医院，因为交不足押金，硬生生地耽误了儿子的救治，没办法接上。曾亮拿着断手，硬往伤口上对，医护人员轻飘飘地说了句，你若是镇长，没钱也给你接。这话深深地刺激了曾亮，从此，他就得了妄想症，痴迷于自己就是镇长。

虽然我不喜欢武维扬把村民的苦难当成笑话讲，但我毕竟知道了事情的来龙去脉。我边听，边为曾亮惋惜，如果换成现在，只要曾三亮出他们家的低保证，押金都不用交，医院直接给缝合，当下的政策，低保困难户，无需押金，医保会全额核销，他就不会有断手的苦恼了，更不会得了失心症，幻想自己就是镇长。

接下来，我开始跑户口，想尽早把曾亮家的四口黑人变白，让他们快点办上低保，早些领上国家给的补助。我原以为，这问题很简单，村里出个证明，找到镇派出所的蒋所长，户口就落下了。毕竟蒋所长的顶头上司，是我的朋友。

事实上，即使方向对了，办成也是件难事儿，蒋所长说，咋高抬贵手，也不能让我在程序上违法。我知道，这是所长的底线，没人会突破底线去担责，我开始为程序奔波了。毕竟，我是从省里来的，有身份、有地位，多少还有一点儿人脉，在熟人社会里，这也算是个优势吧，文人再无用，也比曾三强，他顶天熟悉到村支书。

第一个卡住我的，是曾亮媳妇的户口问题，这个痴呆媳妇来历不明，她的户籍迁不过来，三个孩子也没办法落户。我首先要解决的是，曾亮的痴呆媳妇到底是谁，原籍在哪里。我盘问曾三许久，才知道痴呆媳妇是买来的，当年花了他六千块钱。对于十几年前的曾三来说，这也是一笔不小的钱，不知让他节衣缩食了多久。

不管痴傻到何种程度，买来的媳妇，就涉嫌到拐卖了，性质发生了变化。想查清曾亮媳妇的真实身份,第一件要办的事情,就是立案,顺藤摸瓜,抓捕拐卖人口嫌疑人。我虽然憎恨人贩子,却不想通过破案的方式解决户口问题。案子破了,拐卖的人口就要回家,意味着曾亮将没有媳妇。曾亮从来没嫌弃过痴傻的媳妇,何况痴傻的媳妇和她的三个儿女活在痴呆的世界里,他们有他们的交流方式,有他们才懂的笑不完的傻笑,只是正常人看着不正常而已。一旦三个痴傻的孩儿失去了妈,这个家庭真是屋漏偏逢连夜雨了。

你认为他们像活在地狱,他们自己却快乐得如在天堂。

我左右犯难了,尽管如此,我还是没有放弃,找来村医生,不管痴媳妇愿意与否,乘其不备,刺破了她的中指,取了两滴血,拿到了县公安局,做DNA,与全国失踪人口进行基因比对。只要对上了,解决了她从哪儿来的问题,迁户口的事儿就迎刃而解了。

事与愿违,基因比对失败,曾亮媳妇的来历,又成了谜,好在曾三并没有隐瞒从谁的手里买的媳妇。我也没想惊动派出所,准备当一把"私人侦探",带上村治保主任,去找"媒婆"——那个把痴呆女人带进曾家的女人,弄明白,人是从哪里领来的。这也是我的策略,避开派出所,不用"拐卖"这个敏感词。

正准备出发,镇教育助理来找我,谈的是曾亮三个孩子上学的问题。这是个老大难问题,上边要求,适龄儿童必须接受义务教育,就像电影里那样"一个不能少"。知道我是曾家的帮扶人,这事儿就像狗皮膏药，黏住我不放了。

痴呆孩子的教育问题，磨叽到了让人心烦的程度，镇里、校长、老师往往是三个态度，时常弄得我左右为难。

镇里的态度很坚决，没有教不好的学生，只有不会教的老师，曾家的三个孩子，必须天天背着书包上学。校长的态度则是得过且过，怕我天天把三个孩子送来，求我瞒天过海，就说三个孩子没失学。最苦不堪言的是老师，态度是铁嘴钢牙，连说，不要，送回家去，一加一等于几，泰迪都会叫两声，他的孩子不会，把一个班级弄成马戏团了，影响其他孩子学习，你们敢送进我们班，我就敢辞职。家长们也是意见纷纷，曾亮的孩子送进哪个班，哪个班的学生就集体罢课。后来，我去联系特殊教育学校，居然也被拒绝了，年龄够了也不行，他们是初中，小学没念完，他们不要。这又是个大问题，他们永远念着一年级。

我知道又要挨校长和老师的骂了，但是没办法，一个不能少是硬性规定，学习不学习不重要，他们就豁出个老师，哪怕是名校工，能带他们玩就行。

学校没有校工，看大门的临时工宁愿辞工，也不当"猪王"。校长唉声叹气，三个孩子就留在他办公室，这个"猪王"就由他来当。校长早已百炼成钢了，过了十天八天，就找曾三要钱，你的孙儿孙女欠伙食费了。曾三来学校领人，讪笑着，三百块钱的书又念完了。

我也是深深的无奈，曾家的"两不愁三保障"没问题，有我保底呢，可我在村里的年限就是两年，两年之后呢？四口黑人，办了户口，就进了国家的保险箱，这才是当务之急。至于上学的事情，站在老师的立场上，能把天生智障教出去，那是痴人说梦。我不想陷进形式主义陷阱，办我该办的事儿，继续给痴呆孩子们的妈找妈。

功夫不负有心人，按照曾三提供的线索，我们找出了好几百里地，终于找到了那个"媒婆"，那女人没有意识到涉嫌拐卖人口，还沉浸在缔结一对良缘的喜悦中，毕竟，是她让两个有残缺的人组成了一个家。

我们带上那个"媒婆"，去了黑龙江的黑河，见到曾亮痴呆媳妇的父母，那对父母已经老态龙钟了，尤其是老太婆，见到谁都一副傻笑，我明显地意识到，有家族遗传史。老爷子以为我们准备把他闺女送回来，一脸的嫌弃和恐惧。直到我说出要户口本，准备在夫家落户时，老爷子立刻神气起来。

老爷子说，一头猪，还十块钱一斤呢，我闺女再不值钱，一年一万块还值吧，养到了二十岁，你们连招呼都不打，就给领走了，想把户口迁出去，不拿二十万，没门。

"媒婆"说，你们没说要彩礼，只让我远远地带走，一辈子别回来。

我说，你的傻闺女，有人收留就不错了。

老爷子打断我的话，屁话，傻也是你们给弄傻的，没找你们算账，就烧高香了，还敢污辱我们。

好说歹说了好几天，就连我承诺了带着外孙子孙女回家探亲，费用都由我承担，老爷子也不肯，一个劲儿地说，嫁出去的女儿是泼出去的水，谁都别回来。我懂得，既然有人把麻烦接走了，他决不会答应再送回来，亲情也打不动。

最后的结果，顶多是把二十万块钱变成了十万块钱，不达到目的，老爷子坚决不同意拿出户口本。

黑龙江之行无果而终。

回到边镇，蒋所长给我出主意，你报案吧，立上了案子，证明是拐卖来的，只要女方按个手印，证明不肯离开家，也能落下户口。我想一想，还是算了，陪我们去黑龙江的"媒婆"，热心肠地陪我们走一趟，并非故意拐卖妇女儿童，只不过图几个钱花，又没有其他案底，真的因此判了刑，又坑了一户人家。

蒋所长又想了想，找出个变通的办法，给他们一家五口做DNA，证明曾亮和孩子们是亲子关系。这确实是好办法，高科技、基因测试，很多问题迎刃而解。我连声称好，心里暗想，我的前任驻村书记咋没想到这个办法呢，他是燕都市财政局的正科级干部，花自己的钱，给曾家脱贫攻坚了，却是治标不治本，全面小康建设怎么办？

按照蒋所长指的路，我重新带上村医，这一次要给他们一家五口人全部做上DNA。

七扭八歪，我驾车又来到了七组曾家的山坳，远远地看到，痴呆女并不是痴痴呆呆地待着,她像一只母山羊带着一群小山羊般,带着孩子们在羊群中又蹦又跳,羊也和他们互动。那副融洽的样子,不像是人与羊的交流,是整个羊群的欢呼雀跃。直到发现我们上来,他们的蹦跳才戛然而止,立刻全部恢复了痴呆。

我们的到来,破坏了他们与羊的和谐。

我突然想起一句话,傻子与天才只有一步之遥,我们永远不会懂得羊,羊见到我们,包括见到曾三,也决不会撒欢,而他们能和羊一起撒欢,一起快乐地"咩咩"叫。我来到他们家好多次,一家五口虽然整天相对痴笑,但从不打架。他们笑的内容,我们不懂,可他们之间懂,因为他们在表情和动作上,达成了你永远也不能明白的默契。谁敢说他们形象思维比作家弱,只是他们无法付诸语言和文字,他们有他们的世界,他们在他们的世界里天马行空,如果能破译出来,所有的作家都会黯然失色。

来曾家的次数多了,我由衷地发出了这些感慨。

看到我开车来到他们家,曾亮从屋里走出,依旧穿着整齐,右手拎着公文包,对他父亲说,我司机来了。

有几次曾亮走了十几公里,到了镇政府,是我开车送他回的家,他认定我是司机,那也是自然。曾亮痴呆的程度,远不及他的妻儿,起码,他考上过县城的职高,接受过正规教育,有过跳出山沟的欲望。理想的丰满与现实的残酷,把他打回老家,伤残又雪上加霜,内在的遗传与外在的刺激叠加在一起,让他走进了一个虚幻的世界,在妄想中得到安慰。

事实上,他的妄想也不是空穴来风,有些事情,让你试一试,你也做不到,比如,他能奇迹般地大段背诵县委书记的讲话,在空无一人的大道上训斥别人,训斥理由环环相扣,假若他没犯病,有机会当了镇长,何以见得就当不好?

从理论上讲,中国人中,接近五分之一的成年人有精神障碍。设身处地想一想,假若我的命运和曾亮一样,不能幸运地在省城工作,不能有单独的办公室,不能有下属虔诚地向我汇报工作,也不是高高在上地下来乡村振兴,而是像古代的士大夫,扛着枷锁流放到贫困山区,像牲畜一样被扔在山坳,也在饥寒交迫中绝望地断了一只手,我会不会发疯?

我没有答案。我虽然无法和曾亮交流,却不拒绝当他的司机,他有荣誉感的时候,两眼放光,不会伤害人。

全家只有曾三这一个明白人,在我慢慢的讲述中,曾三明白了做DNA的意义,也知道了我一心为他家好,可让我万万没有想到的是,曾三断然拒绝了给孩子们做DNA。曾三担心的不是花很多钱,他知道,我帮他们家跑这么多事,从来没用他们家掏钱。他担心的理由很充沛,曾亮天天出去当"镇长",有时半夜都不回,痴呆媳妇又常在沟里沟外乱走,他无法保证三个孩子是曾亮的,一旦做了,后果谁也承担不起,不如糊涂庙糊涂神。

我瞠目结舌,理解了我的前任驻村书记。

户口问题一而再再而三地拖下去,就连蒋所长都急得催我了,我把不做 DNA 的原因告诉了他，他把肚子都笑疼了。我正言道，这是个悲剧，你还有心笑。

后来，回到省里，一个偶然机会，遇到公安厅里的一位领导，我开始诉苦，给底层老百姓办事太难了，证明我妈是我妈难，证明我爹是我爹更难。厅领导当时就生气了，第七次全国人口普查，黑户问题已经解决了，怎么又有了？

没几天，厅领导从我这儿要了情况反映，当时就作了批示，不管爹是谁，立即上户口。一纸批文层层转下来，小事情上升到了全省高度，叩问的是公安队伍能不能为底层群众纾难解困。

蒋所长拿到上边的批文，对我满脸的不悦，嗔我让他在全省丢脸了。他不是拖着不办，曾家无凭无据，上了户口就是违规。好在上边没给他处分，我也心安理得了。蒋所长吩咐户籍民警，立即给曾三一家办手续，编排身份证号码，嘴里嘟囔着，原则是上边喊的，规矩也是上边破的，下边咋干都不对。

我不管他咋办，我只要结果，只要能让曾家"黑转白"，从镇乡村振兴办领到国家兜底的钱，不让曾家拖全村的后腿，我就不算白驻村一回。

平安地过了一冬，也平安地安排完了曾家种地，庄稼长出来的时候，我的麻烦又来了。周边地区新冠疫情出现了反弹，燕都市虽然不是疫区，也需要全民核酸检测，五龙村也不例外。核酸检测时，我维持现场秩序，要求村民保持一米距离。

尽管曾家一窝痴呆，尽管他们不会走出村里半步，核酸也得做，县里有要求，必须是全员检测。曾亮看到我维持站排秩序，挣脱了测试的棉签，突然对我说，你骗了我，你就是镇长，你霸占了我的办公室。

说完，曾亮不顾一切地跑了出去。事情突然爆发，大家都忙着做核酸，没有分身术，我这个维护秩序的，就算是闲人了。放下手里的事儿，我开车去追曾亮。每一次犯病，曾亮都是文文静静，除了一味地强调他是镇长，他不疯不癫也不跑，只管一步一个脚窝地往镇里走。这一次他突然跑了，可能是被刺激到了敏感神经，才会一反常态。

他跑得再快，也跑不过汽车轮子，可这次他没选择正常的路，直接穿进了庄稼地。苞米苗刚刚长出八片叶，车不能轧庄稼，我毕竟是花甲之年，跑不过他，只好眼看着他消失在松树林中。好在他奔跑的方向很清楚，就是镇政府，我开车先回镇政府等他，然后当他的司机，送他回家。

一直等到下午，蜗牛也该爬到镇政府了，我依然不见曾亮的影子。做核酸检测的医护人员早已纷纷返回镇里。我给武维扬打电话，问曾亮是不是回家了？得到的是否定的回答。一时间，曾亮去了哪儿，成了谜。

我又求到蒋所长了，虽然他对我有意见，但我们都是为了老百姓，人民警察为人民，他不至于不理我。可是，曾亮是从蛮荒野地里出走的，方圆十几里没有监控，人海茫茫，派出所就那几个警察，到哪儿去找？我这时才明白，我对曾家的责任不仅仅是帮扶，还有看护，不能让他们家出事儿，不能让他家丢人。

曾亮一夜未归，我也是一夜没睡。手机的电打光了，汽车的油跑没了，我还是没有见到曾亮。更让人糟心的是，曾三也在家里熬了一宿，天快亮的时候，刚打个盹儿，一睁开眼睛，他的傻媳妇、曾亮的妈，也不见了。

不到一天，他们母子两个痴呆人都失踪了，不用问，舐犊情深，痴呆人也不例外，傻妈也去找痴儿子了。

我的帮扶对象一家，一天之内丢了两口人，尽管他们都不健全，可也是活生生的生命，派出所可以不给上户口，人口普查没人敢把他们统计在外。青山绿水我们都知道爱护，怎么就不应该爱护长着腿的人？

武维扬不喜欢我打电话骚扰他，他认为曾家是我的联系户，和他没关系，因此他大可以放心睡大觉去。他的理论是村里的猪狗牛羊都丢不了，他们再傻也是人，不用瞎操心。我不认可这个观点，寻人启事比寻牛羊的还多，我必须接着找。

又惊天动地找了大半天，到底是众人拾柴火焰高，有人给我出主意，说别瞎找，有个北斗应急救援队，由上千名志愿者组成，遍布整个辽西，最会找人，我把队长电话给你，比警察还好使，比监控还到位。

我打通了队长的电话，队长话很少，只说了句加微信，便按照我的电话号码，把我拉进了"北斗"群里，让我在群里发声，把失踪人口的照片传上去，自然状况写清楚。就这样，我不知不觉地成了"北斗"救援队新的志愿者。

大概过了一个小时，就有消息反馈回来，在喀左县水泉的大凌河湾，发现了这对痴呆的母子，两个人抱在一块儿，瑟瑟发抖。

救援队把两人送回村子时，我望着母子二人，永远也搞不明白，两个人失踪的时间相差一整天，远在百里之外，怎么搭上的车，怎么心有灵犀地跑到了一块儿？简直是天大的谜。痴人的世界，自成体系，我永远也不懂。

后来，我做了面锦旗，送给了"北斗"救援队队长，那个队长是军转干部，很年轻。锦旗上我写下"北斗引路，生命有光"八个大字。队长笑着对我说，你也是有光的人了。

就像我一大把年纪了，不辞辛苦，扎进偏僻的山村，不回省城了，很多人不理解。我承认，我也是个痴人，管了这一堆烂事儿。

雪 人

在五龙村里,我有个帮扶户,叫孟金花。既然结成帮扶对子,正常情况,驻村第一书记每月要见上几次,可是,从秋到冬,我始终没见过孟金花,哪怕我把她家的门槛踏破。她婆婆气呼呼地说,别说是你,就是我们,也两年没见了。

孟金花的丈夫,两年前去世,丢下了念高中和念初中的一双儿女。她的公公婆婆七十多岁了,一对儿病秧子,轰鸡都费劲,更别说下地干活儿。在乡下,失去劳动能力,意味着什么,不言而喻,何况还要大把大把地花钱吃药。

假如两年前家里的顶梁柱塌下时,孟金花顶上去,或许日子不会如此窘迫。可是,孟金花的小肩膀撑不动,也不想撑起这个家,居然拿钱逃跑了。这一家子,老的老,小的小,都没有出去赚钱的能力,艰难程度,可想而知。

好在卢家是六组的大家族,每家拉扯一把,不至于吃不上饭。

初进孟金花的家，是中秋节，第一印象，不像困难户。院子宽大敞亮整齐，六间七米半跨的青堂瓦舍，宽敞明亮，东西两侧配房也都是崭新的。院中间堆着金黄的苞米、火红的高粱，房角的空地，网着几十只鸡鹅，圈着十几只小尾寒羊。一般的中等户，都比不上他们家。

我怀疑进错了人家，然而，在乡下进错人家，会让人认为比猪还蠢，六组组长卢文忠，比猴子都精，会领错人家？稍加思考，便会明白，在偏僻山区，房子好，说明不了什么，有的人家房子破，县城里有别墅，老家有个空壳房，足够了。反倒是不想离乡的人，才精心地把家弄得像回事儿。

六组的岗岗沟，偏到了不能再偏的地方，房子盖得再好，也不值钱，往往是盖房子花掉了二十几万，想卖掉房子，五六万都无人问津。

见到了那一家人，一切释然，人与房子极不相称，怜悯之心油然而生。家中祖孙四人，眼神共同透露着凄凉与无助。老爷子的眼里有泪包，总是水汪汪的，泡软了眼角的眵目糊，擦也擦不净，典型的风泪眼。老太婆的眼睛是干枯的，目光呆滞，茫然无从，可是，话题一旦触碰到她的儿子，神经质般躁动起来，干枯的眼睛突然变成旺泉，眼泪奔涌而出，哭号不止，显然，精神有些不正常了。

正逢假日，两个孩子都回家了，我们才得以见面。他俩对我很陌生，有些局促。女孩叫卢虹，细高个儿，戴着眼镜，靠墙站着，眼睛直直地瞅我,像贴在墙上的画儿。男孩叫卢玉萌,身体还在发育中,小小年纪,眼里却有不相称的警惕与忧郁。

我感觉得出,别看卢玉萌才十三四岁,却像是家里的主心骨。

一家人都见到了,就是没见到户主,我帮扶名单上的人——孟金花。假若今后近两年的时间,我依然不认识孟金花,只能说明,我这个驻村第一书记不称职。可想见到孟金花,比见县长还难,她已经断绝了和卢家的往来,连个电话都不留。

我这个外来人,以优越的姿态,关心他们,就是因为他们死了儿子。他们的儿子不死,会活得这般艰难吗?用得着别人可怜吗?关心与怜悯,都会触痛两位老人脆弱的心。男孩敏感和缜密的心思,超乎我的想象,他瞬间洞悉了爷爷奶奶内心的波澜,带我离开两位老人的视线,参观他们的家。

家里的布局,很费了一番思量,四间卧室,各具风格,爷爷奶奶的老人房,与其他人家没啥差别,家具和家电都是老的,我没有必要过多交代。他父母的房间却是另一番情景,依然保留着当年新婚的气息,屋里没有土炕,是宽敞的席梦思,若不望向窗外,与城市里的楼房无异。床头墙上悬着巨幅婚纱照,只是被岁月冲淡了色彩,屋中虽说整齐,尘土却无处不在,说明屋里很久没有住人了。女孩和男孩,有各自的空间,设计的风格,特别像城市的儿童房,男孩的床前,有篮球、足球,墙上是阳刚之气的招贴画儿,女孩的房间花枝招展,床上堆着各式过时的布娃娃。

如果孩子的父亲不是意外亡故,这本该是全村最幸福的家,意外，让这个家庭塌了顶梁柱，瞬间支离破碎。我很想知道到底发生了什么，可是，我不能勾起人家的伤心往事，没法问。

趁着旁边没人，我悄悄问卢玉萌，我帮你找回妈妈？

他睁大眼睛看我，突然说，妈妈永远是妈妈，她不会丢的。

回到村部，小卢详细地给我讲述了这一家人，包括孟金花的丈夫是怎么没的。小卢也是六组的，是没出五服的家族，前后街住着，当然最了解情况。

孟金花的丈夫叫卢志鹏，受雇于矿主，当大货车司机，常年拉膨润土矿，虽说风餐露宿，辛苦异常，可每个月起码能赚两万来块钱。不算庄稼和饲养的收入，仅靠卢志鹏开车，就会超过全村人均收入的三倍。一家六口，祥和美满，各得其乐。

卢家的好日子，是在两年前结束的。那是个雪后的黄昏，卢志鹏驾驶着拉矿大卡车，缓缓驶入叶天线边镇中学路段。他之所以减速慢行，是想坐在高高的驾驶室里，瞅一眼校园里的儿子。此时，最后一节课刚刚上完，满校园奔跑着孩子，他们穿着同样的校服，让人眼花缭乱，难以分辨。

卢志鹏太专心往校园里瞅了，车慢成了蜗牛，后边车的喇叭催他，他也不在乎，还在抻脖子找儿子。其他车辆只好驶进对面车道，绕过他的大卡车。

边镇中学是所封闭式寄宿名校，老师面向全国招聘，薪金也比其他学校高。学校是半军事化管理，作息时间精确到秒，自习时间，老师针对不同学生，精准补课，红山县重点高中，有近三分之一的学苗，来自边镇中学。市里和县里的头面人物，削尖脑袋，把孩子送进这所中学，就图望子成龙、望女成凤。

卢志鹏的儿子，正常考入边镇中学，对于父亲来说，是莫大的荣幸，若是成绩不理想，会被打入另册，无法成为寄宿生。这就是边镇中学的特点，因人施教，分灶培养，无论社会上怎么骂教育不公，他们依旧坚守，坚决不改。

儿子考入寄宿班，是件喜事，可对于儿子迷卢志鹏来说，半年见不到儿子几次，这也是一种煎熬。好在他天天开车经过边镇，车到校门外，他总是缓行而过，或者干脆停在学校大门外，坐在驾驶楼里向外张望，从上千学生中，找到儿子卢玉萌的身影，哪怕只看到一眼。

庞然大物般的车，停在校门外，就是一个显著的目标，卢玉萌当然能发现，父子俩经常以这种方式，相互招手。

那个雪后的黄昏，意外从天而降，后面急驰过一辆重载货车，刹不住车了，径直撞向卢志鹏停着的车。猝不及防，卢志鹏连反应都没有，车头越上马路牙子，穿过树的空隙，径直撞向一根电线杆子，水泥杆子匐然而碎，瞬间，驾驶楼瘪了，他被挤成了肉饼，眼睛瞪得快要掉出来。

惨剧就发生在儿子的面前，卢玉萌亲眼看见了父亲命丧黄泉。这种心理创伤，恐怕一辈子难以愈合。

那辆肇事的载重货车，直至快撞上了，才想起刹车，雪天路滑，无法减速，直截了当地追尾了，也是车毁人亡。可恨的是，肇事司机是酒后驾车，保险公司拒绝为他的车辆赔偿。追尾的车，是司机个人的，除了借钱买的车，一无所有，人已经死了，车也不要了，即使法院判定他们赔偿，拿啥给卢家？

好在卢志鹏的车，矿上办了保险，保险公司还是认账的，卢家拿到了该得的人身意外伤亡赔偿。可是，跑矿山，跑保险公司，都是孟金花经的手，办理完丧事，拿到二十万赔偿，孟金花就一去不复返。

儿子死了，儿媳妇丢下孩子，跑了。卢家是雪上加霜，老两口想儿子想得天崩地裂，大病一场，双双住院，花光了所有积蓄，总算保住了老命。从此，落下了病根，身子弱得不行，每天扫扫院子、侍弄几畦园子，都会累得浑身是汗，气喘吁吁。让他们抚养和照顾孙女孙子，根本力不从心。尽管如此，求爷告奶，砸锅卖铁，爷爷奶奶也要把俩孩子供出去，没有这俩孩子牵挂，老两口早就追随儿子去了。

有儿子在，婆媳间的矛盾闹得再凶，一片云彩总能散去。

孟金花埋怨公婆，结婚时没给安家，没给彩礼，没舍得花钱。两个孩子的成长，也没出过力，反倒心安理得住着他们翻盖的大房子，花着丈夫拼死拼活挣的钱。

婆婆回击，你不也是坐享其成吗？对家有啥贡献？儿子是我生的，他有本事，孝敬我，应该的，你吃哪门子醋？卢志鹏劳累了一天，还得累心调解她们之间的矛盾，每一次都烦得不行。好在两个孩子没有夹在奶奶和妈妈的争吵中，家庭的矛盾只局限在鸡毛蒜皮上，没有闹成鸡飞狗跳。每一次，他不是哄媳妇出去给孩子们买好吃的，就是让老妈买几斤肉，改善一下家里的生活。两个女人，只要支出去一个，巴掌就拍不响了。

家庭生活，钱是润滑剂，只要他能挣到钱，没啥大不了的矛盾。闹得再厉害呀，他就装成脑袋疼或者屁股疼，两个女人的注意力就全转到他身上了。

现在可好，卢志鹏死了，孟金花一句也不吵，扔下一双儿女，拿钱就走。

尽管两个孩子都是住校生，每逢放假回家，看着无依无靠的爷爷奶奶，面对着父亡母走的家，黯然神伤，仿佛被这个世界丢弃了。想一想父亲活着的样子，姐姐抱着弟弟，时常号啕大哭。卢家没有攒下钱，不是卢志鹏不能赚，而是因为他舍得花。家像个家样儿，孩子像个孩子样儿，老人活得有模有样，哪一样不需要花钱？尤其是孩子的教育，农村人谁舍得请家庭教师？卢志鹏请了两个，轮番教孩子的语文和数学。

卢志鹏活着的时候，有个观念，哪怕自己累死，也要让孩子成为有出息的人。他时常拿八组甄德家的二闺女鼓励孩子，跳出岗岗沟，考上名牌大学，成为社会顶尖人才，让一个人的价值超过全村人的价值。卢志鹏的努力总算没有白费，女儿是高中的优等生，儿子考入边镇中学，成绩是全校前五名，一双儿女离他的既定目标，一步步地逼近。

然而，他却远离了目标，永远看不到孩子们的成长了。

虽说我帮扶的是孟金花，可孩子的成长，才是我真正要帮扶的，我决定，供养孩子上学。我最先关注的，是小儿子卢玉萌，因为边镇中学就在镇政府的对面，我们驻村第一书记的宿舍就在镇政府的楼上，直线距离仅仅一百多米，想照顾卢玉萌，是分分钟的事儿。

我拿着五龙村开具的证明，去边镇中学，找到校长张代富，请求在校方能照顾的范围内，免除卢玉萌的各种费用，余下的费用，由我来交。没想到，这位超龄服役的老校长，答应的关照范围，远远超过了我的预期，各种学杂费一律全免，包括书本、住宿、伙食、校服等所有费用，如果学习成绩一直保持在全班前三名，还给孩子发奖学金。

不愧是全国优秀教师、辽宁省人大代表，张校长有气魄，有胸怀，视好学生为自己的儿女，完全剥夺了我的照顾权，让我无须操心。他对我的表扬一笑了之，我也瞬间释然，能自筹资金二千多万建五星级学校，还能差这一点儿钱？

我的麻烦事儿，不是孩子，而是孩子的爷爷奶奶。知道我是他们家的帮扶者，不知商量了多久，终于鼓足了勇气，挂着拐棍走了五六里路，来到村部找我，让我找回他们的儿媳妇。清官难断家务事，何况我还不是官，只是个外来驻村的，我内心有一点儿惴惴不安。

我知道，要回孟金花卷走的钱，比登天还难，人家是孩子的第一监护人，你凭什么说人家没尽到监护责任？虽说孩子不能没有妈，如果真的把孟金花找回家，肯定要打一场血雨腥风的大仗。儿子没了，老有所依的钱不能没有，亲情在钱的面前，会比纸还薄。

尽管我知道双方见面会撕碎所有的亲情，但躲也不是个办法，问题总是要解决的，哪怕见面的地方是法庭。妈是孩子们的心灵寄托和精神安慰，我起码得想个办法，让俩孩子能感受到母爱，哪怕只有几分钟。

我的帮扶对象是孟金花，卢家找不到人，来找我，无可厚非。我虽然不情愿，也觉得有必要找到她，不认识帮扶对象，会让别人笑话的，何况国家每年都给他们补贴，需要孟金花签字，才能领取，不能总是挂在账上。找到她，哪怕她不肯回家，用其他方式陪伴孩子们成长，也总比玩失踪强。

恰好我正准备到红山县高中看一看卢虹，顺便找一找县城的朋友，查一查孟金花到底藏在哪儿。

县委宣传部的朋友陪我去的高中，那是座不亚于县政府大楼的气派十足的建筑群，尤其是超大的体育场，规格是国家标准。学校到底是温暖和阳光的地方，有个爱心团队，不动声色地帮助着卢虹的困难，让她潜心学习，不必分心。我对卢虹的资助，不过是爱心团队的一股涓涓细流而已。

我见到卢虹前，校团委正愁这孩子自尊心太强，不想让同学知道她是贫困生，怕伤害孩子，不知用何种方式把爱心团队捐款转过去，我说，这好办，就说她妈给的。

卢虹接过我转交的钱时，愣了下神儿，特意问我一句，我妈又来了？

我一下子全明白了。可怜天下父母心。

天下说大则大，说小则小，信息时代，地球都是村了，找个人，还难吗？除非是被时代抛弃了。我手里有卢虹姥爷家的电话，借助电信公司一位朋友的帮助，打印出了通话记录单子，选择通话记录频率高的几个号码，查证机主姓名。

虽说没有查到孟金花的电话号码，排除了其他机主的电话，只剩下一个和孟家毫无联系，却和卢虹姥爷联系密切的固定电话，机主是个王姓的老年人，家住在皇家公馆，是县城最豪华的小区。如果这个号码和孟金花无关，我就放弃寻找孟金花这个念头。

我记住了王家的门牌号，潜进了皇家公馆。毕竟，我无法确定王家是否和孟金花有关，不能贸然敲门，可我手机里有孟金花的照片，只要人活着，总归是要露面的，我就坐在楼下等着。

虽说已是初冬，凋零的只是落叶，却凋零不掉小区公园般的绿化，尤其是把地铺成金黄的银杏叶片，人们走在甬道上，像是走在黄金铺成的路上。我没有等太久，就看到孟金花从单元门出来，扶着个老头儿。虽说老头儿的年龄不小于孟金花的父母，可神态并不老，腿脚结实着呢，孟金花的扶，也是半依半靠，更像小鸟

149

依人。

有位居民和老头儿说话了，问，又到河边遛弯？小区对面，隔条道就是河畔公园，遛弯是有闲阶层的专利。老头儿挺着腰板，回答得洪亮且自豪。两个人远去的背影，都很怡然，显然，孟金花不知道我这个"间谍"的存在。

我叫出了老王头儿的名字，跟那位居民搭话，雇的保姆挺体贴人。居民说，狗屁保姆，住家里不走了，就是老头儿的小三。我瞬间明白了一切，每个人都有追求幸福的权利，哪怕幸福是畸形的，自有法律和道德修正，无须我的帮扶，我只需要守口如瓶，这是对她起码的尊重。

失踪丢掉的不是尊严，孟金花有选择如何活着的权利，我是多余操心，必须回去了。

卢家最难的，是两位失独的老人，儿子是他们的全部世界，失去了唯一的儿子，就等于世界抛弃了他们，帮扶政策再温暖，也替代不了儿子。我找到六组组长卢文忠，商量帮助两位老人的办法，卢组长是他们的本家，平时也多有关照，包括他们家的地，都是卢组长帮忙春种秋收。

想让两位老人增加收入，没有别的办法，捷径只有一个，就是他们家的十几只羊。他们走路都吃劲儿，上山放羊，等于痴人说梦。圈养耗费饲料多，成本高，他们又打不动草，都靠买，还能赚几个钱？眼见得十几只羊，一只比一只瘦，急需育肥了，否则，卖都卖不上价。

我们在六组，组织了养羊互助组，把散户的羊集中一下，由一户人家代养，每一只羊的售价，七成留给主人家。代养户求之不得，一只羊是放，一群羊也是放，还得了三成利，何乐而不为。于是，双方签下了合同。

两位老人终于卸下负担，不再为养不动羊犯愁了。我也卸下了负担，一群羊就算一年下二十只羔，扣除代养费，也有一万多的收入，比自己在家圈养，高出好几倍。加上庄稼和低保补助，已经是贫困线以上了。

回到镇政府的宿舍，望向对面的边镇中学，不知为什么，我也像卢志鹏那样，眼睛不由自主地在操场上寻找，企图找到卢玉萌。然而，我却没有人家父子的那种心有灵犀，孩子们千篇一律的校服，始终让我茫然。

立冬这天，一夜暴雪，下到了没膝深，百年不见。县里下发雪灾警报，我没敢涉雪行车，留在镇里。这天是星期日，雪虽然能映亮大地，但天阴沉得厉害，边镇中学的教室，灯火辉煌，孩子们刻苦学习的身影，隔着雪幕，我都能看到。

雪飘飘扬扬下到第二天下午，终于停了，校园内，除雪的师生，密密麻麻分布在白雪校园，没多久，校园外的雪堆成了一座座小山。两年前，卢志鹏的车撞坏的那根电线杆子依然还在，根根钢筋裸露在外，像个骷髅。坏电线杆的几米外，新立根杆子，替代了坏杆子的功能。我不知道，为什么相关单位没有把坏电线杆移走，可能认为有诸多的线撑着,没有倒下来的危险。

一堆雪,把坏电线杆埋了小一半。黄昏时刻,云终于散开,晚霞绚烂地映满天空。我突然发现,一个孩子在坏电线杆下的雪堆里爬上爬下,细一瞅,原来是卢玉萌,他是在堆雪人,堆一个硕大的雪人,鼻子是黄泥染成的,眼睛镶的是磨圆了的煤球,鲜红的唇是叠成嘴形的红布,当然,还有帽子,是柳枝编的。

我赶到路边时,卢玉萌已返回了校园,我仰视着雪人,觉得高大无比,像一座山。低头看下去,一排石子在雪人的膝下摆出一行字:爸爸,我想你。瞬间,我眼睛一热,涌出泪水,父爱如山,卢玉萌这孩子,在寻找生命的靠山,无时无刻不在思念自己的父亲。

家庭是社会的细胞,一旦没有了细胞核,如何能维系得住?我只揭开了这个细胞的冰山一角,至于里面的惊涛骇浪,我还是不得而知。扯开别人心灵的伤疤,也是一种罪恶,我宁愿去当无知的人。

接下来的几日,天气晴好,气温迅速攀升。毕竟只是立冬这天的雪,暖阳持续地照耀,再深的雪,也会被融化,除非躲到见不到阳光的角落。卢玉萌堆的雪人,也被阳光扭曲得不成形状了。

坐在宿舍,望着窗外渐渐消失的雪人,我感慨万千。

从本质上讲,我们每个人都是雪做成的,被岁月无情地侵蚀之后,都会离开这个世界。赤身裸体来到这个世界,就开始不断地包装,不断地将虚伪和自私深藏。倘若剥开了,有多少人不是裸露在阳光下的雪人,谁禁得起阳光的拷问、风的撩拨?还是在温柔之中伪装一下好,所以,才有了漂亮的外衣,才有了美丽的说辞,包裹住了荒谬、愚蠢与可耻,享受在虚伪的肥皂泡中。

相比较而言,还是卢玉萌更干净。

左臂上的小嘴

张无双,从一张卡片上捡起这个名字,村支书武维扬说,就去这家。这是他的巩固对象,每周去一次,防止返贫。卡片叫"明白卡",所谓的"明白卡",就是他的基本情况,贴在墙上,让别人一目了然。

五龙村很散,分布在二十多平方公里的沟沟岔岔。从村部开到八组的石门子沟,快颠散架了。前面是立陡的坡,我不敢开。自从我驻村,村里便有了公车,司机自然也是我。费车耗油我不在乎,就怕出危险。资料显示,2020年全国1600多名驻村第一书记意外身亡。武维扬怂恿我,开上去。我拒绝了,许多汉字等着我排队呢,出了事儿,文章就胎死腹中了。

弃车而上,爬坡过坎,拐来拐去,终于拐到张无双的家,我们已气喘吁吁,满头大汗。和许多人家一样,他家也是三间红顶瓦房,依崖而建,只砌两面围墙,西侧土崖下是羊圈,圈着三四十只羊。

他家的大门朝东开,门是铁丝绑的木板,鸡鸭鹅狗都挡不住,更挡不住小偷,大门的意义只有一个,挡住羊。武维扬推开门,喊名字,没人理,再喊,羊圈里站出个人,回敬一句,"咩咩"叫个啥,这儿不缺公羊。

辽西人骂人,巧妙而又恶毒,最会借景生情。武维扬被骂惯了,也不在乎,立马顶了回去,你在圈里呢。张无双厚着脸皮说,包我你就包到底,送个媳妇来。武维扬把下颏扬给羊群,你都妻妾成群了。

两个人斗嘴时,我才发现,张无双穿着棉坎肩,里边没袖儿,也没有胳膊,肩膀根儿伸出对儿小棒槌,像两条黢黑的虫子,拱来拱去。

没法握手了,除非我早来十五年。

一种怜悯涌上我心头。

没有胳膊,走路时,身子拧巴,有种顺拐的感觉,不过,张无双依然走得像风,转身就出了羊栏。关栅栏那一刻,我惊呆了,他左臂上的两块肌肉一颤,便伸出了螃蟹般的螯,夹住插棍,将门关死,再调皮的羊,也撞不开栏门了。

我睁大好奇的眼睛,始终盯着他的残臂,心里在琢磨,仅有一拃长的胳膊,断口处咋生出了会收缩的肉,一用力,乌龟的脑袋般探出,像蟹螯,更像鹦鹉嘴,闭合在一起,便牢牢地钳住了物体。这不,他用左臂"叼"起笤帚,给我扫炕,让我坐,动作那样娴熟,像拇指和食指的配合。

我惊诧于这个绝活儿是咋练成的,真是应了那句,上天关上一扇门,却给他开了一扇窗。

毕竟,他是残疾人,又缺少女人照料,屋里很脏。笤帚扫走了炕上的尘土,却扫不走油渍,我无法坐下。饭桌上的盆碗羹匙没有洗,残留着一堆碎骨头,一股馊味儿掩盖了曾经的肉香。张无双虽然邋遢,却没亏待自己,活得个肉面黏牙。

脸对脸站着唠嗑,我才发现,他生着大眼睛,双眼皮,高鼻梁,嘴巴棱角分明,若是洗净脸上的污垢,酷男一枚。戴上蒙古族牧人的帽子,穿上皮夹克,简直是西部牛仔,堪比电影明星。这样英俊的男人,如此落魄,真让人心酸。

闲谈中,我得知,张无双养的是小尾寒羊,每年至少产羔二十只,八个多月就能出栏。看着明白卡,我糊涂了,上面清晰地写着,年收入五千元。然而,实际收入呢,不算庄稼,也不算羊毛,一年也能达到一万五六,他的羊靠啃山头养肥,成本不高,收入能低到五千元?

我感觉得到,他只是潦倒,而不是贫困。

张无双要松羊上山,没工夫闲扯,把明白卡塞进墙缝,满脸不耐烦地撵我们。

武维扬说,给我套个野兔,周书记还没吃过咱村的饭呢。

我皱起眉,你想要野兔,干吗把我卷进来,他是个残疾人,活着还费劲呢,让他套兔子?太无耻了。武维扬爱占我的便宜,我能容忍，他总问我，月工资多少，就是这个意思，村干部工资低，人所共知，可他不能欺负一个残疾人。

　　回去的路上，车依旧颠得厉害，我一直没说话，肚子在翻江倒海。明白卡我能难得糊涂，收入超过五千，就不再是帮扶对象了，村里不想减少帮扶户，想多靠点儿政策红利，无可厚非。可施舍点儿好处，就要回报，让残疾人套野兔，我说什么也不能理解。

　　武维扬看出了我的不快，解释了一句，农村的事儿，你不懂。

　　车在破路上颠簸，也把武维扬肠子里的那点儿事儿颠了出来。他说，别看这小子没手，能耐大着呢，不管下不下雪，眼珠子在山上一转，就知道兔子跑哪条道，胳膊上的小嘴一张，牙一咬，钢丝套就立那儿了，比有手的人还利落，绕山跑几圈，兔子就进套了。找个理由，找他要兔子，就是想遛遛他，不让他闲着。

　　武维扬提高了嗓门，让他套兔子，是瞧得起他，这小子，又懒又馋又坏。

　　我似乎懂了，停下车，向车窗外望去。此时，张无双正赶着羊往山上走，羊鞭插在他的脖子后头，照样扬来挥去，弯腰蹲下时，我感觉得到，他左臂上的小嘴张开了，正在捡起石头，甩向不听话的头羊。转进山坳时，我仿佛看到，他伏在地上，设好了圈套，满山遍野追兔子。

　　把断臂练出手的功能，这番绝活儿，该是举世无双。

　　从石门子沟的八组前往六组，几乎家家养羊，武维扬摇下车窗，边和村里人打招呼，边告诫人家，山上禁牧，不许松栏，勤快点儿，自己打草。我立刻愕然，山上禁牧，为何独独允许张无双上山？怪不得武维扬要野兔那么理直气壮，原来其中也有交易。

晚上，我没留在村里，回到了边镇。省里有规定，驻村第一书记，统一住在镇里，吃镇政府的食堂，不给村里添麻烦。吃完晚饭，到值班室坐坐，恰好，更夫老曾是五龙村人，对村里的事情透亮着呢，聊天时，他把张无双称为那货。

他说，那货，胳膊咋没的，你知道吗？

我当然不知道，他是明知故问。下面的话，就变味儿了，他说，活该，偷变压器，被电打的，没死；便宜他了。

偷变压器，不仅仅是盗窃了，全线停电，不是一般的损失，好在老天惩罚他，没让他得逞。老曾告诉我，那货，不是自己去的，陪小舅子偷。我又弄明白一件事儿，张无双不是光棍，是有老婆的人。

从这个角度说，张无双是从犯，而罪魁祸首该是小舅子，他的胳膊是替小舅子丢的。

在老曾的讲述中，我仿佛来到了十五年前那个月黑风高的夜晚，看到张无双坐在小舅子开的三轮车上，驶到变压器前。张无双戴上绝缘手套，企图拉下变压器上的电闸。不知是绝缘手套的绝缘出了问题，还是电压太高，不接受他的非专业动作，一道蓝弧光闪过，他被重重地打落下变压器电杆。幸亏小舅子开的是柴油三轮车，速度飞快，及时把姐夫送到红山县医院抢救。

命是保住了，胳膊没了。

这样说来，张无双的胳膊是替小舅子丢的，如果他不肯替小舅子偷变压器，没准丢胳膊或者丧命的，该是小舅子。老婆对丈夫应该有所愧疚，弃他而走，离婚另嫁，把他孤苦伶仃地丢下，多少有些不近人情。

我感叹道，一场意外，意外就会发生连锁反应。

老曾否定了我，意外个屁，没有这货，小舅子还不能变坏呢，贼性不改。

我毕竟是外乡人，更理不清其中的因果关系了，老曾也没想帮我理清，村里的事儿，让我慢慢品，接着说起了五龙别的事儿。

第二天，我开车准时到达村部，接着发"明白卡"，去的九组、十组的喇嘛沟，车挂在一档七扭八歪地开了半个小时，才到达屯子边儿，比我从镇里开车到村里时间还长。武维扬的家就住在这里，他瞅着我，满脸坏笑，看见了吧，我的车每年换一次轮胎，一年的工资，还不够养这辆车。

我说，以后换我的。

他会意地一笑。

在喇嘛沟，我顺便去了武维扬的家，五间青堂瓦舍，两侧还有偏厦，也是依崖而建，没砌东墙，崖下和房屋间狭长的空地，散养着一群鸡。在屋门外，挂着一只野兔，不用问，那是张无双"孝敬"的。

武维扬说，别走了，喝点儿吧。

酒后不开车，这条铁律，我雷打不动，何况我对那只野兔心生反感。不过，我不反对他喝酒，他是嗜酒之人，断了酒，没法活。恰好我车里有箱酒，孙子的满月酒，找厂家特意酿的，剩下的这些，妻子让我带上，拿到村里联络感情。

我掏出两瓶，送给武维扬，他喜出望外。

房门挂着的野兔，挺肥硕，公的，属于兔子蹬鹰那类，武维扬摸得很满意，狡黠地对我说，这个兔子，他追了大半天，累垮了，这几天，想干坏事也干不动了。

我说，他真可怜，没有寄托，最难扶的就是这种精神上的穷人。

武维扬说，也别说没寄托，他最想的是闺女，那丫头，天仙似的，在沈阳打工呢，让她回家一趟，屋里能干净好几个月。说着，武维扬把一个手机号发到我手机上，这丫头，只要看到是老家的手机号，死活不接，她爹找不着她。

没过几天，我回沈阳办事，试着打通了那个电话，女孩的声音有些慵懒，纠正一句，让我叫她茉莉，好久没人叫她本名了，让我到一家私人会馆见她。

见了面，果然貌美如花。她问我，哥，在哪儿发财？

我纠正道，叫我爷爷。

她说，爷爷咋了？照样能给你生孩子。

我一下子就明白了，这孩子是靠啥为生，想说的话，我咽回到肚子里，不能让她知道我来自五龙村，当然，我也不会劝她回家看张无双了,转身就走。

她说,你还没交钱呢,我的出场费一分钟一百块。

那一刻,我的心被张无双左臂上的小嘴咬伤了。

跺　跺

站在村部的二楼，向窗外瞭望，村路上每天都重复一种情景，一个胡子拉碴的男人，身后跟着个白胖胖的小伙子，离开村头，走向前面的屯子——南营子。如果是正常行走，我不会记录进文章，奇怪的是，两人每走上几十步，就会停一下，喊了口令般，同时跺跺脚，接着再往前走。走到二里外前屯的后街，猛然折回身，还是边走边停边跺脚。

庄稼没收割时，我没发现这一幕，庄稼一撂倒，村部前豁然开朗，路上行人一览无余，两人跺脚的步子，一下子显现出来。还没入冬呢，他们已经穿上了黑棉袄、厚棉裤，每天如影随形，跺跺着脚步，行走几个来回。

此前，我开车进村时，和他们偶遇过，没发现跺脚的毛病，只是感觉目光有些呆滞，无论看车看人，眼神都是直勾勾的。哪个村没几个傻子，我没当回事儿。直到能居高临下看到他们边走边跺脚，才感到匪夷所思。

我忍不住，问村里的杜会计，怎么回事儿？杜会计说，他们是村里的低保户，也是最穷的户，还没傻透腔，受过刺激，才变成这样不正常。接下来的叙述中，杜会计还原了这一家子的过去。

前边胡子拉碴的男人叫李玉亭，后面跟着的胖小子，是他的儿子李小亮。李玉亭五十多岁，李小亮也有三十好几了。

李玉亭不是天生的傻子，只是从小怕见人，见谁躲谁，后来才知道，那叫自闭症。二十世纪七十年代，有残缺的孩子受歧视，是普遍现象，尤其是农村。那时，人文关怀是陌生词，不像现在，有特种学校，有特殊教育。李玉亭就是在歧视中长大的，就算是本族人，长辈告诉孩子不许欺负，到学校都忘了。他越自闭，同学们越欺负他，越受欺负，他越自闭，形成了恶性循环，直至成人，也没恢复正常。

不管家多穷，人啥样儿，衡量一个家族行与不行，结婚生子是最大的事情，家族中没有打光棍的，就是旺族。李家在一组是个大族，大家想方设法帮他找对象。李玉亭虽然自闭，智商总比傻子高，知道自己条件差，提出了找对象的底线，要娶个全科人（四肢不残，五官不缺）。

全科人哪有看上李玉亭的，就找了个哑巴。哑巴心明眼亮，除了不会说话，哪儿都不比别人差，尤其是长相，眼大鼻挺脸白净，配李玉亭绰绰有余。就这样，两个人结婚了，生下了李小亮。

李小亮白白胖胖，模样也不错，和别的孩子玩得也挺开心，是个正常的孩子。不正常的是他爹李玉亭，孩子上学了，他天天惶惶不可终日，恐怕孩子在学校受欺负。然而，偏偏怕啥来啥，哑巴的妈、孤僻的爹，这样的家庭本来就低人一头，蒙汉杂居地的孩子们都很野，喜欢贬低别人，李小亮遭遇挤对，似乎是天经地义。

儿子受屈，李玉亭最难受，一下子让他回到了小时候。他不想让自己受欺负的情景重蹈在儿子身上，不种地，不打工，也不侍弄园田，从早到晚趴在教室窗外往里瞅，谁敢欺负他孩子，他就亲自上手打谁家的孩子。

家长打别人家的孩子，再有理，也会被人耻笑，更何况，谁家的孩子都是爹娘生的，凭什么让你打？家长们你方唱罢我登场，找学校评理，要赔偿，一连串的矛盾不断上升，学校承受不住压力，给体育老师一项任务，见到李玉亭进校门，别管脑袋屁股，强制拖出去。

没办法，送李小亮上学的差事落到了哑巴身上。可放学时，李小亮的脸上又有了淤青，被谁家孩子打了，哑巴当然说不清楚，李玉亭不分青红皂白，打得哑巴"哇哇"大叫。哑巴有苦难说，消极对抗，不收拾屋子，不干家务活儿，日子就这样一天天地破落下去。

李玉亭太害怕儿子在学校被欺负了，辍学几次，降级几回，连更小的孩子都学会了欺负人，儿子只会抱脑袋，不敢还手。他索性不让儿子上学了，留在自己身边。学校动员，老师承诺，镇里督促,村里强迫,都不管用,谁来都像是和他抢孩子,都是骗他。他决心已定,皇上他二大爷来劝也没用。他认为,除了他,这个世界没人真心疼小亮,也没人拿小亮当回事儿,回到孩子群中,摆脱不了被欺负的命运。反正书也念不好,到头来还是种地,不如干脆就回家爬垄沟。

就这样,李玉亭就差把儿子拴在裤腰带上,寸步不离地带着儿子,有时爷儿俩一人牵上两只羊上山放,有时回家种菜、薅草,就是不让和旁人接触,哪怕别人和他儿子说几句话,也让他多心,认为是说他们两口子的坏话呢。李小亮本来不苶不傻,很正常,却在封闭的环境中,不正常地长大了,懦弱得邻居家的公鸡都敢欺负他。

儿子长大了,自然要娶妻生子。李小亮依赖在父亲身边,已经成为习惯,外出打工都不行。镇党委齐书记送他到膨润土矿当力工,没过半天,哭着喊着找爸,惹得大家捂肚子笑,他哭得更欢了。哪家矿老板愿意养"没断奶的孩子"?借机就给送回了家。家族里的人都愁,这么个"撂荒户",谁人肯嫁?

李玉亭却不这么认为,儿子长相好,没毛病,孝顺听话,找金枝玉叶难,找个全科的媳妇还难吗?有人提议,找个哑巴吧。李玉亭强烈反对,媳妇是哑巴,儿媳妇还是哑巴,这家人,净让人瞅笑话了。别人解释,哑巴聪明,无师自通地会哑语,没有交流障碍。他干脆把哑巴归类到了不是全科人,省得别人费嘴皮子。

最后，李玉亭相中了本镇四节梁村的一个姑娘，长相周正，口齿伶俐，无残无缺，只有一个遗憾，患有间歇性精神病，母亲遗传给她的。李小亮没主意，爹咋说，他咋办。哑巴却是有主意的人，坚决反对，比比画画说不清楚，却表达得很执着，宁愿要哑巴、瘸子，也不要精神病。

别看李玉亭在外边怕怕吓吓，在家里挺会耍家长权威，又把哑巴打一顿，打得哑巴真的"哑巴"了，不再"呜呜"叫，也不敢拿手比画了。就这样，李家欢欢喜喜地娶了媳妇，李小亮不再是父亲的"跟屁虫"，而是形影不离地和媳妇在一起，媳妇放屁都是香的。

开始的两年，虽说手头紧巴，日子还算过得下去，十亩地，够一家人吃穿了，羊也养到了十几只。何况，他们家是大院子，有一亩半地，李小亮和媳妇侍弄园子，还能赚几个零花钱。后来，他们家添人进口了，生了个女孩。

女孩生下来就是个美人坯子，白净净的小圆脸儿，水汪汪的杏核眼，红嘟嘟的樱桃小嘴，刚会说话，就会哄人，是个人见人爱的小宝贝。村里人说，这家人总算缓过来了，这小姑娘的小嘴，把全家人一辈子没说的话，都说出来了。

说来也奇怪，自打嫁过来，李小亮媳妇的精神病，从没犯过。当姑娘时的暴发，都是因为心性高，被人瞧不起，心里一翻个儿，人就不正常了。还有更重要的诱因，她那四节梁的娘家，一家子人都是精神病，环境相互影响，也极易犯病。

自打嫁过来，哑巴婆婆不可能和她拌嘴，还不用儿媳做家务。丈夫更不用说，好像上辈子没娶过媳妇，成天围着她转。女儿漂亮得像小明星，抱出去给全家人长脸。心情好了，没了犯病的环境，村里人忘了她曾经是精神病，说话也没了忌讳。

李小亮媳妇的发病是有征兆的，只是大家忽略了，认为孩子都三岁了，没犯过一次病，肯定是去根了。有个长舌妇鼓动她，你家闺女长得这么水灵，咋净捡别人的剩，穿得这么破，还当从前呢，把孩子当狗养。听别人这么一说，她的笑容立刻丢了，好心情瞬间憋进了葫芦里。长舌妇拿出手机，炫耀自己的孙女，别看模样不如李小亮闺女漂亮，美颜了也比不上，可衣服都是名牌，穿成了小公主。

媳妇回家就让李小亮给闺女买长舌妇孙女穿的衣服，李小亮不敢怠慢，全家总动员，只留下哑巴看家，搭着别人的车到了边镇，又乘坐长途客车去了红山县。到童装店一问，爷儿俩都傻了眼，价格高得吓人，卖了一亩地的苞米，也不够一套衣服钱。

李玉亭捂住兜儿，先打了退堂鼓。李小亮不当家，拿不出钱，一家人只好空手而归。李小亮媳妇一路郁郁寡欢，掐着孩子的屁股，让孩子哭了一路。小孙女也懂得美了，边哭边喊着爷爷，企图让爷爷回心转意。爷爷意志坚定地捂着钱包。

买衣服的风波还没过去几天，李小亮媳妇抱孩子出来晒太阳，本来是想听村里人夸她的闺女好看，结果事与愿违，有人感慨一声，可惜了这个孩子，生在这样的穷家，小姐的模样，丫鬟的命，

167

糟蹋了。

她读书不多，听书不少，抱着收录机听过评书，瞬间明白了人家说的意思，闺女长得再好看，没用，注定没出息。她的精神病立刻暴发了，扔下孩子，跑回屋里，两眼直直地望着房梁。幸亏那个多嘴的人手疾眼快，抓住小闺女，加上孩子的手脚也灵活了，没有摔伤。

假如这个时候，李玉亭及时把儿媳妇送进医院，也许后来的悲剧就不会发生。哑巴一催促，他就一龇牙，住院是要花钱的，他舍不得。

妈妈突然间对她不好了，小闺女有些承受不了，哭着喊着叫妈妈，让妈妈陪她玩儿，让妈妈买玩具。妈妈突然暴怒起来，夹着小闺女，拿起菜刀，按在门槛上，剁下了孩子的脑袋。

一家人全吓傻了。

事后，李小亮的媳妇跑回了四节梁，天天跑到山上喊闺女的名字。娘家一堆精神病，没人送她去医院，没过多久，掉进水库里淹死了。

从此，李家一亩半的大院子长满了荒草，一棵葱都不种，十几只羊，饿了没人管，丢了也没人找。他家的地，家族的人给种，柴米油盐，村干部给送，过日子的花销，镇里扶贫办给解决，他们家穿的是百家衣，过的是百家日子。

一家三口人，过起了绝对规律的生活，哑巴除了做饭和收拾屋子，大门不出，二门不迈，生怕别人问起她孙女，对丈夫和儿子也爱搭不理。爷儿俩呢,除了吃饭就是睡觉,一旦走出家门,儿子紧紧跟着他爹,走出几十步,就一齐跺跺脚,好像是吓唬鬼,更像是吓唬那个精神病,别再靠近他们家了。

一家三口,两个傻子一个哑巴,咋活?他们自己都不知道,三个饱一个倒,成了他们生活的全部。

村里人说,这个家,彻底完了。

不管村里人咋评价这家,村两委不能袖手旁观,全面小康,一个都不能少。

他们家的房子七扭八歪了,房顶的瓦烂了,经常漏水,镇里派来施工队,在院前建了三间蓝瓦顶的保障房,扒掉了后面的老房子。

村里给低保,发困难补贴,他家最高,别人家只是困难户。困难是暂时的,能改善,他家却是破落户,烂泥扶不上墙,谁能和他攀比?

即使他们不肯种地,村里也不让流转出去。种子、化肥、农药,还有滴灌,都由一组的胡组长管。从春种到秋收,你帮一把,我帮一把,种上高粱苞米,十亩地,一年确保两万块纯收入,这是他们家最基本的保障。

村支书武维扬在镇里立下了军令状,他们家的年收入若是低于两万,引咎辞职。是否完成任务,由镇振兴办(原扶贫办)验收。不让他家返贫,是村里的底线。

村里把豪言壮语说出去了,然而,他们家却是个无底洞,拉不走,推不动,没有一丝脱贫的动力,没有一点儿赚钱的想法,属于严重失去造血功能的家庭。帮扶的政策一撤,他家立刻塌方。

每逢看到爷儿俩在路上踩踩,我难免为这一家人心酸。有一次我动了恻隐之心,虽然他不是我的帮扶户,我还是买了一袋大米,割了五斤猪肉到他们家。一家三口人愣愣地瞅我,谁也不吱声。哑巴拎着猪肉到厨房,全剁了,放在锅里炖。显然,他们只图一顿香。

我虽然可怜他们,他们的家,我却一分钟也待不了。哑巴见我们要走,"啊啊"了几声。武维扬告诉我,哑巴的意思,留我吃饭。我当即摇头,这户人家,饭碗不一定比猫碗干净,谁能在他们家吃饭?

晚上回到镇里的宿舍,我心情依然很不平静。新来的镇党委王书记值班,带来个好消息,县里给了镇里一个乡村振兴项目,光伏发电,没得过项目的村子可以申请。恰好,我们村没有得到过帮扶项目。

第二天,我和武维扬一商量,当时就有了主意,就用李玉亭家的大院套,建个光伏发电站。找李玉亭授权,父子俩木偶似的,瞅着我们俩,眼睛都不会眨。哑巴听明白了,不白占他们家院套,每年都给地租,还给他们家看护费。

哑巴答应了,抓起李玉亭木偶似的胳膊,往授权书上按红手印。李小亮也学着父亲的样子,机械地抬起手,木然地按上了另一个手印。此番情景,和在村路上踩踩脚,如出一辙。好在按了两个手印，也算不上画蛇添足。

拿着授权书，我和武维扬到镇里找到王书记，软磨硬泡，要来了项目。

2022年春分，几排蓝瓦瓦的太阳能光伏电板立在了李玉亭家，160千瓦的发电机组，每年能给村里带来七万多元的电费收入，其中三分之一归了李家。

我想，明年我就要结束驻村了，借太阳的光，李玉亭一家总算有了一笔稳定的收入。有太阳替我关照，届时远隔千里，也无须我担心了。但愿李小亮能走出阴影，娶上媳妇，哪怕瘸子、哑巴都能过日子，都能医治他们心里的伤。

只是别再娶精神病。

村庄里的众生

立 冬

天气预报说，立冬下雪，特大暴雪，百年不遇。

县里发出灾害预警，雪没来，文件雪片般飞，紧张得打印机都在喘。我们揣着镇里的传单，挨家挨户送，传导黑云压城般的紧张。闲散的村民依旧不紧不慢，仿佛我们的操心是多余的，嘴里应承着，信手丢下传单，任其像枚单薄的雪片，轻飘飘地落在炕上，没人真正地瞭几眼。

天仿佛被扣上了大棚，白蒙蒙的，太阳像生了锈，有气无力地照着，村里很安详，没有一丝灾害来临的慌乱，反倒有一种期盼。

五龙村全是山坡地，缺水，也留不住水，年年种地发愁，仰颏张嘴等雨。十几年了，雪从来没像雪的样子，飘飘零零地在空中炫耀一圈儿，地还没白，就停了。这下可好，终于能雪卧原野了。瑞雪兆丰年，明年种地不愁了。大雪封门不算啥，顶多在屋里憋两天，柴不缺，菜不愁，肉没断，烫两壶烧酒，反倒更滋润。

别说村里人都盼雪，还有十几户人家，真的怕暴雪，那就是一组、二组的大棚种植户。塑料薄膜薄如蝉翼，覆盖一层棉帘，作用也不大，承受不住雪压。

2021年的初冬，大棚蔬菜贵得离谱，最普通的菠菜，每斤卖到了十几块，只有"大力水手"才吃得起。我们村的大棚，虽然不种菠菜，可芸豆、黄瓜、西红柿，也价格不菲，往常最贱的茭瓜，出棚价每市斤卖到四块五，比往年多赚了两块多。棚菜种植户一年的收入，不亚于市长，脸上的褶子都笑开了。眼下，莫说大雪压垮大棚，便是压出个窟窿，寒风钻入，冻坏一茬菜，至少损失好几万。

种植业也好，养殖业也罢，农民抗风险能力最差，瞬间从天堂掉进地狱。

下雪前，我本来可以回家，驻村第一书记休双休日，是固定的，没人强制我留下。村支书武维扬也撵我，老百姓都会活，你留下也是咸吃萝卜淡操心。我没有走的意思，百年不遇，让我遇到了，别错过。

除了担心一组、二组的十几家大棚户，我还担心那些养牛、养羊的户，大雪封山，不能放牧了，起码备足十天八天的草料。

当然，我还担心六组的王国范。这是个倔老头，脱贫攻坚时，镇里给他盖了保障房，他宁愿闲着，就是不去住。这幢危房，本该扒掉，后房山拱出个大裂缝，形成了一线天，能钻进耗子，靠砌上的一柱砖墙硬撑着。灾害天气，别的不怕，就怕大雪压垮房屋，有人伤亡。

我开着车,武维扬指挥着我,在村里到处转,遇到谁家把高粱堆在院门外,就叮嘱几句,收回屋去,雪埋了就不值钱了。遇到养殖牛羊的户,多说几句备足草料。等转到六组时,云已漫延满天,风也硬冷起来,我们看到,王国范家的烟囱冒着烟。

这老两口,太恋老屋了,头一天答应得好好的,把保障房的屋烧一烧,暖和了,就去住。结果,拿嘴皮子糊弄我俩,根本没想走,炕都烧热了。进了屋子,我俩不管三七二十一,把老两口扯出来,锁上门,拿走钥匙,开车送到他们的儿子家。

回村部的路上,经过一幢蓝色穹顶的大房子,大得像教堂,四米多高,差不多有四百平方米。这是我们村唯一的工厂化养鸡场,主人是镇里的劳动模范蒋彩霞。自然,我俩对她也要说几句废话,比如,气温骤降,保持鸡场里的恒温,备足饲料,及时清扫棚顶积雪等等。

我们一下车,护院的狗就叫了起来,越接近鸡场,叫得越凶。没见到人,先听到了蒋彩霞的声音,我们家的狗和谁说话呢?

话音落地,屋里的棉门帘子掀开,蒋彩霞走了出来。显然,透过窗玻璃,她已经看到谁来了。武维扬说,咋骂我都行,还有周书记呢。言外之意,有外人,给点儿面子。

蒋彩霞瞭了眼我,眼神透露出一种不屑,或者是满不在乎。这是第一书记普遍遇到的尴尬,别看村里人之间咋吵咋骂,指桑骂槐的后面，或许是几代人的恩怨，你是外来的，和谁都不沾亲带故，像一道天然屏障，把你隔开，融入不进人家的乡俗社会。

责任所在，我必须把暴雪的危害讲出来。蒋彩霞爱搭不理，武维扬向屋里喊，老蔫你也过来，听周书记讲。

武维扬的意思我明白，我讲什么不重要，他是在这两口子面前捧我的场。老蔫在屋里忙碌着，根本不想理我们，回敬道，鸡舍的棚顶是铁瓦的，哪能像塑料，一捅就破，别瞎操心了。

说着唠着，我们进了养鸡场，里面没有一扇窗，全靠灯光照明，充斥着一股霉臭味。鸡笼密密匝匝地摞起，足有两米高，叽叽喳喳的叫声，让耳朵发聋的人都觉得吵。鸡从鸡雏到出栏，四十几天，都拥挤在笼子里，一辈子也挪不出几步。这些鸡只有一个出路——肯德基，喂养饲养在城市的人们。

武维扬说，晚上没下酒菜了。说罢，他打开鸡笼，想扯出一只。

蒋彩霞用扫帚打了下他的手背，指了下墙角，那里扔着几只死鸡。她大方地说，都是挤死的，没有瘟病，想拿几只拿几只。

武维扬撇了下嘴，发出"嗤"的一声，谁还吃死鸡？

蒋彩霞说，吃活鸡的是黄狼子，你这个死样，还配吃活鸡。

武维扬突然硬气起来，斥责道，不是我自己吃，周书记晚上不走，让客人吃鸡，你懂不懂事儿？

一不小心就秃噜出了真话，武维扬还是拿我当外人。我说，我只吃溜达鸡，不吃肉鸡，赶紧拉走武维扬，害怕蒋彩霞把战火转移到我身上，骂我村村都有丈母娘。武维扬边走边说，哪天到我

177

家，你放开了本事去抓鸡，抓到哪只，吃哪只。

雪的序曲是细雨，绵软如雾，没等淋湿地面，鹅毛大雪突然间满天横飞。急急归村的人，骤然奔走成雪人，路上的各色车辆，瞬间染成白色。眨眼间，黄褐色的原野消失了，大地白茫茫一片。立冬这天，下这么大雪，我活过了半世纪，头一次见到。

我没回镇里的宿舍，留在了棚菜基地。这些暖棚，最脆弱，最怕雪压，我现场监测雪情，顺便给大棚户当帮手，削砍木棍，支撑钢架，预防垮塌。

收留我的大棚看护屋，是杜庆宝家的，他是村会计杜尚阁的儿子。武维扬担心我冻着，拎着白条鸡回家时，嘱咐杜会计，把炕烧热。白条鸡啥时到武维扬手中的，我不知道，是不是蒋彩霞家的，我也不知道，谁给鸡褪的毛，我更不知道，反正鸡脖子是红的，有刀口。

杜庆宝没在大棚，下雪前驾驶柴油三轮车出去了，到处雇人当帮手，价格出到了一天一千块，却没雇到一个人。乡下比城市更缺劳动力，像我这样快六十的白头翁，都算年轻人了。知道下雪，相邻几个村年轻力壮的人，早被亲朋叫走。杜庆宝下手晚了，和老爸打电话时，有了哭腔，一百多延长米的大棚，人手不够，扫不过来，他太担心暴雪压坏大棚了。

姜还是老的辣，杜会计在手机上翻了一圈电话，很快锁定了一个名字，李梓军。李梓军是二组的村民组长，在镇里的膨润土矿当矿长，手下有一大群年轻人。接到求援电话，他二话没说，立马答应，带上十几个小伙子，开上两辆铲车，回村。

李梓军四十刚出头，可谓风云人物。二十年前还是毛头小子时，独闯北大荒，包下千亩地种大豆，赚过大钱，也赔得一塌糊涂。回村里时，两手空空，在矿山闯荡几年，就成了炙手可热的矿长，赚了钱，还是放不下土地，转包了二百多亩地，玉米、高粱、谷子全种。

因为雪的原因，天不是一下子黑的，即使天黑了，地里却到处漫射着白色。大棚外的灯光迷离地照着，雪稠得密不透风，不像是在下雪，而是像老天在往地上堆雪，刚用锹铲出一条道，没等人折身回来，雪又把道灌满了。不过一个时辰，路上的雪快没膝盖了。

我听得见，大棚的铁架"吱咯咯"地响了，钢筋铁骨开始承受雪的挤压了。两辆铲车恰逢其时地赶到，后面跟着李梓军开的越野吉普。小伙子们从车上卸下六七个吹风机，接通电源后，生龙活虎地跳上大棚顶，抱着吹风机，用强劲的风力，驱赶赖在大棚上的积雪。矿山专用的吹风机，功率大着呢，莫说是雪，就算是大活人，也能吹跑。

李梓军真够聪明，善于用人，更善于使用工具。十个八个小伙子用扫帚扫，不如一台吹风机效率高，一百延长米的大棚，一个人闲庭信步般走一遭，一尺多厚的雪转眼就消失了。铲车也没闲着，在大棚间一趟一趟地走，推走下面的积雪，防止雪掩埋了大棚。

除了杜庆宝家，十几户人家的大棚都借了李梓军的光，不仅保住了大棚，还省了雇工的钱，他们算是摊上了个好组长。

李梓军不让我在雪地里当观众，人和设备都到了，还有什么可担心的，弄得跟个白毛猿似的。他拉着我进了杜家的看护屋，称自己到这儿只有一个目的，喝酒、吃肉、唠家常。

杜庆宝是早一步回来的，那时，雪还没有封住路，三轮车里装着一扇羊排，一爿猪前槽，一塑料箱啤酒。他的老妈和媳妇也被唤来了，"叮叮当当"地造厨。大棚里最不缺的是菜，只要有肉，能炒满桌的菜。

屋小桌窄，没处放酒杯，每个人都是抱瓶喝，常常是一瓶啤酒一口闷，喝得个热火朝天。我只有一瓶的量，只能一瓶陪到底。我是外来的，在村里又是配角，没人拼我酒。杜会计比我更节制，跑里跑外，照顾客人，滴酒不沾。杜庆宝只能舍命陪君子，经常替老爸喝上一瓶。

李梓军说村里最敬佩的人是杜大叔，只要大叔吱声，随叫随到，为啥这么听大叔的话？1999年百年不遇的大旱，我一个毛头小子，求大叔浇地，大叔没打驳回，把电闸推给了我。我们家的庄稼活了，大叔家的苞米旱成了柴火。我这个人，别说是当了矿长，就算是当上了省长，根儿还是种地的，大叔救了我的庄稼，对于我来说，就是救命之恩。

救命之恩重复了好几次，一箱啤酒就喝光了。杜会计不声不语地出去，蹚着大雪，到三里外的白家洼子，扛回了一箱啤酒。眼见得第二箱酒又快喝光，杜会计又消失了。李梓军沉不住气了，用脚踹杜庆宝的屁股，你当的是啥破儿子，让你爸冒着大雪去扛酒？

杜庆宝说，这一回是你救了我们家的命，我是舍命陪君子，我替老爸喝酒，敬你，陪你喝好，喝透。我出去了，谁陪你喝？

李梓军说，兄弟，你让我喝不孝的酒，我伤心哪，老爹养咱不容易。

两个人都喝多了，吵成了一团，李梓军训儿子一般，教训着杜庆宝。

雪还在下，依然是燕山雪花大如席。小伙子们轮换着进来喝酒，也轮换着抱吹风机，帮助每个大棚户吹雪。大棚户走马灯似的走进杜家的看护屋，向李梓军敬酒，感谢出手相救，组长是他们的贴心人。

李梓军也是海量，来者不拒，顶多是跑到大棚里，冲着蔬菜多撒几泡尿，根本不顾他杜大姊和弟妹是否在他身边。

总算有懂事的大棚户，蹚进雪地，去白家洼子，接杜会计扛回来的啤酒。

一夜暴雪，第二天仍未见停，只是飘落得稀疏了。看护屋里醉倒了一炕人，婆媳俩还在收拾残羹剩菜，还有丢满屋子的空酒瓶。显然，酒喝了一夜。

天亮时传来个坏消息，武维扬打来电话，我以为王国范又回家了，大雪压塌了他家的房子，没出来。结果压塌的却是蒋彩霞家的养鸡场，老蔫被砸死了。真是晴天霹雳，我们顾此失彼了，只想到塑料暖棚单薄，没想到钢梁铁瓦的养鸡场会出事儿。我和杜会计叫醒了李梓军，让他出趟铲车，蹚出一条路，去蒋彩霞的养鸡场。

听说老蔫死了，李梓军惊出了一身冷汗，酒也醒了一多半，立马赶过去。

多亏有铲车开路，也多亏了李梓军的越野大吉普，虽说路途不远，没有铲车也是寸步难行。没到养鸡场，就听到鸡混乱的惊叫声，进了院，我看到蒋彩霞坐在雪窝子里，拍手打掌地哭。武维扬蹲在一旁劝，别哭了，哭也哭不回来老蔫，要紧的是善后。

雪窝子的一旁，是辆轿车，被雪覆盖得严实，车轮都看不见了。看着车轮廓，我判断得出，那是武维扬的车。我真佩服武维扬，他住在九组的喇嘛沟，离养鸡场差不多有四公里，若不是对路况烂熟于心，甚至哪儿有石头哪儿有辙，都记得住，这样的大雪漫天，谁敢开？一不小心，就追随老蔫去了。

见我们都来了，蒋彩霞痛苦得直揪头发，都怪我呀，催他爬上房顶扫啥雪，棚子塌了顶多算闹场鸡瘟，我们家老蔫没了，我活着还有啥意思。

不用人说，那么大片雪窝子，肯定是武维扬拉扯蒋彩霞留下的，她想把老蔫的遗体从鸡场里拉出来，武维扬拦着，害怕再生意外。

有了铲车，等于多了一层钢铁保护，李梓军指挥大家，先把鸡笼子搬出来，给铲车腾出地方。铲车开了进去，把塌下的钢架撑起，人们才把老蔫的遗体拽出来。

老蔫死相惨不忍睹，武维扬带人整理老蔫变了形的遗容，帮助办理丧事。李梓军闪在一旁，不停地打电话，大雪过后，肯定是奇寒，鸡场严重损坏，这些在恒温中长大的鸡，注定熬不过去，他在联系客户，赶紧把鸡拉走，最大限度地止损。

电话刚撂下，李梓军就让铲车出发了，把五龙村到叶天线的八公里乡路全部铲开，在上下坡的路面撒上沙土。显而易见，李梓军怕拉鸡的客户嫌路滑，不敢来。

老蔫头朝西，躺在冥床上，头前点上了长明灯，丧盆里也有人丢烧纸了。蒋彩霞被大家拉进了屋里，左一个人右一个人劝她节哀。她突然想起了在外地打工的儿子，想让儿子回来奔丧。武维扬马上制止了，雪天路滑，安全第一。

蒋彩霞又开始捶胸顿足，后悔听了死鬼的话，铁管买细了，彩钢板买薄了。要不，千年不遇的灾难，也不会砸在她的头上。

蒋彩霞在屋里大声哭，李梓军在外面无言地泣，眼泪都冻在了脸上。他说，昨晚贪酒了，咋就忘了派人拿着吹风机，支援蒋彩霞，哪怕只吹一次，也不至于压塌养鸡场。

他这么一说，我心里也不是滋味。昨天，我只是尽到了告知的义务，并没有检查安全风险，麻痹大意了。虽说没人追究我的责任，我心里还是有些不安。我的手飞快地打字，在微信里询问各种灾后救助的政策。县振兴办回复，县里有重大灾害保险，保险公司可赔付一部分损失。工商银行回复，重建鸡场可提供贴息贷款。

我把这些消息说给蒋彩霞时，她好像没听见，老蔫没了，谁和我白头到老，我再能干，还有啥意思。

一直没说话的杜会计，这时和我们说话了，让她平静一段日子，以后的事情，以后说。李梓军也悄声对我说，周书记，她家若重建养鸡场，交给我，我义务帮她。

我的微信接二连三地响，让我把受灾的程度、逝者的简单情况介绍过去。我低声问杜会计，老蔫叫啥名？

杜会计勉强笑了下，瞅了我一眼。我突然意识到，即使我身在其中，熟悉的不过是村干部，其实离这个村子还很远。杜会计始终没说话，用微信发过了老蔫的姓名、身份证号码，还画蛇添足地发来了生卒年。

甄德的德行（上）

甄德的德行，毋庸置疑，有口皆碑。

我驻村快一年了，九个村民组组长，有八个被老百姓挑出毛病，唯有甄德，真的说不出啥。组长中，他最木讷，村民求他办事，他只说一个字，好，所以大家叫他"老好人"。不过，人无完人，甄德也有被人嚼舌头的地方，比如，组长们聚会，给他起个绰号，叫"妇救会主任"，这就是他的"毛病"。

甄德的八组叫石门子沟，位于全村的东北角。出村部左转，行走三四里，爬上高岗，透过大峰山和小峰山的夹缝，才能看见屯子。两山间的沟壑，自然成门，屯名由此而生。屯子里，村舍三五成簇，零散地深藏在沟壑的土畔上，家家户户相似度极高，千篇一律红顶尖瓦三间房，外加东西配房，不常入屯的人，想要记住谁家的位置，很有难度。

不过，甄德的家很好找，有特别的标识，不等进屯子，立马发现。他家的院中，竖起一根高高的旗杆，杆顶悬挂着一面五星红旗。这也是甄德独树一帜的地方，整个边镇，甚至整个红山县，没有第二户人家挂国旗。

我第一次进甄德的家门，是疫情防控和清明防火叠加的日子。那时，村两委班子最忙，天不亮就要到岗。各组长、镇干部和护林员都在固定卡点，我和村支书武维扬流动巡查。村子大而散，驾车走一圈，起码两小时，何况还要下车，爬坡过岭，蹚垄走沟。我们迎风扑尘，奔走到午后，都成了土人儿，脸上的汗也和成了泥。

有一次，累得不行，武书记提议，到八组的甄德家歇一歇。我累是情有可原的，缺乏体力劳动，手嫩得像女人，武维扬虽然当着村支书，本质上也是农民，家有四十多亩地，那么多农活儿，他不干谁干？所以，手照样粗得像棒槌。我最怕和他掰腕，只需一个回合，便败下阵来。他累的原因，是酒精催的，中午以解乏的名义，两大口就干了一大杯白酒。

甄德光棍一个人，家里啥也不缺，就缺人和锁，猫和狗都可以随便进，邻居到他家串门，更是无遮无拦。武维扬给他打电话时，他还在卡点，我们比他先到。进了甄德的家，武维扬仰在炕上，倒头就睡。

我理解甄德的迟到，他的责任心特强，让他守卡口，老鼠过去，都得问一句，带火没有？等了许久，没见他回来，武支书已经鼾声如雷了。我呢，低头看手机，读业余作者发给我的稿子。甄德进屋后，一个劲儿地道歉，说侄子磨蹭，替他上岗晚了。

他拿过电水壶，从净水器里接出一壶水，烧开。我这才发现，藏在厨房一角的净水器，非比寻常，德国产的，比他家的房子都值钱。我装修沈阳的新家，买净水器时，见过这个品牌，却一掠而过，不敢奢侈。而他家的净水器，莫说接在水缸上，就算接进污水池，出来的水也是纯净的。

他家的电视是小的，冰箱是旧的，陈设与其他人家无异，只有角落里的净水器，高端到了贵族，只是村里人不认识。借着烧水的空当，他去洗落满尘土的茶碗和茶壶，显然，他没有喝茶的习惯。找出真空包装的茶叶袋，同样落满了尘土。

五龙村的水，除了五组做豆腐的张国语家，家家结满水垢，不管茶叶多好，都能泡出涩味儿。所以，村里人喝茶，一律是蒙古族喜欢的大砖茶，只求浓，不品味儿。而甄德倒给我的茶，汤色红艳明亮，品一口，香馥醇厚，苦中带甘。我脱口而出，滇红，瞅了瞅丢在地上的包装袋，果然如此。好茶配好水，才能品出好滋味。

对于我的称赞，甄德龇了下满口的黄牙，笑着说，我也不知道好歹，都是闺女买的。我知道，这个净水器，有反渗透水处理功能，能过滤氟化物，他的满口黄牙，是历史遗留问题。

虽说是老熟人，却是第一次登门。甄德认识我的车，直截了当问我，是看着红旗找到我家的吧？这话等于自问自答，如此特立独行，等于设了路标，色盲都能找到。

其实，甄德从红旗聊起，只是引言，他的目的是想把我带进红旗飘飘的年代。他问我，你也姓周，打听个人，你知道不，周治国。

187

我怔了下，这个名字我挺熟悉，却一时间想不起来了。甄德推醒武维扬，让他喝杯茶，解解酒，顺便问他，知道周治国不？

武维扬揉了下眼睛，嘟哝一句，你问过多少遍了，我认识他干吗？又不当饭吃。翻过身，又睡。

说起周治国，甄德滔滔不绝，说院里的旗就是为周治国升的，周治国是他父亲的救命恩人，父亲若是没了命，就不会有他了。甄德和我都属兔，他长我一轮，七十有二。以此类推，救命的事情，该是发生在新中国成立前。

我一下子明白了，甄德说起的周治国，不在当下，属于过去，党史的范畴。思绪掉进历史，记忆的闸门就打开了。我突然想起，进入热东的第一支抗日武装，队长便是周治国。

于是，在武维扬的鼾声伴奏下，甄德讲起了他为什么要升国旗。

那时，距离甄德出生还有八年，距日本投降还有一年零九个月。周治国率领十八勇士，悄悄潜过长城，向热东远征。越过红山县，挺进到东风太（边镇），打开了日本人设立的人圈，解救了饿得奄奄一息的甄德父亲。

甄德的父亲甄玉亭，也是感恩之人，怕八路吃亏，觉得五龙村的石门子沟隐秘，就从青峰山搬过来，在村里建了农会，把村子变成八路的根据地。

五龙村三面环山，石耸坡陡，草深林密，进出村子，只有一条道。走到石门子沟，又加了道天险。确实是藏身的好去处，进驻这里，等于双保险，即使被敌人发现，也不至于身陷重围，跑到山上就能打游击。

周治国以五龙为根据地，指挥部设在了石门子沟，经常袭扰方圆百里的日伪军据点。后来，有个绰号叫"王狗子"的汉奸，摸到了周治国的行踪，到日伪讨伐队告了密。日伪军从内蒙古宁城和红山县调集了好几百兵力，拉着炮偷袭五龙。毕竟进村只有一条道，除了人站岗，全村还有许多狗鹅都拴在了路旁，有一点儿风吹草动，五里外就能发出警报。

特殊的地理环境救了八路，听到警报，他们立刻跑进了山里，日伪军扑了个空。事后，周治国通过内线，查明白了谁出卖了八路，抓住"王狗子"之后，拎到五龙村就给枪毙了。事后，敌人也抓住了甄玉亭，押进宁城的监狱。周治国为救出甄德的父亲，居然夜袭宁城，打下监狱，还牺牲了三位新入伍的战士。

两次救命之恩，让甄玉亭念念不忘。周治国说，他是党的人，想报恩，只记住一条，对老百姓好。甄玉亭当村干部和生产队队长四十余年，一直兢兢业业，这就是动力。五龙村虽然不富，却少见穷人，这里民风淳朴，街道整洁，梯田鳞次栉比，山林密不透风。村中牛羊成群，畜禽兴旺，五谷丰登。村民吃苦耐劳、勤俭持家成为习惯，偷盗、欺骗、妄言者备受唾弃。这种村风养成，虽说简单，却非一日之功，甄德的父辈们，奋斗了一辈子。

甄德说，他见过周治国，十六岁那年，"文革"闹得正凶，《辽宁日报》有个小豆腐块，说的是伪保长陈忠全落网记。那时，周治国在鞍钢当着挺大的官儿，见到报纸，坐着卧车来到了五龙村，找甄玉亭做证，是不是当年给八路供粮供钱，还帮他们藏身的深井村的陈忠全。

当年，八路筹粮极其艰难，都被日本人以"出荷粮"的名义征走，支援太平洋战场了。想一想周治国他们一共才十几个人深入敌后几百里，莫说打仗，能活下来都不容易。甄玉亭从小在青峰山长大，村子紧挨着深井，与开明地主陈忠全有过交情。陈忠全满腹经纶，信守承诺，不会出卖人，甄玉亭就把周治国领到深井村，引荐给陈忠全，不仅多了个藏身地，更重要的是得到了补给。从此，八路军武工队成了铁扇公主肚里的孙悟空，闹得天翻地覆。

甄玉亭坐上了周治国的小卧车，去了深井，甄德也借了光，和父亲一样，第一次尝到了坐卧车的滋味。果不其然，到深井村一打听，"落网"的那个人不是重名，家里人已经准备好了棺材，等待判决令下达后，盛殓陈忠全。他十八岁的闺女哭得梨花带雨，她还不知道父亲曾是八路的恩人，她爹从没跟别人说过，直到周治国到来，才揭开了当年的往事。

周治国连夜赶赴地委，不但免了陈忠全的死罪，还用卧车把他带回了家，无罪释放。

甄德说到这里，有一点儿得意扬扬，他告诉我，后来，陈忠全成了他的老丈人。别看甄玉亭斗大的字识不了一箩筐，有个道理他很明白，甄家想改变大老粗的家风，必须娶高智商、有文化的媳妇。陈忠全的闺女就是最好人选，人漂亮，有文化，若不是成分高，这个高枝，怕是几辈子都攀不上。

陈忠全一直以为，是甄玉亭找的周治国，救下了他的命，毫不含糊地答应了这门亲事，两个孩子两年之后就成了亲。高智商、高颜值确实改换了甄家的门庭，生出的三个姑娘，个个都如杨玉环。

开始的时候，甄德还怨父亲给他找了地主家的闺女，被人骂革命立场不坚定，后来地主摘了帽，大家都平等了，他才恍然大悟。直至媳妇挺着大肚子，闹着参加高考时，他才真正明白，媳妇嫁给他，就是鲜花插在牛粪上。若不是他家的老四在恢复高考那几天降生，她没机会上考场，甄德的媳妇还不知道会是谁的媳妇呢。在计划生育消灭小三儿的年代，甄德的媳妇生了小四儿，仅凭这一条，她想参加高考，也难过审查这一关。

父亲的打压，儿女们的拖累，计划生育的规定，终于让甄德的媳妇放弃了高考，她一门心思培养三个闺女。她给闺女们制定了严格的作息时间表，学习、游戏、吃饭、喝水、睡觉、休息，一分钟不差。她怕闺女生出黄牙，每天行走五公里，到五组敖包沟的张国语家背甜水，烧开了给三个闺女喝，绝对不能让家里的水进她们的肚子。

她要让闺女们展开翅膀，像一只只凤凰，通过高考，飞出五龙村。自己没能实现扔掉甄德的目标，让闺女们实现，扔下他，远走高飞，最好留学到国外，让老东西老的时候，无依无靠。

三个闺女都很争气，全考上了名牌大学。老大留在长春，搞高科技，当博导。老二去了深圳，给外企当高管，一个月的收入超过她爹一辈子。老三也去了深圳，给二姐当助手，搞公关，打高尔夫球是生活常态。

唯独扔下的，是小儿子，甄德的媳妇发下毒誓，老四耽误了她一生，她也不会对老四的一生负责，甄家就是蠢笨的种儿，谁传宗接代，谁去种地。结果，没人约束的老四，被惯坏了，高中都没考上。大姐总算有大姐的样儿，没丢弃弟弟，让他去长春的研究所看大门，虽说是临时工，总算有个稳定的收入。

别别扭扭地和甄德过了一辈子，等到孩子们都有了归宿，她便委委屈屈地离开了人世，离年不到六十岁。事实上，甄德的一生，只有婚姻，没有爱情。可甄德却不这么看，独占花魁四十年，他觉得这辈子活得值了。

甄德的感恩，不是假的，没有父亲的"翻身农奴把歌唱"，石门子沟就不会有甄家。没有女儿们爱唱的"春天的故事"，他不可能成为五龙村最幸福的老头儿。村里人对幸福的概念很简单，没病没灾，有花不完的钱（不包括奢侈浪费）。假如二闺女把一个月的工资全给了他，他都不知道怎么花。

至于感恩的方式，他想了很多，比如，多交纳党费，又怕村里的党员骂他，别人一年交一百，你一下子交几千，寒碜谁呢？比如说帮助村里的贫困户，帮了东家，西家会扒你的短。想来想去，还是模仿政府好，挂五星红旗，既不伤害别人，又表达了心情。他是在千禧年开始挂旗的，已二十余载，每年的国庆节和春节换一次。

第一次挂旗那天，正好是媳妇去世一周年，权当鲜艳的媳妇飘回他家了。

那天，木讷的甄德，突然变得口若悬河了，他讲了一个多时辰，眼瞅着太阳往西山上滚，还有喇嘛沟没走完呢，我推醒武维扬。甄德这才想起，要留我们吃晚饭，给邻居打电话，求他们过来，帮助杀两只鸡。武维扬一骨碌爬起来，对甄德说，别张罗了，我嫌鸡肉塞牙。

出了甄德的家，我驾车继续巡查。武维扬的酒醒得也差不多了，一路上不断地对我说，听甄德瞎掰个啥，全天下就他一个人爱国？净整景儿。在武维扬的嘴里，甄德的"妇救会主任"比村民小组组长还称职，经他手脱贫的，不下二十人。

武维扬告诉我，甄德死媳妇的时候，才五十七八岁，十里八村的人都知道，甄德养的仨闺女，不亚于小银行，大小寡妇踢破了门，抢着给甄德续弦。甄德也挑花了眼，这个寡妇谈两天，那个寡妇处几日，甚至小媳妇也冒充老姑娘，上门取悦，他也没拒绝。

真是世道变了，想嫁人的寡妇，就差当面脱裤子了。甄家的院里，常有寡妇吵成一片，揉成一团，气得甄德挥鞭子往外撵。后来，甄德干脆提条件了，不是政府认定的贫困户，不管寡妇多年轻，长得有多俊，他一概不瞅。

后来，一个从黑龙江来的寡妇，牵着一个小傻孩，拿着当地政府的贫困证明，跪在甄德的面前就不走了。这一跪就把甄德的心跪软了，也把其他寡妇跪跑了，常驻在了"沙家浜"，并扬言要给甄德生个老五。

不管哪个寡妇黏上甄德，不管寡妇怎么能说会道，甄德自有一定之规，进家门的寡妇不是媳妇。他的媳妇永远姓陈，老丈人永远是陈忠全，不会是别人。谁跟他过日子，都叫搭伙计，不领证，不结婚，不花闺女给他的钱，只把自己种地、养牛羊鸡赚的钱，与搭伙计的寡妇共享。

黑龙江的寡妇，其实不是寡妇，是个婚姻诈骗团伙的成员，闻到腥味找到了甄德。那个傻孩子也是拐来的，充当道具，目标是将甄德席卷一空。没想到甄德真的把对方当成扶贫对象，只管吃喝用度和零花钱，奢侈一丁点儿，就一毛不拔。

甄家没有金银财宝，寡妇翻不到值钱的东西，熬不住了，终于有一天，从房梁上找出了一张十几万的存折，欣喜若狂地拿上甄德的身份证，想到银行把钱取出来。结果，银行柜员的寡妇妈，曾对甄德也有那份意思，柜员也挺支持。柜员看出了破绽，以密码不对为由，拖延时间，悄悄地报了警，案子就这么破了。

黑龙江的"寡妇"本以为甄德是富矿，结果，矿没挖成，反倒偷鸡蚀米了。甄德从此吸取了教训，再找寡妇，就是知根知底的贫困户。他反对人们称他找了后老伴儿，只说雇的是保姆，给他洗衣做饭。

甄德雇了有快二十个"保姆"，最长的不过一年，最短的才几天。他给人家的"工资"，只是脱贫的标准。当然，也有赖着不走的，甄德最后一个"保姆"，才三十几岁，两个人相差将近四十岁，他把人家分居理解成了离婚，结果遇到了真麻烦。

这个假寡妇是奔着甄德的别墅来的。二闺女回家，已经住不惯生她养她的乡下了，直接在县城红山县给她老爹买了个装修好的别墅，全家人在别墅里过了春节。闺女走后，甄德却住不惯别墅，把钥匙交给物业，自己又回到石门子沟住，临走时还交代物业，除了他，谁来找也不给开门。

假寡妇天天哄着甄德，就想把甄德哄迷糊了，好和甄德一块儿住进城里的别墅，只要进了别墅，这辈子休想把她请出去。甄德汲取了黑龙江寡妇的教训，别墅是闺女的，不是他的劳动所得，闺女再有钱，他一分钱的便宜也不占，他把闺女的钱和自己的钱分得泾渭分明，不管是谁，包括他自己，花闺女的钱，没门。

结果，假寡妇的丈夫打上门来，说甄德欺男霸女，不拿出一百万，没完。甄德豁出命来也不给，双方大打出手，差一点儿闹出人命。最后闹到县公安局和法院，甄德拿着手机里的录音证据，告假寡妇企图勒索，最后才弄成不了了之。

从此，寡妇们都知道了甄德是铁公鸡，再也不堵他的家门了，他的女人缘就此断了。

其实，甄德也不想当"妇救会主任"，更没有别人揣测的那样，为了多尝几个女人。他真的想续个老伴儿，陪伴他度过余生，三个闺女也是这个想法，有人照顾，她们也省心了。只可惜，他始终拿结发妻子做对比，觉得谁都是奔着他闺女的钱来的，没有与他一块儿"夕阳红"的意思。

全面实现小康之后,甄德向所有的寡妇关闭了大门,他把圈里养的牛羊鸡鸭当成亲人,把公鸡打鸣报晓、母鸡下蛋"咯咯哒"当成絮语。一个人清清静静地过日子,特制的糯高粱小烧,成了他每晚最好的"老伴儿"。

甄德的德行（下）

甄德给人的感觉，就是两个字——错位。比如，屋顶上鲜艳飘扬的五星红旗，和他家半个多世纪的老宅，就不匹配。比如，满院的牛羊鸡粪，和他家有抽水马桶的卫生间，极不相称。即使生活中的小物品，也是如此，他拿高脚杯喝小烧，拿景德镇的细瓷碗喂小猫，拿杭州的丝绸当抹布，拿报纸当卫生纸，此类细节，不胜枚举。

还有，他一年四季，穿的都是品牌男装，最便宜的半截袖，也要过千。他被太阳晒成红薯的脸蛋，满口出土文物般的黄牙，粗糙得像棒槌的双手，蓬乱花白的头发，这一切，和西装革履相去甚远。名贵的衣服，穿在他身上，咋瞅咋别扭。最要命的是，无论哪件衣服，脖领子都被脑油浸黄了。在他的观念中，衣服就是衣服，保暖遮体而已，没必要跑到县城去干洗。

他的三个闺女总想让老爹脱掉土气，成为贵族，可是，无论她们怎样努力，老爹依旧是个庄稼汉，还是老棉袄系草绳，最适合她们的父亲。

这是闺女们最害怕的事情，有一年春节，三个闺女一同回家，将老爹所有的旧衣服都拉到河套，一把火烧了。老爹心疼得直哆嗦，那里面的一件老棉袄，是她们的老妈给他做的，一针一线缝出的，留着也是一份纪念，可闺女们不分青红皂白，照样浇油点火。

为此，还闹出了一场笑话。辽西民俗，死去的人，必须将生前用过的被褥和衣服全部烧掉。看到甄德三个如花似玉的姑娘到河套烧衣服，有人以为甄德死了，到商店买黄表纸，准备去吊唁。

消息一传十，十传百，村里人信以为真，拿着黄表纸，奔向他家。甄德的人缘挺好，死了不去送一程，于心不忍。没想到闹了个大乌龙，甄德在家穿得像个新姑爷。人们赶忙藏起黄表纸，假意说三个侄女回来了，到家里看看。

闺女们花了二十年的时间，改造老爹，想让老爹更体面，更像城里人，结果屡屡失败，就连县城里的别墅，闺女不回来，他一晚也不肯住。城市里的假山假水再好看，也是假的，他没兴趣，实在闲着没事，看母鸡下蛋，也比待在城里强。

人熟为宝，他宁可在村里挨骂，也不愿到城里承受寂寞。何况，他把家畜都当成了家人，一天不见，心里就念得慌。

其实，让甄德引以为傲的三个闺女，早已同他格格不入了，除了血缘，他们之间的对话基本上是鸡同鸭讲。甄德说的高粱、苞米、黏谷子、黄谷子、红谷子，闺女们没兴趣。闺女谈论的高尔夫球、斯诺克，还有半导体、芯片，老爹听得一头雾水。

只有一点，双方还能达成共识，那就是吃不打农药、不施化肥、不喂添加剂的绿色食品。

三十几年过去，这始终是甄德的坚守，全村人都忘了传统的耕作方式，唯有他念念不忘，他承包的二十几亩地，总要留出几亩，除了接受新品种、新科技、新农机，什么百草枯、土壤改良剂，所有的化学用剂，他一律排斥。

秋去冬来，村里大片耕地光秃秃的，唯有甄德家的地，准会整整齐齐地堆满粪堆。每天，只要闲暇，他便骑上电动三轮摩托，穿梭在家与田地之间，把积攒了一年的粪肥送过去。自家的牛羊鸡不多，粪肥发酵得不够，他就盯上别人家，谁家的牛羊是放养的，他就惦记上谁家的粪肥。

长年累月，别人家把黑灰色的土地越种越黄，越来越板结，他家的地却越种越黑，尤其是清明耕地旋耕之后，老远就看出他家的地与众不同。别人家的地，越种品种越单一，越适合机械化作业，而他家的五谷杂粮越种越杂，除了高粱玉米谷子，他还种了许多黏高粱、糯谷子、赤小豆、红小豆、绿小豆、黑芝麻、白芝麻。

春分种地，别人家都雇拖拉机，几个小时几十亩地就种完了。甄德却在他预留的几亩地里，不让拖拉机播种，而是把他养的肉牛当耕牛，挥鞭蹚犁耕种。这番情景，在五龙村消失快二十年了，唯有甄德，每年复古般重现。村里的耕地早就集约化了，人们习惯了机播，习惯了按流水线的方式，把农业生产的全过程包出去，让专业的人干专业的事儿。甄德种了太多的五谷杂粮，这几亩地，没办法机播，只能恢复传统的耕作方式。

芒种时节，田野一片葱绿，从前，这是田间管理最忙的时刻，村里的男女老少齐动员，都要下地间苗、拔草、铲地、蹚地，晨光中地里的人影多如蚂蚁。可是，当下的种田方式，这一切都免除了。绿油油的田野里，只剩下一个孤孤单单的身影，甄德在广袤的田地间除草铲地捏虫。所以，甄德种地，要比别人累很多，产量却比别人低很多。原因是没施化肥，也没打除草剂。

大田里忙碌完，还要忙果树地，他承包了八组的杏树林。林地土地贫瘠，石头叠生，每株杏树，他都挖了很大的坑，换了很多土，才让杏林长起来。杏林间有很多闲地，薄得几近无法耕种，他依然不肯放过，种上三棱甜荞、鞑靼苦荞，还有光滑的米荞，虽说几种荞麦产量低，还容易招病虫害，他不在乎，够三个闺女吃就行。

在边镇街里，甄德最好的朋友是快递员，快递员把他的五谷杂粮送到加工厂，加工成精细的小米、黏米、荞麦米、苦荞茶，甚至还奢侈地用小米榨油，用榆树汁和面，做成荞麦饸饹挂面。他还细心钻研，发明了五谷杂粮粥，把红小豆、糯米混入五谷，煮熟，烤干，磨细。舀出几勺，放在碗中，油茶面般用开水冲烫，又香又甜又糯，闺女们早晨起来，烧壶开水，就能喝上五谷杂粮粥，能节省大量的时间。

当然，甄德不光发明了一种食物，他还发明了一种固体饮料——杏仁儿粉，用的就是他家的甜杏核。他家的杏儿熟了，石门子沟的男女老幼敞开了吃，好面子的人家，不肯白吃甄德家的杏，他就摘上一筐，送给人家。他只有一个要求，把杏核儿还给他。

甄德专门买了个脱壳机，打碎杏核，取出杏仁，去掉仁皮，烘干了，磨成白粉。杏仁粉的甜是自然的甜，没有兑糖，用开水泡出的饮料，除了没有承德的"露露"甜，其他口味相差无几。毕竟，承德"露露"收购杏仁，大多来自辽西以西。这些是他做给外孙子、外孙女们的。如果大人喜欢，也可以熬成杏仁小米粥。

这些纯绿色食品能上闺女们的餐桌，最大的功臣是快递员。快递员有真空包装机，能把食物包成方块，加上保护层，从十几米高处摔下来，依然完好无损。每个月，甄德都要选几个品种，邮给三个闺女，让闺女们真正吃得安全放心。

当然，甄德不仅仅邮寄五谷杂粮，他也快递酱牛肉、烤羊腿、熏公鸡等食物，牛羊他是亲自上山放牧，小鸡是纯粹散养的，即使是喂食，也都是他亲手种的粮食和秸秆，上山亲手割回的青草和干料。

快递公司确实是快，不出四天，准能看到闺女们发给他的视频，一家人围着他邮的食物，大快朵颐。这是甄德最幸福的时刻，他害怕生活优渥的闺女们，瞧不起他的土特产品，扔到垃圾桶里。好在她们的健康理念特别强，垃圾桶里只扔垃圾食品。

为了闺女，甄德殚精竭虑，成了五龙村唯一坚持绿色发展的

"怪物",唯一无所不会的传统庄稼把式。一旦他自己做不到,他会不惜血本,求别人。比如,他找到王阿婆小米油厂,舍出一亩地小米,只图榨出十斤小米油,让闺女们别像她们母亲那样,得癌症,也替她们预防心脑血管疾病,让她们吃出健康,吃出聪明。

看到闺女们吃他寄去的食品,甄德经常泪流满面,不是激动,也不是感动,而是觉得亏欠。闺女们长得太像她们的妈妈了,个个都似出水的芙蓉,他这辈子最对不起的就是她们的母亲,他没让妻子享一天福,没让妻子舒心地过一天日子,直到憋屈成癌症,被病痛折磨致死。

他对闺女好,是为自己赎罪。他认为《天仙配》就是穷人瞎扯蛋的戏,真的配上,话都说不到一块儿,仙女会比死了还痛苦。他的婚姻就是如此,鲜花插在牛粪上,会被熏死。

对了,我忘了叙述甄德的另一个身份,五龙村第八村民小组的小组长,基层到了不能再基层的"干部",石门子沟五十余户人家的主心骨。虽说小组长一分钱工资也没有,甄德当得是尽心尽力。

咱先说扶贫吧,这是我没驻村之前发生的事情。石门子沟最穷的户,恐怕就是没有胳膊的张无双了。胳膊从根儿处断了,意味着丧失了劳动能力,农民不能干活儿,不穷死,那才怪了呢。实际上,张无双的"两不愁三保障"都已经实现,脱贫和防止返贫也没有问题,其中甄德功不可没。

甄德帮助张无双，十年出头了，从开春往张无双的地里送粪，到联系购买种子化肥农药，从安排耕地覆膜、滴灌、播种，到秋收、仓储、销售，和自己家的一样上心。有着甄德这双手，张无双长不长手，都不影响生活和收入。

十个村民组，组组都有贫困户，八组也不能空缺，算来算去，还是光棍张无双最可怜，甄德就包了他。在计算收入时，种地的面积缩减了，养的羊也不算数了，压低了两倍收入，才压到了年收入五千元，享受到了低保户的待遇。

虽说没人和没胳膊的人攀比，但也有风言风语传出，说甄德岂止是拿两只胳膊帮助张无双，还多出一条腿帮衬呢。有人说，甄德之所以不遗余力地帮助张无双，那是欠人家的，张无双胳膊都没了，还能抱得住媳妇吗？言外之意，张无双的媳妇先跟了甄德，后来才离了婚，让张无双成了光棍。

传说就是传说，不等于事实，我充耳不闻。

甄德对八组最大的贡献，就是全部耕地覆膜滴灌。辽西以西，离内蒙古高原较近，气候变化多端，尤其是谷雨前后，前一天热得穿上了半截袖，第二天早上，想出门，需要披件棉袄了。感觉到天气挺暖和，夜里气温骤降，地温刚刚升到零上五度，又掉了下去，苞米高粱种到地里，经常枯了芽，或者是烂了种子，出苗率一直不高。

覆膜解决了低温问题，有塑料地膜扣着，留住了积温，保住了墒情，不出意外，基本上一粒种子一棵苗。机播时，是双垄并行，地膜与种子一同下地，种子的上方，只留食指大的小孔，仅供小苗生长。地膜覆盖下，杂草也会旺盛生长，只可惜它们拱不破薄薄的塑料膜，不是被烤得枯萎，就是无法呼吸，被憋死在里边，连结籽的机会都没有。

甄德大力推广地膜覆盖技术，这也是重要原因，再也用不着打除草剂了，即使垄沟里长出了草，也无须担心，那时苞米已经长到了齐腰深，杂草还不到一拃高，没有能力和庄稼争夺养分。况且，机器收割，连同杂草一块儿混进苞米秸，晾干后，一块儿打碎成捆，做牛饲料，比单纯的苞米秸更受饲养户喜爱。

坚守环保理念，这一点，甄德和闺女们还是心有灵犀的。

覆膜和滴灌，两项技术是相伴而生的。辽西缺雨，十年九旱，尤其是辽西以西接近内蒙古的青峰山西侧，几乎和积雨云失恋了。一旦天阴沉下来，云堆成了下雨的模样，人们比媒婆的腿还勤快，拼命地向云层打炮，逼迫云层降雨，若是不肯"下嫁"，乱云飞渡想逃跑，必须流下眼泪再走。

别小看这几滴眼泪，比油还珍贵，雨水顺着覆膜，全流到了庄稼的根部，一点儿都不会浪费。当然，这点儿雨水，还远远不够，老天几十年不会给村里几场及时雨，减产三四成，那是常态，村里人几乎没有丰收这个概念。假如都是靠天吃饭，贫困户起码占全村的半数。

有人说，2021年是百年不遇的好雨水，越是缺水的山坡地，越能丰收。事实上并非如此，辽西以西，不同于辽西走廊，雨水多，意味着太阳少，积温不够，别看秋后庄稼长势喜人，实际上没等庄稼熟透，霜就来了，水分一撤，颗粒就发瘪，品质不高，卖不上价钱。

然而，耕地覆了膜，就是另一番情景了，普通的地，苞米苗刚破土，覆膜苞米已经长成一尺高的八个叶片了，成熟期要比常态种植的缩短十几天，头场霜再着急，也抢不到白露前。高粱苞米自然成熟得沉甸甸的。

覆膜只能起到保墒的作用，内生动力还得靠滴灌，平常年景，不滴灌个四五次，很难保证庄稼的稳产和丰收。甄德在这方面功莫大焉，农民就是农民，难免狭隘和自私，虽说赞成滴灌，却谁也舍不得花钱打井。也难怪，周边的膨润土矿，早就超过地下水层，不打更深的井，很难抽出水来。打深井，意味着多花钱，找周边的矿老板，人家根本不理你。找村里投入，村部账户里的钱，买只绵羊都不够，白费那番口舌。

甄德掏出了闺女给他的钱，一口气打了五眼深井，送给了石门子沟五十余户人家，接上管线，通到地里，让滴灌惠及家家户户。滴灌确实是个好技术，每一滴水，点点滴滴润在庄稼的根儿上。电闸一推，水泵一响，庄稼正如饥似渴的时候，准能恰到好处地喝足了水。

农业专家计算过，滴灌能比大水漫灌省下81%的水。村里人也计算过，如果用传统的办法浇地，恐怕得把全村的地下水抽干了。

甄德的善举，让石门子沟的苞米年均亩产稳定在了一千六七百斤，高粱稳定在了一千二三百斤，拿2021年底粮食的不变价格计算，每家每户的每亩地，纯收入不会低于一千块。石门子沟人均耕地，超过五亩，甚至更多，这样计算下来，八组没有贫困户。

我一直以为，老庄稼把式甄德，会是一成不变的，事实上，他也在与时俱进，起码覆膜滴灌是他在全组推广开的，只不过是以他的方式，不妥协地循序渐进。

年过古稀的甄德，并没有被时代淘汰，石门子沟的人，没人能忘了甄德的德行。也没像专家们所担心的那样，农村没人会种地了，尽管留下的人都老了，可农业生产已经流水线化了，种地的，不一定都是农民。就算是地道的农民，也不一定都像甄德那样，庄稼活儿样样拿得起放得下，有一技之长，就很吃香了。

用甄德的观点来说，农村缺的不是种地的人，缺的是珍惜土地、把粮食当生命不当商品的人。城市再好，对于甄德来说，也是昙花一现，他在为儿女们守护着最后一片净土，哪怕明天是生命的终点。

小妭如水

这一节里没有我,我不是亲历者。

村里人都说,岗岗沟再破落,有了小妭,立马光鲜。

小妭不大,十四五岁,平时住校,月末才回家。每逢这时,屯里留守的老人和孩子,莫名其妙地兴奋,竖起耳朵,期待着"吱——咣"的长音儿。那是小妭家破铁门特有的响动,听到门声,人们像听到集合号,拿起苞米皮编的坐垫,走到豁了牙的院墙外,坐在大门石上,看明星般,瞅小妭。

这是夏至后的周末,昨夜的雷阵雨洗净了天地,洗绿了田野,洗得山林更加青翠。穿着校服的小妭,背上荆条篓,出门向东,蹦蹦跳跳去登青峰山。马尾辫随着她的步伐上下翻飞,系着的红头绳像跳荡的火苗。

小妭的五官像赵丽颖般紧凑,身材如模特般修长。屯里人认为,这都不算啥,小妭最招人稀罕的是皮肤,杏花般细嫩粉白,清冷干净，一粒尘土都不容落下。不管小妩飘过谁家门口，都能听见人们喊她的名字，期盼她能回眸一笑。小妩却不闻其声，风一般一掠而过，等再看到她背影时，已时隐时现在山上的羊肠小道。

坐在大门口的人，眼光依旧在追随，痴痴地看小妩，感慨道，小妩真好看，越看心里越舒坦。

无论怎么说，小妩都是奇迹。五龙村二十多平方公里，八个自然屯，二千多口人，丑女遍地，唯有最闭塞的岗岗沟，绽放出这一朵花儿。同样喝着被膨润土泡过的井水，为啥别人家的孩子都是黄牙粗脸，唯有小妩，这么俊？

这个秘密，藏在小妩爷爷问号一般弓着的背里，也藏在小妩身后的小背篓里。

林越来越密，山越来越陡，鸟唱得越来越欢，松涛声越来越壮阔。有林荫遮蔽，山风吹拂，小妩没觉得热，走得很轻快，一路哼着父亲唱过的老歌：采蘑菇的小姑娘，背着一个大……她的小背篓里，似空非空，除了空的大饮料瓶，啥也没有。她的目标是青峰山深处的山崖，崖下有个隐蔽的山泉，藏在崖缝里，外面长着浓厚的茅草，很难被人发现。

泉水滴落得不疾不徐，没有叮咚响，潜入地下，细润无声。泉在土里缓慢渗透，崖下的青草茂盛得发黑。小妩第一次来到山崖，是十年前，父亲背着她来的。那天和今天一样，都是仲夏，都在雷雨后的上午，父亲拿着大饮料瓶，塞入崖缝，让点点滴滴的泉水在点点滴滴的时间陪伴下，慢慢装满。

滴水声先是"咚咚"地敲着塑料瓶底，水滴四溅，似乎想挣扎出来，后来才安稳下来，乖巧地聚在瓶底，"叮咚"声闷中有脆。闲暇的时光还很多，父亲卢井深带着小娿开始采蘑菇。崖下的蘑菇，非同一般，伞顶是红的，菇肉是厚的，味道是香的。这种红蘑，成长的环境很特殊，有阴有阳，有干有潮，土不瘠不肥，草不厚不稀，天不冷不热，还要有傍晚之后的雷，太阳升起时的露。而采摘的时间，也很短暂，只有一上午，采晚了，不是枯了，就是烂了。

青峰山的红蘑，是最艳的一种，辽西菌鲜之王，市场价格贵得没边儿。

可惜的是，崖下的红蘑太少，采蘑菇相当于搂草打兔子，接山泉水才是正宗。父亲卢井深能在山上找到泉水，不是偶然，他是方圆百里的打井高手，站在山梁，往下一瞅，就能测出水脉的流向，找他打井，就是找对了龙王，不会白凿，准能出水。

辽西以西，天旱少雨，村民打井，深至百余米，已是寻常。只要能出旺泉，就烧高香了。所以，许多村民是先打井，后盖房。五龙村亦是如此，井深不说，水中难除膨润土矿的杂质，还含氟。村中人，喝了井水，哪怕是孩子，脸都像被岁月蚀过。

卢井深很年轻时，就长出了会看水脉的慧眼，他对村里打不出甜水井耿耿于怀，始终有种挫败感。最要命的是，他在外地打井，看上了给他炖酸菜的翠花。翠花的脸，嫩得像豆腐，一摸就能出水，骗她嫁过来，就能天天摸了。可让他最犯愁的是，喝上村里的井水，脸就快成抹布了，这可咋办？

卢井深望天愁，瞅地叹，一筹莫展时，瞥向青峰山，突然来了灵感。常言道，山有多高，水就有多高，青峰山土薄石厚，若能储水，皆为天赐。天水与地下水脉，不在一个层面，互不相犯，只要有泉，定能洁净。别人上山，不是放羊，就是砍树，唯独卢井深，去找泉眼。若不是他对探水之事秘而不宣，谁都认为，他得了失心疯，村里的沟壑枯了几十年，哪儿还会有山泉？

毕竟是打井的高手，卢井深的眼睛能看透百米之下，看山上的泉脉，还不是手拿把攥。可他磨破了好几双军用胶鞋，走遍大山，几乎认定青峰山无泉时，忽然看到崖下有一片青草，异常茂盛。显然，没有水的滋润，草不可能这般葱绿。

于是，山崖缝中，那个深藏的泉，再也隐蔽不住了，卢井深发现了它。从此，不管多忙，他每天顶着启明星上山"打草"，喂家里的几只小羊，实则把泉水藏在草里，接回家中。这样，才有了翠花下嫁岗岗沟，生下了如花似玉的小妭。

十几年过去了，卢井深始终如一，坚决不让母女二人吃井水。所以，家中的一朵大梨花与一朵小杏花，总是相映开放，令他引以为豪。

小妭十岁那年，家中突发变故，父亲卢井深失踪了。事后，小妭想起，父亲执拗地带着她和爷爷去青峰山，反复叮嘱，一定要记住通往崖下的路。冥冥之中似乎有种预感，怕是有些天日不能为母女俩背水了。

卢井深如此溺爱妻女，不可能弃家而走，怎么就杳无音信了呢？临别时他把一万块打井预付款留在家中，只是说了句，去深井打井，上百里路呢，雇主需要保密，这几天别联系我。翠花觉得雇主真奇葩，打井有啥好瞒的。

没想到，深井的井，深不可测，竟然一去不复返。

几天过后，翠花接连给丈夫打电话，都不在服务区。她急不可耐地骑上摩托车，在深井镇各村逐户寻找，尤其是近期打过井的人家，却是一无所获。村里人议论，井深遇到深井，进的是无底洞，能有个好？

老公爹毕竟年近古稀，加上儿子丢了，心里焦虑，体力不支，减少上山背水的次数。奔走一天的翠花，回家时饥渴难耐，也像丈夫那样，拿起水瓢，一口喝下缸里的井水。

一夜之间，翠花豆腐般白嫩的脸，突然变成了豆腐渣。村里人都说，丈夫丢了，急的。只有翠花心里清楚，喝错了水。

盲目地找下去，徒增焦灼与茫然，报警丈夫失踪后，翠花也失踪了，只是失踪得不彻底，小妮还能打通母亲的电话，却不知道在哪儿。有人说回了娘家，有人说出去打工，更多的人说是寻找卢井深。

从此，家里只剩下祖孙两人。

望着儿子儿媳空洞的房间，卢老弓时常嘀咕一声，你妈身上拴的黑曜石可别丢了，那是个宝葫芦，能保佑你妈找回你爸。

211

四年间，爷爷始终娇惯小妣，决不让村里的一滴水进入孙女的肚子，每天雷打不动地装一大瓶农夫山泉。在白家洼子读小学时，只是借用农夫山泉的瓶子，装的却是青峰山的泉水。读到了边镇中学，小妣考上了住校生，爷爷只能买真的农夫山泉，送进宿舍。他爬山已经很吃力了，若不是有孙女支撑，早就躺在祖坟里，向崔判官问明白儿子的去向。

现在，小妣的爷爷已年逾古稀，他的腰猫成了一把弓，挂着拐棍，一步一点，像频频射向大地的箭矢。因此，他有了新绰号——卢老弓。虽说有句歇后语，罗锅上山——前（钱）紧，但卢老弓的钱并不那么紧，儿子拼命打井，赚过钱，省吃俭用了几年，并没花光。况且，岗岗沟的村民组长卢文忠是他的本族兄弟，给他弄成了贫困户，免了小妣的学费，每个月还有几百块的进项。卢老弓弓着身子上山时，并不太难，可下山却吃尽了苦头，他只能一步一步地退着爬，否则就是刺猬下山，向前滚了。

即便如此，也没挡住卢老弓上山的步伐。他上山的收获虽然同儿子一样，是泉水和红蘑，但目的并不尽相同，儿子主要是接山泉，他主要是采蘑菇，红蘑能改善他窘迫的生活。所以，无雨无雷的日子，他很少上山，除非小妣要回家了。

卢老弓上山的视角，与常人恰恰相反，是那种海底捞月的姿态，往前方瞄一眼，眼光基本上留在了后方。这样最大的好处，就是能清楚地发现，有没有人跟踪他。山泉和红蘑是他们家独有的秘密，连儿媳都不知道。

　　下山的过程，不亚于下地狱。背着水，背着红蘑，还要背着几捆遮掩的青草，倒着往回爬，每一次都要耗上小半天。尽管回到家里，腰疼得要折，他依然要把红蘑用线穿起来，挂在屋里的一角，阴干。否则，堆积在一起的鲜红蘑很快就会烂掉。

　　昨夜的雷打得真狠，吓得红蘑不敢藏在地下了，打着粉红色的嫩伞，全都拱出。小妭满脸惊喜，蹲在绿草地上，飞快地捡拾。这是中考前最后一次假，几次摸底测试，她都是高分，考上县城的重点高中，没有问题。有那么多的学费等着她交，再让爷爷累下去，恐怕她就会失去最后的亲人。

　　多采一朵红蘑，就意味着多赚好几块钱，小妭一双小手上下翻飞，很快就把小背篓装满了。这时，她才想起，泉水还在往大饮料瓶子里滴，下山时，只能抱着瓶子了。

　　突然间，小妭听到了绵羊的叫声，每一声凄凉都像在找妈，而且声音越来越近，叫得此起彼伏。羊的喊妈声，与她心底的喊妈声，突然共鸣了，她的眼睛潮湿了，像一汪湖水，把思念泡在其中。

　　想爸想妈，潮水一般涌向她的心海，遮蔽住了她应有的警惕。

　　此刻，卢老弓正蹲在边镇的集市上，兜售阴干了的红蘑。别人的红蘑，黯淡成了褐色，那是晒了太阳的结果。而他的红蘑，是真正的红色，保留着鲜蘑原有的红艳，留存着松茸才有的香醇，用它炖溜达鸡，汤鲜若仙，是千里难寻的山珍。他的红蘑不是论斤，而是几两几钱地卖，能买得起的，不是大矿主就是高档饭店。

卢老弓的身形，自行车不能骑，电动车不能开，赶往镇里的集市，只能坐别人的车。岗岗沟肯白拉他的，只有他们六组的组长卢文忠，不会计较几升油钱。

卢文忠是个大胖子，一米八五的身高，二百多斤的体重，冬天都想扇扇子。与他的身材相比，他家的车是真正的小轿车，小到了驾驶座挤得慌，移到了挨到后座的位置。而卢老弓呢，副驾驶坐不了，脑袋顶到风挡玻璃了，安全带都没法拴，只能坐在后座。这样的话，副驾驶座椅必须前移，移得前边没有了缝隙，人才能挤进来。两个人坐在车里，一个拼命往前，一个拼命往后，显得特别扭。

不过，卢文忠觉得这样挺好，和后座人说话，不用回头。况且，六组的人能被他收为羽翼，他特别有成就感。

自打卢老弓把红蘑铺在地摊上，就心神不宁。他一直惦记着小娥，越想越害怕，孩子还小，不该让她独自上山。青峰山林深荆密，岔路又多，走丢了咋办？山路陡峭，一步没迈好，摔了咋办？还有，山上的野牲口越来越多，遇到了如何应对？

这么想下去，卢老弓后悔了，再也没心情讨价还价，喊来卢文忠，立马收摊，急着往回赶。

爷爷的担心是对的，虽说孙女没有意外摔倒，也没碰到野牲口，可遇的凶险，一点儿都不差，那就是人，八组石门子沟的张无双。张无双的胳膊，只剩下了两截小棒槌，端在肩胛间。他是偷变压器时，被电打的，能捡回一条命就不错了。

张无双盯上小妭很久了。他孤身一人，没媳妇，却不缺女人。本村的丑女人，他用一两只山鸡就打发了，外村有点儿模样的女人，则需要一只黄羊了。他觉得这辈子最亏的事情，不是丢了胳膊，是没尝过处女。小妭进入他视野时，他的心跳成了小兔子，一种难耐的骚动涌遍全身，无法遏制。这个小妮子，天仙似的，破了她的包，没白活一回，做鬼也值得。

起初，小妭并没在意张无双，人迹罕至的山上，见到放羊人，反倒亲切些，尤其看到没胳膊的张无双，反倒心生怜悯。她唯一的担心，是泉水的秘密被这个放羊人发现，却并没有意识到，凶险正一步步地逼近她。

没有手，并不意味着残废，张无双左臂凸出的两块肌肉，练成了铁钳子，不管"咬"住什么，都是乌龟嘴。右边的小"棒槌"，练成了铁棍，抡圆了落下，能把黄羊的犄角砸断。嘴和左臂配合，加上脚指头帮忙，给野牲口下套，比有手的人还灵活。山鸡野兔只要看到踪迹，就是他的囊中之物，黄羊狍鹿也不例外，不管野物多强壮，只要被他套住，秃胳膊夹住脖子，不消几分钟，猎物就会毙命。

在张无双的眼里，小妭是比羔羊还弱的猎物，崖下如此偏僻，就算是虎啸，也没人听得见，反正是囊中之物，不着急出手。他满脸和善，微笑着批评小妭，你带火上山了。小妭以为对方是护林员，上山不带火，这是常识，她连忙摇头。张无双说，你的火戴在了头顶，说着，张嘴去叼小�马尾辫上的红头绳。班上有男生，也是这般欺负她，小妭灵巧地躲开了。

张无双又说，把红蘑给我倒出来吧，那是我家羊的食物，青草甸也让你踩倒了，我的羊咋啃？你得赔。小妭不服，这个逻辑，分明是狼不让小羊喝水，不亚于强盗。她涨红着脸，鼓足最大的勇气，骂出了流氓。

脸涨红了，小妭更美，灿若桃花。张无双不在乎小妭的愤怒，垂涎欲滴了，反正要做无耻的事儿，干脆不装了，他称赞小妭，回答正确。随后，他左臂上的小嘴闪电般突袭，钳住了小妭的校服，任凭小妭怎样挣扎，都脱不开身。

小妭是个弱女子，她最大的力气是握笔，还不如一只野兔挣扎得有力气。张无双随即用双腿就把小妭裹缠住了，压倒在草甸子上，准备用他左臂上的小嘴，撕开小妭的裤子。

张无双没费太多的力气，就要得逞了。卢文忠突然出现在他身后，像抓小鸡子一般，抓住张无双的后背，拎起来，一下子甩出老远，左臂上的小嘴，右臂的铁棒槌都摔伤了。面对铁塔一般的卢文忠，他反倒成了被套住的黄羊，眼里闪着哀求的光。

卢文忠跺了下脚，仿佛能地动山摇。他骂道，睁开你的狗眼，仔细瞅瞅，这里是我六组的山，六组的林，容得下你来祸害人？留你条狗命，滚。张无双爬起来，勉强用左臂上的小嘴捡起放羊的鞭子，想要赶羊下山。卢文忠又跺了下脚，树都吓哆嗦了，这里的一草一木都是六组的，侵略了我的地盘，祸害了我的人，还要一毛不拔，想得美，羊归卢老弓家了，你干了坏事，必须赔偿。

遇到了硬茬，张无双惹不起，刚要落荒而走，却被喊回。卢文忠说，我是讲道理的人，没收你的羊，不能无凭无据，把你的裤衩子脱下来，扔给我，别把坏脓水带回村。小妭被撕烂的校服加上张无双的裤头，就是握在卢文忠手里的证据，拿捏在手中，不仅能让两条腿的畜生张无双服服帖帖，还是村支书的短儿，凭啥把村里的人渣定为贫困户？

有卢文忠在，岗岗沟的人总能硬气地活在村里。

小妭就差被撕掳得衣不遮体了，脸上的红润没了，和母亲一样，白成了豆腐。毕竟是个孩子，家里捧着长大的，哪儿受过如此惊吓。她的眼睛是呆滞的，浑身哆嗦不止，所有的动作都是机械的。跟着卢文忠赶羊下山时，她的双手抱着装满泉水的大瓶子，死死地护在胸前，仿佛抱着阻挡别人进攻的盾牌。那个装满红蘑的背篓，则拎在了卢文忠的手里。

两个人是拉开一段距离下山的。孩子还要成长，卢文忠不想让事情公开，也不能让自己摊上嫌疑，毕竟是自己的孙辈，他是六组的保护神，不能让人嚼舌头。下到岗岗沟之前，卢文忠拎红蘑赶着羊，提前到了卢老弓的家。他让卢老弓带上小妭的另一套校服上山，不能让旁人看到小妭衣衫不整。

卢老弓千恩万谢，幸亏回村的路上，把话向组长说敞亮了，若是继续隐瞒崖下的秘密，就凭他的乌龟样儿，爬到崖下，小妭早被祸害了。

小妮病了，不哭不闹，也不发烧，一个劲儿地看着父母的结婚照，傻傻地笑。二十几只羊进圈，等于多了二十几亩地的收入，卢老弓不觉得亏，组长救了小妮，也给了他公道，他听了组长的，没有张扬小妮的受辱，更没报警。卢文忠挺关心小妮，去了镇上，一口气买了一后备箱桶装矿泉水，够小妮从三伏喝到三九，不必冒着危险去崖下接水了。

中考那几天，小妮的状态总算恢复了正常，却沉默得一句话也不说。她的脸色依旧苍白如纸，不知是没从惊吓中走出，还是没有得到山泉水的滋润。卢文忠也担心小妮受此一劫，答题不在状态，每天充当司机，到县城接送小妮。

考试结束那天，卢老弓在家等孙女。这两天，他怕受了刺激的小妮，不能正常发挥，没敢问考得咋样，只盼着考完了，孙女主动告诉他。活在乡下，出路很窄，改变命运的机会，唯有考学。

卢老弓站在大门外，看着西垂的太阳，腰弓成了弯月，他还在等小妮回家。最后一科考得再久，也不能把太阳考落下。晚霞遍天时，焦急的卢老弓再也熬不住了，像只烤熟的大虾，弯在了大门石上，不管别人怎么劝，高低不回屋，非等到孙女回来。

晚上，卢文忠是一个人回来的，告诉卢老弓一个坏消息，没见小妮从考场出来，找得惊天动地，踪影皆无，她和她父母一样，莫名其妙地失踪了。

卢老弓的身子，一下子从大门石上栽倒了，抽搐得脑袋和膝盖顶在一起，掰都掰不开。卢文忠喊着别人，开来吉普车，铺平后座椅，把蜷成一团的卢老弓从后车门塞进去，送到县医院，让医生想办法。一个丢光了亲人的人，若是成了球，真的没法活了。

岗岗沟的人们，再也听不到期盼中的"吱——咣"声，再也看不见小妭活泼的身影，光鲜的脸蛋。这个平静温和略显寒酸的家，也锁上了长锈的大门。没多久，院中被卢老弓侍弄得繁盛的蔬菜，也看不到了，茂盛的荒草覆盖了满院，村里又多了个空壳房。

虽说没得逞，毕竟裹着小妭滚草坡了，张无双既心虚，又不甘心。他经常跑到青峰山，下套撵山鸡逮野兔，眼睛却瞥向岗岗沟，观察小妭的家，趁哪天没人，把小妭堵在家里，成全了心愿。实在不行，就把羊偷回来卖掉。

那天，他眼巴眼望地看着卢文忠赶着他熟悉的羊群，出了卢老弓的家门，拐向岗岗沟的养羊大户王国凡家，心里就凉了半截。把羊送到别人家代养，村里连傻子都不肯，加上卢文忠给大门上了锁，不用问就明白了，人去屋空了。日思夜想的小妭，去了哪儿？

晚上，卢文忠铁塔般的身体堵住了张无双的家门，哪怕张无双缩成耗子，也不能脱身。来者不善，张无双骨碌着大眼睛，想着对策。卢文忠说，小妭被你弄得精神失常，丢了，卢老弓送医院抢救，差点儿没命，你是孽上加孽，今天找你算第二笔账。

张无双挺着脖子说，我就光棍一根人，羊都被你赶走了，还能给我咋样？

卢文忠说,你是贼心不改呀,两条道儿,要么住监狱,要么住敬老院,这辈子你别想回村再祸害人了。

张无双跳起了脚,我还没老呢。

卢文忠瞪起了张飞眼,就差没扑上去,把张无双压进地缝里。张无双屈服了,交出了家钥匙,背起行李,去找村支书。他很清楚,他不去敬老院,谁都没有好果子吃。

卢老弓没有住满一个疗程,在医院就待不住了,莫说是化验、吃药的钱,就是床费,对他来说,也是笔巨大的开支。尽管新农合给贫困户报销的比例高,可他底儿薄,得不起病。他背着身上巨大的问号,溜出了医院,回到了岗岗沟。

已是入伏时节,知了在老榆树上扯着嗓子叫,仿佛嘲笑树下的卢老弓,不能抬头看它。卢老弓不在乎知了的声音,用低头望月的姿态,向后高高地扬起胳膊,把钥匙插进锁头孔。推开大门时,或许是他耳朵聋了,或许是知了吵得太凶,居然没听见熟悉的"吱——咣"声。

本以为家里草早已没了脖子,没想到,院子很敞亮,菜畦规规整整,还种上了萝卜,荒草被锄得一干二净,混在拔掉的土豆秧中,扔进空了的羊圈。土豆已被刨出,堆在了屋里阴凉的一角,避免被太阳晒青。

真是位有心人,帮他把家收拾得如此干净。卢老弓感谢组长卢文忠,大夏天拖着肥胖的身子,干了这么多活儿,这汗得流出一水桶。进屋还没歇息几分钟，他就挑出十几个大土豆，装进筐里。出家门时，他才发现，铁门轴滴进了机油，所以才推不出声响。一场病，让他的腰弓得更厉害了，他拎着的筐几乎拖到地了，好在能立马撂下。就这样，他一步三歇地走街过巷，进了山根下卢文忠的家。

看到卢老弓进院，卢文忠似乎慌了下，想抬起自己的大身板，觉得太费劲，就算了，继续摇扇子，眼睛瞥向一个半空的矿泉水桶。一根细管穿过屋外的墙，连接到桶里，水一滴接一滴地往里滴落，"叮咚"有声。

卢文忠的家里，还有位客人，身旁跟着个随从，不停地给客人扇扇子。客人说，老卢，你的水比女人的奶都贵，不能便宜点儿吗。卢文忠把扇子一摔，骂了句，嫌贵你就滚。客人一脸的尴尬，让随从拎着一桶水走了。

擦肩而过时，卢老弓埋着头瞅了眼客人，像是鹰视狼顾。

面对卢老弓的感谢，卢文忠满脸茫然。他家的院子虽大，基本上是水泥地面，成了停车场。有那么几畦子菜，都是别人帮他种的，他扇扇子还扇不过来呢，自家的园子都懒得打理，能有闲心帮别人？卢老弓怔住了，既然院子不是组长收拾的，那还会是谁呢，村里人都是各扫门前雪，没人平白无故地帮别人。

回家后，卢老弓去问邻居，邻居告诉他，好像是你儿子回来了，干了半宿活儿，天没亮就走了。陷入绝望中的卢老弓，终于听到了最暖心的消息，他要告诉小妮，你爸没死，回家了。卢老弓认为，小妞也不是丢了，她是趁着难得的假期，找父母去了。既然儿子回了家，肯定没走远，一家三口都应在家里等，不要相互乱找了。

卢老弓找出个大矿泉水瓶子，装进背篓里，重新锁上门，准备上青峰山，给孙女接泉水。慢慢地挪动在岗岗沟的街上，有人问他，老弓，你去干吗？他说，我儿子回来了，找小妞回家。那人说，走错了，东边是上山，西边才是出村的路。卢老弓说，站高处，看得远。

又有人对卢老弓说，你儿子回来了，怎么可能呢？前几天我去省城，还看到你儿媳举着大牌子在省高法门前告状，告一户人家，说是在家里打井，其实是在家里挖出了高品质的膨润土，能做高档化妆品，一夜之间就赚了好几百万，天没亮井就塌了，你儿子埋在了里边，没了踪影，这家人卷款逃跑了。

卢老弓狐疑地看着讲他们家故事的那张嘴，没有相信，他儿子是不会死的，永远也不会。他还要像愚公那样爬山，接回山泉水，让孙女的脸重新绽放杏花。那张嘴还没有停歇，冲着弓着的后背喊，翠花的头发比你还白，脸也是枯黄的，她快疯了，牌子上写着你儿子的名字呢，我肯定没认错。

儿子刚刚回来过，凭啥咒他死。卢老弓不会相信的，坚定不移地往山上走。终于爬到崖下，他突然蒙了，崖下的青草枯草了，红蘑没了，山崖的缝隙被人堵住了，从前的阴凉和湿润全然不见，到处都是干热的风。他的眼前浮现出卢文忠家穿墙而过的细管子，一下子全明白了。

从山上爬回家，满天都是星星了，它们接连不停地眨眼睛，嘲笑卢老弓的傻。他觉得，爬这一趟山，漫长得像爬了一辈子。等爬到了炕上，他再也爬不起来了。半梦半醒间，有一男一女跳进他家的院子，熟练地找到电源，用水泵给他浇园子，还给园边子的苞米打杈除草。他想喊，却喊不出来，他想让儿子儿媳回屋，喝组长搬进他家的矿泉水，身体却酥了般，动弹不得。

他听到了苞米的拔节声。

第二天一早，卢文忠带着家族的弟兄们来看望，他本想把羊重新牵回来，看到卢老弓又成了一只舒展不开的犰狳，躺在炕上，只能横着转圈儿。生活都不能自理了，怎能照顾羊群，继续代养吧。

卢老弓干涩的嗓子，坚定不移地说出，要去敬老院。族人以为，那里才是卢老弓的归宿，只有卢文忠明白，哪怕被人抱着去，他也要拼一次老命。

没有像人们想象的那样，张无双老老实实地待在敬老院，一行人扑了个空。院长抱怨道，瞧你们村惯出的货色，老太太也不放过，那么干瘪了，还往人家身上蹭。卢文忠说，今天就是教训他来了，人呢。院长说，你们来晚了，去庙里当和尚了。

院长的话，谁也不信，都以为是窝藏，张无双不是善辈，岂能慈悲向佛？院长满脸的无奈，若是有皇宫，他就不会去庙里了，早就奔向京城了。在院长的解释声中，大家才弄明白，张无双领进一个黄脸的白发魔女，半夜里就丢了命根子，幸亏救得及时，留住了他一条命。

没人同情张无双，都是恶有恶报。

卢文忠一直抱着卢老弓，抱得这么久，也乏了，顺势放到张无双的空床上。卢老弓躺在床上，觉得被啥硌了下，别看他身子蜷成了球，手还是灵活的，隔着床单，他摸出了那个东西的形状，像个小葫芦。

我就住这儿吧。卢老弓说完，把身下硌他的东西压得更紧了。

敬老院最终还是没收卢老弓，缺民政部门的手续，又不承认儿子死亡，不符合进敬老院的标准。卢老弓也不想住敬老院，他在磨蹭时间，慢慢地把床单下的东西抓到手中，一看果真是件宝葫芦状的黑曜石，那是他们家祖传的宝贝，不能落到别人手。

小妩家大门的"吱——咣"声真的消失了，天天都是死了般寂静，屯里的人把脖子抻成长颈鹿，也没用，见不到光鲜得花一样的小妩了。奇怪的是，炕都不能下的卢老弓，依然能津津有味地活着。每隔几夜，院里总有些响动，有两个黑影不是侍弄园子，就是清扫院子。等到了起露水时，影子就突然消失了，没人能看清楚是谁。

酒醉的蝴蝶

不管想不想说,都得说村支书武维扬,他是我必须面对的人。单位把我"嫁"给了五龙村,我俩就得绑在一起搭伙计,就像不能离婚的两口子,不管"拉郎配"是否别扭,日子都得过下去。

第一次见面,对他的印象极差。单位和镇里开了好几辆车,呼呼啦啦送我到五龙,出来接我的他却是个酒鬼,步子踉跄,语无伦次,进屋时飘成了蝴蝶。领导煞有介事地介绍我,他的眼光迷离地瞅着房顶,嘴里哈着酒气。我也想很好地表态,常驻"沙家浜",振兴五龙。他却心不在焉,挠脑袋,抠腮帮,不管谁说话,都像听蚊子叫。末了,还问我一句,你贵姓?

镇党委孙副书记白介绍我了,村治保主任小卢和妇联主任小平,是俩年轻人,屋里没他们坐的地方,倚着门框,"嗤嗤"地笑。

所有的郑重其事和冠冕堂皇,都被消解了,单位的领导挺没面子,上午说得好好的,下午到村里送我,结果,中午他却喝大了,拿我们单位当猴耍呢！领导给我留下一堆生活用品，叮嘱我几句保重，就带着同事走了。我孤独地站在院门外，望着扬长而去的他们，顿时涌出了人生地不熟的陌生感，还有举目无亲的空寂。

村部的两层楼，是村里最高的建筑，有点儿鹤立鸡群。水泥的院落，虽是平整，却是泥印斑斑。墙根处杂乱无章地窝着几团落叶，有青有黄，水泥的接缝间长出了杂草，顽强地结出籽粒。楼虽是新楼，却有细密的裂纹，门玻璃沾满灰尘，里面贴着的"疫情防控"扫码标识，被太阳晒黄。楼顶上的国旗，飘得很强劲，却把褪色展露无遗。楼里大多数屋子空着，桌椅横七竖八地摆着，落满了尘土，有的堆放着各种杂物，还有破烂。

若不是有人出出进进，我还以为这是幢荒弃的楼。

二层楼，面积也不算小，村两委总共四个人，却宁肯空着许多屋子，挤在二楼的一间屋子里办公。瓷砖地面上，扔着踩扁了的烟头，随地吐出的痰。

镇里有无数个报表，小卢、小平与返聘的会计老杜挤在电脑前，忙填表。武支书躺在门旁的床上睡觉，身上盖着污渍斑斑的被，被头处让脑油染黄了，还有一股陈腐的气息。无所事事的我，看着武支书，心想，这种环境，你也能睡得着？

事实上，他根本没睡，没睁眼睛，也能感觉到我在哪儿，嘴里故意咕哝一句，啥厅级处级，在我这儿，屁都不是！

喝醉了也没忘给我下马威。

驻村第一书记，不住村里，镇上安排了集体宿舍。因为有过驻村第一书记出事的教训，省里要求，我们驻村不住村。

晚上回来，又碰上了送我进村的镇党委孙副书记，晚上他值班，我也借机聊一下五龙村。他笑着问了我一句，怎么样，受刺激了吧？舞马长枪没虐待你吧？

我第一次知道了武维扬的绰号。

孙书记的眼神中透露出一丝歉意，他接下来解释道，五龙是软弱涣散党支部，村里六十四名党员，六十岁就算年轻人，多少年没发展党员了，实在没人了，才让武维扬当村支书，留意一下村里的年轻人，得增加新鲜血液。

我听得懂言外之意，镇党委是让我物色能当村支书的年轻人。

连续几天，我开车到村部，都吃了闭门羹，楼门上了锁，我没有钥匙。打电话给武维扬，他不接，发短信告诉他，我到村部了，他不回。我只好打电话给小卢，小卢告诉我，武书记在家收秋呢。

我很尴尬，工作快四十年了，换了好几个单位，没尝过被拒之门外的经历。村里没规矩，这是我意料中的事情，反正是来驻村的，全村都是我的工作范围，我夹着包，在村部后面的二组闲走，算是走访吧，遇到什么事，还可以记记。

街巷很空荡，没几个人在行走。幸好有户人家，在院门外的空场晾晒谷子，我上前搭讪几句，问人口，问收成，问生活。男主人很客气，如实回答，最后才问我，你是干啥的？

我说，我是驻村第一书记。

女主人"哦"了一声,说了一句,换人了(我来之前,有个扶贫的梅书记),然后指了指村里的文化广场,又指了指村部的二层小楼,愤愤不平地说,这都是啥,豆腐渣工程,村干部啥也不干,有俩钱都祸害了,老百姓啥实惠也没有,你来了,得改一改。

我啥也没说,只是把他们对村委会的要求一一记下,就返回了镇里。

当晚,我接到了武维扬的电话,虽然不是面对面,语气中,我听出了浓重的酒气,你挺能呀,微服私访了,骂老子的话,你都记本子上了,村里的水有多深,你知道吗?老子屁股底下的椅子有多重,你搬过吗?

不等我回话,他就撂下了电话。真是隔墙有耳啊,这么快就传到了他的耳朵里,幸亏我只是个倾听者,没有态度。我心里特别委屈,快耳顺之年了,还让人说三道四,就像秀才遇见兵。我本想了解一下村情,发挥点儿余热,真心真意地帮村里办几件实事儿,却让人误会来夺权了。

我是个外来的,就像油和水,融为一体有多难,谁都知道。"驻村第一"这几个字,就是油和水之间的那层膜儿,注定是帮忙不添乱的角色。

每每看到武维扬醉醺醺地迈着蝴蝶步,我心里不是滋味,天天闻着劣质的酒味儿,吸着呛人的二手烟,对于不嗜烟酒的我来说,真是难熬,硬挺着留在村部。这种人,若是在机关,不是被开除了,就是被边缘了,在偏僻落后的村里,却当引路人,不软弱涣散才怪了呢。

终于有一天,我看到武维扬没有迈开他的蝴蝶步,对于嗜酒如命的他来说,早上不喝二两,都是个怪事儿。没喝酒的原因,是没找到酒,媳妇给藏起来了,他连饭都没吃,赶往村部。和往常一样,他是开车进来的,下车后却没上楼,围着他的车转了好几圈儿。末了,他心疼地"啧啧"两声。我这才发现,车头瘪了个坑。

武维扬最擅长的是炫耀车技,他家在九组,是另一个村合并过来的,到村部五公里,山路崎岖得像越野赛道,他几乎天天醉酒飙车,却从未出过事故,酒醒了,反倒不会开车了,撞了土崖。

这一天,我们去看棚菜种植基地,坐的是我的车,当然车牌也是外地的,停在了蒋金然家的大棚前。我不认识蒋金然,听村里人说,蒋家的大棚扣得最好,有一段日子,日均进款一万,若不是微信支付,早就招贼了。不喝酒时的武维扬,反倒成了小绵羊,没有"舞马长枪",指点着我开到了我想去的地方,反倒让我感到了意外。

过了中秋,一天比一天冷,大棚顶上站着的那个男人正在缝棉苫布,停下手里的活计,瞅着我的车。棚菜基地很少来陌生人,更没有陌生的车,视察设施农业的基本上都是车队。他疑问的眼神似乎在问,一辆外地牌照的旧捷达,停在大棚前,到底是咋回事儿?

直到武维扬下了车,棚顶上那个人才重新捡起活计,骂了一句，我还当谁呢，没过年呢，你来拜啥？

辽西以西的人，说话的方式都像范伟，话里话外藏着幽默，而且具有攻击性。那人在骂武支书是黄鼠狼。

武维扬直截了当地回敬，蒋金然，你别没大没小的，下来。

我知道了，大棚上的人就是蒋金然。

蒋金然说，没看我忙呢吗，有啥事儿，上来说。

武维扬不可能上去，村支书岂能被别人支使？他带着我钻进了他家的大棚，隔着一层塑料薄膜说话，村里新来的周书记，中午在你家喝酒，给周书记接风。

蒋金然立马回答，没问题，等我忙完活儿，回家搭锅台。

这是我见过的最智慧的拒绝。

武维扬一时间无话可答，干脆不回答，找一个塑料袋，挑红得最鲜艳的西红柿，往袋里装。西红柿的品种，是草莓柿子，差不多能卖到草莓的价格，装满一袋子，足有十几斤，能值一百多块钱。

蒋金然在上面说，能装多少就装多少，别把你压死就行。又补充一句，周书记你也别见外，随便装。

我不能像武维扬那样贪婪，尝一个就足矣，找个最红艳的柿子，就在棚里吃。这是我吃西红柿历史中，最爽的一次，又甜又沙又软，还有点儿微酸，吃一口，满口回荡草莓的清香。难怪镇党委齐书记告诉我，边镇的西红柿全国最好，可惜的是，品牌没打响，到北京才四百多公里，首都人民却不知道。

出了大棚，蒋金然看到我两手空空，对我说，回棚装点儿，红过头了，落地下也烂了，中间商只要刚见红的，压不坏，好运输，耐贮藏，没损耗。

我原谅了武支书的"贪婪"，同时也原谅了自己的嘴馋，"不拿群众一针一线"的核心是拿，我没拿，起码能心安。不过，比起"锦州那个地方出苹果"，解放军连落地果都不吃，我还是有一点点"腐败"。

中午的酒没有了着落，武维扬有点儿抓耳挠腮，他说，村里没给你接过风，再没钱，不差这一顿酒，到白家洼子饭店，先赊一顿吧。

我拒绝了，村集体全年的总收入，还不够我写一个中篇小说的稿费，这么微薄，我怎忍心？再说，赊账是腐败的温床，我不能助长此风。武维扬提高了嗓门，瞧不起我呀？我掏钱还不行吗？

喝酒不开车，这是我一贯的定力，尽管乡下没有交警，但习惯不能更改。不过，我开车从家里回村时，特意备了一箱我孙子满月时喝剩下的酒，我打开后备箱，给他掏出两瓶，算是补一份见面礼。

他虽然左手拎着沉甸甸的西红柿，右手却毫不客气地接过酒，抱在怀里。嘴里却说，这场接风酒你不喝，永远不是我朋友。

我说，哪天到你家喝，住你家，不开车。

他说，这还差不多，入乡随俗，村里地方小，摆不下省城的大架子。

我和武维扬改善关系的开始，不是喝酒，是我回来拉了装满一后备箱的台式电脑、打印机、复印机、传真机，这是我的老家支援我的，让我驻村能有个面子。

有了这两套电脑，村干部可以分头办公了，不必再挤在一台电脑前。当然，村里也没钱买复印纸，单位支援了我一箱，够用上几个月的了。

我之所以舍着老脸，向我尊敬的人求援，完全是武维扬刺激的，他的特长是借酒发挥，必要的时候，也可以借酒耍疯，典型的"酒没喝到狗肚子里去"。他酒后拍着我的肩膀说，人家梅书记（我的前任），给我们修路，通自来水，你两手空空地来了，也好意思坐在这儿？

毫无疑问，就像你到人家串门，见到孩子没给红包，那就是失礼。更贴切的比喻是，新娘出嫁了，娘家没给带"嫁妆"，婆家当然瞧不起你。人家五营子，驻村第一书记带来好几百万投资，你却一毛不拔。

我就是那受气的小媳妇，总算弄明白了不受待见的原因。

两瓶酒换来的只不过是不再粗话连篇，指桑骂槐，能正常地和我说话了。一后备箱的办公设备，换来了进村部的钥匙，结束了我驻村一个多月来吃闭门羹的日子。虽然话里话外总是刺激你几句，也都是半真半假半试探，"新媳妇"总算被婆家接纳了。

对村里的大概情况熟悉后，镇里的一把手齐书记把我俩找过去，很严肃地谈话，主题是改变软弱涣散，抓优势产业扩大农民收入，培养合适的年轻人入党。

村里搞过产业，不是投资失败，就是被人坐收渔利，跟村里没关系了，再谈投资，成了惊弓之鸟，谁都摇头。我到外地找过几家企业，不是过不了环保关，就是过不去政策关，兴奋了几天，又成了纸上谈兵，好在村里一穷二白，除了浪费时间，没有别的损失。

我仅有两年时间，不可能有太大的作为，给村里找个接班人，是当务之急。人的成长需要过程，全村两千多口人，一个人一个心眼，不磨砺几年，摆不平人情世故。我最先想到的人选，不在党外，而是村里最年轻的党员蒋金然。他是1984年生，不大不小，年龄正合适，人缘也不错，是村里唯一不出去打工，在家创业的年轻人。改变软弱涣散党支部，其中有一条，选择致富能手当村支书，他最符合条件。

蒋金然是村里最好找的人，二十四小时不离大棚，哪怕是卖菜，点下微信，收菜的车就到了。一次回镇里，路过棚菜基地，我开车拐了进去，侧面掏掏蒋金然的底，我问他，去年村两委班子换届，为啥没成为候选人？

和我说话时，他手中的活计也没停下，棚里的每一株菜，都是他的儿女。他不以为然地说，丢那个脸呢。我知道，村两委班子除了书记，其他成员都是差额选举，误以为他怕当分母，选不上，整个家族都丢脸。

我要打消他的顾虑，替齐书记说出了对村里未来的担忧。蒋金然极其聪明，突然停下了手里一直没有停下的活计，瞪着我说，嫌我老姐夫是个酒鬼，不中用，让我替下他？实话告诉你，还真没人比这个糊涂的酒鬼明白，我下辈子都没这个想法。

说完，蒋金然又自顾自地忙着。我顿了下，进了村子，就进了人家的亲戚窝子，没想到武维扬又蹦出个小舅子，怪不得相互间没大没小。看样子，要么谨言慎行，要么开诚布公，村里没有瞒得住的话。

蒋金然还算给我面子，讲出了不想进两委的理由，村支书一年的工资两万块钱，还不够养车烧油，两委成员才一万块钱，自己都养不活呢，还得村里村外奔波。同样是忙，种大棚呢，一年二十多万纯收入，手里捂着呢，别说当村支书，当镇长都不去。

我说，村里的事儿，总该有人管吧，武维扬不是当得挺有劲的吗？没听他喊穷。

蒋金然说，那是我表姐的功劳，成功转基因，两个孩子，一个国企白领，一个在县里电信部门，哪个月不补贴家里几千块，要不，他能在村里横晃？他当村支书，过个瘾罢了，一辈子不开怀——闹个玩儿。

我怔了下，忽然间明白了，"不开怀"的言外之意，挺黄。

没过多久，武维扬报上个党外积极分子，名字叫武进，他也没回避，直言是武氏家族的晚辈。在农村，家族接班，已是常态，拒绝了，他又会对我耍酒疯，何况对村里的真实情况，我依然是雾里看花。

那天晚上,在镇政府院里散步,正巧是齐书记值班,他边散步边问我,武进那个小伙子咋样?我支吾了一下,只好坦言,不认识。齐书记说,基层政权,选人很重要,你替我掌掌眼,看是不是那个苗子。村干部们的弯弯肠子多着呢,皇上都敢唬,你得多长几个心眼儿。

第二天回到村里,我对武维扬说,见见武进。武维扬说,要紧的是防止返贫,五十多户呢,我还是带你挨家走走,巩固巩固扶贫成果。村里的面积太大,泥路面又特别崎岖,遇到人不在家,还得等。我手中的防止返贫明白卡,一天发不出去三五份。我等得心焦,他却满嘴喷着酒气,在我车里睡大觉。

时间在他左推右挡中又过去了一个月,我还是没见到武进,我一张罗见武进,他就醉成了蝴蝶,小卢和小平就对我"嗤嗤"地笑。这俩年轻人,一对儿不上进,经常不去村部,我替他们执笔,都不写入党申请,不知村里人咋把他俩选进的村委会。

培养新党员,意味着培养村里的接班人,事关村子的未来,我必须见武进。齐书记那么忙,还隔三岔五地问,武进咋样。镇党委书记,想了解一个人难吗?那是信任我,就想从我嘴里听到真实的情况。

我只好摊牌,积极分子的事儿,是齐书记当着咱俩的面催办的,不就是见一个人吗,我又不是阎王爷,见一面能吓死他?

终于让我追得不耐烦了,他皱着眉头说,小卢,带他去武进家。

出了村部的楼门,我刚想上车,准备去五公里外的九组,那是武家的窝儿。小卢却说,不用开车,就在村部后边的一组,走过去吧。一路上,小卢很少说话,也不谈武进,只是告诉我,武进和武书记不是近门,是拖油瓶带进五龙村的。

我这才心有所安,一个村子,最让人担心的事情是家族世袭。

进了武进的家,没见到大人,一个和我三岁的孙女一样高的娃娃问我,你找谁?

我说,找武进。

娃娃说,我就是。

我瞪大眼睛,瞅着娃娃,材料上明明写着是"90后"的年轻人,武维扬怎么开这么大的玩笑,拿个三岁的娃娃糊弄镇党委!

我问他,你几岁了?

娃娃答,二十六。

声音也是奶声奶气的娃娃腔,我俯下身去,看着这个身高才一米的娃娃。细细地看了几眼,我才发现,大脑袋和身体的比例失衡,从眼角眼神脸色中也找出了岁月的痕迹。

我的天啊,这个武维扬,怕别人夺他的椅子怕到了这种程度,居然把侏儒列入了积极分子。哪怕把发憨懒散只爱打游戏的小卢发展成党员,也比侏儒有说服力呀。

我只是简单地问了一番武进的生活状况,他也很爽快地告诉我,经常被别人邀请演出,不缺钱,日子过得挺舒坦,就是找对象困难。

回到村部，我和武维扬大吵起来。武维扬振振有词，你这是人身歧视，小个子怎么了，列宁、邓小平都是小个子，浓缩的是精华。

我说，你这是偷换概念，小个子不等于侏儒，侏儒是一种病，属于残疾人。

武维扬说，你想偷着换人，不行，换了，你就是潘金莲，想害死武大郎。说完，他索性躺在床上去醒酒。

天哪，这都是哪儿挨哪儿呀。

武进当积极分子的事儿，就这样不了了之了，齐书记没生气，也没再提培养积极分子的事儿，只是笑着对我说，没关系，这个舞马长枪，有故事讲了。酒醒后，武维扬也没跟我翻脸，只是挠挠脑袋，讥笑自己，太难了，全村找不出像样儿的年轻人。

我也讥笑他，村里适应土皇帝，你就终身制吧。

他又喝了，却没酩酊大醉，因为陪他喝的是我，就在他家，晚上不回镇里了，一个锅里搅马勺，起码不能成为敌人，不喝酒，我们俩永远也尿不到一个壶里。喝酒我是轻量级，他一盅白酒，我一杯啤酒。他喝酒的毛病多着呢，筷子满盘子挑搅，剔牙，打喷嚏，还随地吐痰。我习惯了他的粗俗，不以为意了。他说，别以为我贪恋权力，咱俩来个皇帝轮流做，我辞职，你来当，试试？

还别说，真有驻村第一书记转任村支书的。可我没心情尝试这个，我是作家，不想搅在村里乱糟糟的事儿里，还是当旁观者更清醒。

武维扬又说，你不亏，咱五龙是长寿村，八十多岁还有老妈，九十多岁还上山干活儿呢，一百多岁寻常见。你来那天，我喝醉了，就是给一百零六岁的老爷子出殡去了，白喜事，不喝酒哪儿行。不过，长寿村可不能算我，我能活过六十就不错了，酒害的。实话告诉你，我也不想喝酒，也不想当这个破书记，可两千多口人呢，总得有人张罗事儿吧？

毕竟在人家的家里，我不能说他是武大郎开店。

喝着喝着，他突然间哭了，你们上边下来的人，沉得再深，也是高高在上，村里人谁说啥，谁骂我，我都不往心里去，我当这个破书记，就是个泔水缸，让大家搅的。我最难受的是我儿子瞧不起我，骂我是寄生虫。他是我养大的，没有我哪儿有他，我怎么就是寄生虫了？可你细一想，不是吗？镇里开的工资，我一分钱也拿不回家，谁家有事儿，我不捧场随礼，行吗？我不去，人家没面子，我去了，兜里的钱就空了，哪个月不随个十家八家的。这还不算，村里的破道，轮胎一年换一茬，这又是多少钱？加油呢？村里没有招待费，请人吃饭呢？

我说，咱们想想招儿，村集体有收入，还能得一份工资。

他说，我也这么想过，可咱这是穷乡僻壤，全县最穷的村，没那个条件，你若是省财政厅、省委组织部下来的，说这话我信，省作协的，那不是拿话糊弄人的地方吗？

一句话也戳在了我的心窝子上，他说自己无能，实际上也在说我。我不喝了,他独自喝,一个人喝了一瓶白酒,抢都抢不下来。最后,他踉踉跄跄地走到院子里,长长地撒了一泡尿,回来时,他又迈起了蝴蝶步,打了个酒嗝,长叹一声,我这是死要面子活受罪。

外面起了秋风,天渐凉,武维扬吐了。

阳光十足

天晴无雨，愁煞农人。我驻五龙村两年，唯有盼雨，最无能为力，谁也没本事和老天爷斗。准备好的人工降雨炮弹，总没机会打出去，庄稼年年旱得嗷嗷待哺。天指望不上，就指望地，好歹有瘦若细肠的老哈河（辽河上游）润着，地下有水可抽，加上覆膜滴灌，还能保住庄稼。

村子就位于这个怪地方，南边的燕山，东边的青峰山，撑起两把巨伞，抵抗着积雨云，比不让胡马度阴山还坚决。哪怕全世界都在下雨，哪怕燕山南麓暴雨成灾，三十公里外的县城红山大雨如注，这里顶多"什么都是浮云"。

所以，我们村子这一带，老天日复一日地挺着蓝瓦瓦的大脸。难怪胡焕庸大笔一挥，把辽宁最西边的一个小小角落，归到了400毫米等降水线之外。我们这个深嵌进内蒙古的小村，成了被遗忘的角落，没多少人知道，辽宁还会有半干旱地区。

凡事均有利弊，干旱有干旱的好处，光照充足。我们村在内蒙古高原的边缘，海拔800多米，有两项全省之最，离太阳最近，享受阳光最多。而且，还在山的耳朵里，全年没有风害，不用担心光伏板被刮歪，是清洁能源——光能的理想之地。我驻村没多久，就到处找门路，拉投资，求人在我们村建光伏发电项目。然而，所有的资本都无视我们村的存在，偏僻路远不说，关键电网还是内蒙古的，协调起来太费劲，没人愿意来。

孩子哭了，还得找妈。我用尽在省里工作的人脉，壬寅年底，终于找到最稳妥的接洽人——某位省级领导，把村里的光照数据递进了省乡村振兴局。防疫放开后，我得到了肯定的答复：纳入癸卯年计划，指标逐级下放，尽量安排上我们村。

眉目有了，落实却是另一码事儿。好事多磨，光伏这件事儿，磨了我半年，驾车省市县不停地跑，甚至还要跑到内蒙古的赤峰，轮胎快磨平了，项目才落地，带着笼套下到我们村，10座庭院式光伏发电站。

我总算心安了，没白驻村一回，有太阳当诸葛亮，即便我期满回城，也不必惦记村里的"阿斗"了，有阳光"照顾"他们呢。十个村民小组，精准帮扶，每组都有一户借到了我的"光"。这就意味着，这十户人家，不仅白得了二十多万元的固定资产，每年至少有3万元的电费收入。

天上掉馅饼的事情，就这样发生了。十户坐享其成的人，被砸得有点发蒙，说我是菩萨。我赶紧躲开，不敢贪天之功，钱是国家拿的，乡村振兴专项，我没掏一毛钱，不过是"大自然的搬运工"，把雨点挪进了我们村，滋润了十户不会赚钱的人家。至于拿走了属于谁的雨点，我就不管了。

有雨点，是好事儿，辽西以西，把蛤蟆都旱没了，谁不盼甘霖？可当我触摸到雨点时，却感到格外凉，做好事做出了一大堆麻烦。

国家很慷慨，村民却很计较。这滴雨点儿，太大了，大到落一回，能吃一辈子，谁不想淋到自己头上？这么多财产，白来的，眼红啊！何况只要有太阳，每天躺在炕头上，至少有一张红票子从天而降，那可是吃不完的馅饼。

纷争是难免的，别指望村民个个是活雷锋。

好在我有预判，跑光伏项目时，我是背着村里，甚至镇里，主要怕跑不成，又成了笑柄。村支书武维扬对我很有意见，找他给我签考勤单时，鼻子不是鼻子，脸不是脸，责备我跑回沈阳待了一个礼拜，回来还让他签字，罚我一瓶五粮液。我笑着承纳了，不是我不想告诉他，村里没有秘密可守，就像看到天上飞来大雁，没等拉弓去射，就先争起了怎么分配，结果，大雁飞过去了。

我不想让光伏项目成为飞走的大雁，只能先把大雁打下来再说。项目资金下到县里，快要公布前，我张罗着在全村51个返贫边缘户中摸底，让全村人都参与，每组评出最穷的一户。武书记特别不高兴，说你又整景，镇里都没安排，别没事儿找事儿。

我说，阳光普照的事儿，不是不可能，咱不把底摸清楚了，好事来了，也会擦肩而过。"阳光普照"我的语气是加重了的，这么说，等于向他透露了些信息，他若是灵光些，就能有所悟。可是，他乌涂惯了，只是看在春节时我送他一箱鱼的面子上，陪我走了一番过场，在各组间煞有介事地搞了次评选。

没有原先扶贫办的人跟着，武书记又轻描淡写地说，周书记想找各组最穷的户聊聊，想想辙，咋样才能吃喝不愁。大家见我不掏钱，也没拎米面油，以为又是空对空地打嘴炮，反倒无拘无束了，你一言我一语，在比较中不停地肯定和否定，真的把最穷的户挑了出来。

到那十户人家串门时，我貌似问寒问暖，眼睛却在丈量他们家院落的大小。好在我们村不缺地，家家户户都是大院套，别说是人，猪牛羊都能随便地溜达。我想，安装光伏时，顺便圈出牛羊圈，让光伏板给牛羊遮风挡雨避太阳。

最穷的户，各组也千差万别。穷的是真穷，说裤子都穿不上，有点儿夸张，但脏得迈不开步，苍蝇能糊住脸，却是真的。唯有三组南营子评出的韩春圃家，没有一点儿穷困潦倒的样子，干净得一尘不染。别人家六畜兴旺，他们家却六畜皆无，庭院里菜畦整整齐齐，甬道旁还种有月季和蔷薇。

韩春圃被三组评为最穷户，我一直觉得挺硌扭。他是三组的组长，长着瘦高个儿，机灵百怪，有一张死人能说活了的巧嘴，说他赚不到钱，打死我也不信。在三组评完最穷户，回到村部，我对武书记说，换一户吧，组长怎能成为帮扶户？

武书记黑着脸说，组长怎么了，非得富人当？你信不着我，也不信大伙儿？你愿意要单帮，就耍吧，自个儿回三组去，我不陪你！

毕竟我是外来的，左右不了村子的"政局"，对我的话反应如此强烈，他们之间肯定暗藏啥玄机，瞒着我罢了。村里的事情，一旦定下来，别轻易掀盘子，村班子一旦咬不住黄瓜，村民会翻脸不留情，步步紧逼，集体的决策会被打得稀里哗啦，村党支部立刻成为摆设，唾沫就会沾满村部的门玻璃。

韩春圃是穷人，南营子全屯人都认可了，我杀个回马枪，等于和三组、和武维扬两头宣战，自找不顺当。

好在我认识韩春圃一年多了，杜会计常给我讲村里的人情世故，也包括韩春圃的家境，说他家城门挂纱灯了。老婆得了癌症，到北京治了三年多，花掉了韩春圃七十多万，还是没能保住命，弄得个人财两空。村里人的习惯，小病扛过去，大病等着死，非必要不去医院。韩春圃不识趣，非得到医院填沟，结果一夜回到解放前。

这一点，我倒挺佩服韩春圃，为救老婆，明知不可为而为之，够爷们。但一码是一码，评他为三组最穷的户，我还持保留意见，他家青堂瓦舍，窗明几净，家电俱全，院里还停着辆小汽车。虽说户名不是他的，捡兄弟家的剩，毕竟属于有车一族，燃油保险的钱都由他花，穷人能做得到？说他不是富户，情有可原，说他是最穷户，南营子该是共产主义了。

水不来先叠坝。我心里不托底儿，一个球就踢了回去，给武书记打了个预防针，韩春圃这儿若是鼓了包，你得出面摆平。武书记嗅出点啥味道，盯着我的眼睛，瞅了大半天，问我，你这话是啥意思？啥意思我不会和他说的，让他自己猜，项目不到现场评估时，我决不会向武书记摆明，反正他说过我，摆弄字儿的，除了能划拉点儿破书，啥本事也没有，村里建图书馆，有鸡毛用？

武书记所说的本事，就一个字，钱。

要相信人的第六感觉，村里涉及钱的事儿，准会是猪八戒生孩子——难产。凡是利益，哪怕是蝇头小利，都有人想多舀一勺。不管多好的事情，不费一番周折，甭想办得顺当。光伏项目公示后，村里果然炸了营，不少人想推翻先前评出的最穷户。

幸亏调查最穷户时，户户都有签名，是真评出来的，证据都留下了，凭啥不认账？也幸亏我提前请各村民组长喝了场大酒，村民组长信誓旦旦，保证评得最公平，谁他妈的有私心，喝到肚里的就不是酒，是百草枯，坏心肝、烂肠子。

各组的组长，不是村里的梗梗，就是家族势力的代言人，有的当到了七十多岁，还干得劲儿劲儿的。别小瞧了村民组长，我们是合并的大村，组长都是一方诸侯，每个自然屯里的事儿，别人针插不进、水泼不入。他们有平事儿的本事，也有挑事儿的能耐。村支书想当得顺溜、不磕绊，还得认势力范围外的组长当干爹。

我奉献的习酒，他们没白喝，我亲自下厨，在村部做的清蒸鲟鱼，他们没白吃。那些来村部找我麻烦，指鼻子骂我选最穷户时搞欺骗、偏心眼、捞好处的人，被组长们骂成了狗咬吕洞宾，又被连踢带打地领走了。

见纷争被平息了，施工队才将光伏的基础桩与合金支架拉到村里。省电网的小徐也跟来了，和我一块儿住在镇里的宿舍，他负责项目监理和事项协调。到省里跑项目时，我认识了小徐，他戴着金丝眼镜，小脸长得挺紧凑，不苟言笑，一举一动，和电脑里的程序一样准。他是技术大拿，也是管理的行家，省公司老总的红人，这次指定和我对接，负责整个项目。

我向小徐保证，村里已安排妥当，施工不会受到干扰。然而，打脸的事情还是发生了，组内矛盾被组长压住了，可按倒了葫芦起来了瓢，组外的冲突却骤然发生，这是我没有预料到的。

施工队进驻三组韩春圃家，准备下地桩时，意外发生了。曾兆舫带着曾家的兄弟，还有二组的人，拿着棍棒，气势汹汹地来了，拦下了施工队。小徐瞅着我，眼镜里闪过一道冷光。他一脸的埋怨，施工是按照步骤进行的，一处窝工，全村都会受到影响。

我也挠头，这确实是我的疏忽，全村十个村民组竟有八个自然屯，稀稀拉拉地分布在二十平方公里的土地上，不是一个自然屯的人，有的相互间都不认识。十个村民小组，最穷的户，是各组评各组的，互不相扰，阳光普照，肯定能十全十美。谁能想到，矛盾会在互不相干的小组间拱出，曾家兄弟不在二组好好待着，跑到三组南营子来搅事儿，真不让人省心。

评韩春圃为三组最穷户时，我就犹豫过，一碗水端不平，我在五龙就得失（湿）身，真是怕什么来什么。既然武书记给韩春圃打过包票，现在惹出麻烦，他也别想躲着。我给武书记打了电话，他倒挺痛快，没多久就驾车到了现场。下了车，不但没劝曾家人走，还抱着胛瞅笑话，皮笑肉不笑地拱火，别吵吵，真动手，再打死一口子，就有人管了。

哪有这么当村支书的，不但不当灭火队长，还火上浇油，真不怕光伏项目煮熟的鸭子飞了。我心里又气又恨，小徐也在逼我，拧着眉头问，窝工会产生费用的，预算可丁可卯，这笔钱谁掏？村支书不怕事大，三组组长又是当事人，我只能求二组组长李梓军，让他把曾兆舫带走。李梓军在电话里支支吾吾，说他在黑龙江，只能带走熊瞎子。

瞪着眼睛说假话，早晨我还看到他开着大吉普，去了矿上，当他的矿长，一转眼就说到了黑龙江。在乡下，我也学粗了，骂他，你屁股长火箭了，一个窜天猴就到了黑龙江。他说，是疖子早晚要出头，没有这件事儿，还有别的事儿呢。我说，别的事儿我不管，这件事儿你得帮我压下。李梓军打哈哈，黑龙江的水很清，要不，我给你带回条大马哈鱼？

电话白打了，习酒也白喝了，反正二组没事儿，李梓军不想蹚浑水，千呼万唤不出来。

韩春圃在护林防火和疫情防控时，厉害得很，喊一嗓子，鸟吓飞了，人吓哆嗦了，没有管不住的。可曾家人围攻他家，不让施工，他却像只病猫，蹲在炕梢，一声不吭。好在三组的韩家人挡出了一道长城，曾家人想进院里，除非大打出手。所以，两家人隔着墙，骂成了一团。

我本想快刀斩乱麻，请镇派出所蒋所长出面，把挑头闹事的曾兆舫抓走。村会计杜尚阁打来电话，让我遇事别慌，到他家坐坐。杜会计是村里的六朝元老，当了四十年的会计，无论村支书怎么换，不换的只有他。虽说早过了六十岁，依然被返聘回来。他是村里的活账本，闭着眼睛都能说清楚所有的数字，村里离不开，镇里舍不下。尽管他再三推托，当老板的儿子也不想让老爹再受累了，架不住镇里包村副镇长三顾茅庐，他不得不又拿起熟悉的算盘。

杜会计是七组人，家在岗岗沟的后沟，离南营子很近。他做事特别严谨，滴水不漏，找我过去，肯定和解决光伏问题有关。反正现场有武书记盯着呢，剑拔弩张也好，大打出手也罢，他别想逃避。

我驾车出了南营子，一路向东，不消三五分钟，就到了岗岗沟。杜会计的家是前后两个大院，前院六畜兴旺，后院像个花园。进了屋里，更是豁亮，装修格调不亚于城市里的大平层。我无心欣赏杜会计的家宅，迫不及待地让他出谋划策，想尽早摆平这场风波。

杜会计不慌不忙地给我倒茶，不紧不慢地说，曾韩两家，结仇四十年了，神仙也化解不开，没缝还下蛆呢，韩春圃得了这么大的好处，曾兆舫不挑事儿，那才怪了呢。在杜会计的慢慢叙述中，我终于知道了深藏在村里的一道伤疤，那就是曾兆舫与韩春圃仇恨的由来。

单看两个人的名字，就与众不同，父母没有文化，起不出这么雅致的名字。四十年前，两个人的父亲都在五龙小学教书，都是出色的民办教师，都为了转正，不分昼夜地教书育人。他们俩等了十几年，谁都没等来转正的指标。突然有一年，名额落到了五龙小学，然而，指标却只有一个。

论资历，俩人同一天来学校，考试，两个人都是满分，投票，平分秋色，不分伯仲。唯一的指标，究竟给谁？上边懒得当裁判，全权交给校长，校长没辙，也不想得罪人，把他俩送进一间屋子，让他俩自行商量，商量出结果再出来。这种事儿，是商量的吗？就像斯巴达克进斗兽场，除了你死我活，没有别的结果。

学校的那间空屋子，成了两人的角斗场，谁也不肯让步。说着说着，两人就吵了起来，吵得相互揭短，小时候尿炕，长大了偷同学东西，困难时期往家搬生产队苞米，当老师猥亵女生，偷看女老师厕所。不管丑事儿有没有，先让对方名声扫地再说。

吵嘴的结果就是动手，开始是两个人动手，后来是两个家族动手。少年韩春圃拿着锄头，一下子砍进曾兆舫父亲的太阳穴。韩春圃犯下了人命案，被抓进去劳动教养。毕竟人命关天，曾老师虽然死了，韩老师也没得到转正的机会，因聚众斗殴，被下放回家，没等儿子解除劳动教养，在忧郁和恐惧中，早早逝去。

死人不可能转正，曾家不甘心，以抬尸进城相威胁，逼迫县教育局局长给曾父办个公办教师证书，以慰亡灵，还要按公办教师死亡的待遇，发给曾兆舫的母亲遗属费。曾家已经抬尸上路了，一旦抬到县政府，事情可就闹大了，县长问责，最轻的是让局长腾位置。局长只得违规同意，一次性给了曾家补偿，只是拒绝了后来提出的要求，让正在念初中的曾兆舫接班，或者当民办教师。

没有父亲的管束，又目睹了父亲的死，眼镜孩曾兆舫无心念书，成绩由全校第一名一落千丈，最终连重点高中都没考上，只好回村当农民。

一个转正名额，毁了两家。

谁都说时间能抹平一切，可在乡下，时间没有意义，世仇就是世仇，会传宗接代的，很难被时间消弭，就像巴以冲突，除非一家迁往他乡，否则会世代计较。光伏的事儿，又给了曾兆舫复仇的契机，他高低要把这件事儿搅黄。

光伏无法安装，韩春圃只是吃不到天上掉下来的馅饼，最大的受害者却是我，项目是我费尽心机带进村里的。我曾信誓旦旦地说，这里民风淳朴，施工队进村，村民们将会箪食壶浆。结果，光伏合金架进村，连个看热闹的人都没有，卸到谁家门口，帮扶户大多麻木得连口水都不懂得送。阿斗还知道给诸葛亮叫亚父呢，他们还不如流浪的泰迪懂得热情。没办法，他们真的不如阿斗，阿斗是智慧的，他们不是痴茶呆傻，就是病得只会哼哼，否则怎能混到让人救济的程度？十户中，韩春圃是唯一的机灵人，最懂待宾之道，把水果买了，茶水都泡好了，小羊也牵进了家门，可施工队却被挡在外边，进不了家门。

一家受阻，影响的是整体进度。施工方要赔偿，村里不可能承担，只能抓我这个冤大头。我怕的不是这个，怕的是项目跑了，许多村子等着要项目呢。一旦上边的某个人恼了，一拍桌子，换了村子，我损失的不仅仅是心血，更是脸面，让那位副省级领导情何以堪？

别看杜尚阁只是个会计，却是我们村幕后的主心骨。我问杜会计，在三组换户人家？杜会计摇头，三组就韩春圃一个帮扶户，不能换。我说，换到别的组？杜会计说，那更不行，本来都不高兴呢，那是水滴进了热油锅，非炸了不可。

我没咒念了。

杜会计说，我把两家找来，在我这儿私下谈，谈妥了更好，谈不妥，我再想别的办法。

我虽然认可了谈判，却总是心有疑虑，那是积累了几十年的仇，就像俄乌冲突，无法谈拢，哪怕到菩萨那里谈，也会闹翻。到时候，别把杜会计家的玉摆件和民国胆瓶都给砸了。杜会计让我别担心，会给他面子的。说完，他打了两个电话，说的都是一句话，到我家来。

没过多久，有辆旧捷达车停在了杜会计家门口，这辆车我认识，镇政府值班员曾兆光买的二手车，据说只花了两千块。果然，车里钻出的小个儿光头，边走路边拨浪脑袋，正是他。我很疑惑，他来干什么？杜会计说，我找的就是他。

曾兆光住在八组石门子沟，在镇政府上班，是临时工，依然是我们的村民。我之所以很快地在村里进入状态，与他不无关系。他晚上值班时，常把我拉到值班室闲扯，郑重地以党员身份愤愤不平地向我灌输村里的百态。

他之所以愤世嫉俗，事出有因，当了十五年兵，被安排进了镇派出所，因精简机构，被下放回家。重新回到镇里，却没有了他的编制，成了体制外的人，心里愤愤不平。毕竟有过部队的教育，又熟悉村里的情况，四年前，五龙原支书韩三良被村民告了下来，镇党委薛书记见他总能把村里的事儿说得条条是道，问他回村当书记，愿意不？

曾家从未有人在村里说了算，回村当一把手，他当然愿意了。薛书记借此也是一举两得，调动曾兆光的积极性，回去收拾烂摊子，还排除了个上访隐患。镇党委会很快通过了薛书记的提议，副书记还专门找曾兆光谈话，只等第二天送他上任。

当天晚上，曾兆光异常兴奋，这辈子终于被重视了。他特意杀了只羊，提前庆祝，请关系不错的村民组长和亲戚大吃一顿。喝酒时，他夸下豪言壮语，五龙村比平原地区的一个乡都大，村集体欠一屁股外债，天大的笑话，光耕地跑冒一项，就能补上窟窿，他要秉公用权，重新丈量土地，追回拖欠三十多年的承包费。

土地的实际亩数，机动地的分配，都掌握在各组组长的手里，曾兆光的这番表态，无异于古代的削藩令。这边喝酒呢，那边的韩三良已得到了消息。屁股再沉，村支书的椅子也不能赖一辈子，韩三良不怕有人代替他，怕的是秋后算账，尤其是曾家。有人告他，曾家就是后台，曾兆光脱不了干系，这个人专门研究政策，太可怕了。

韩三良立马行动，让韩春圃和其他几名没去喝酒的组长出面，一夜之间召集了两百多人。天没亮，他们就赶到县委大院，反对镇党委不经选举就任命村支书，控告曾兆光是上访专业户，扰乱社会秩序的罪魁祸首。

经查实，曾兆光确实有进京上访记录，县里当即否定了镇里的任命。乐极生悲，曾兆光嘚瑟丢了到手的职务，弄得鸡飞蛋打，颜面扫地。武维扬捡了个大便宜，各方妥协，把酒蒙子推举上位，说他难得糊涂。

曾兆舫闹事，杜会计找别人来谈判，肯定有他的道理，起码，族弟当得起族兄的家。杜会计没给曾兆光倒茶，甚至屁股都没抬起来，只说了两个字，来啦。曾兆光知道这个项目是我拉来的，凑到我身边，特意跟我解释光伏不能安到韩春圃家的道理。

其实，曾兆光不说，我也大体知道。包裹在五龙村里的小山包不简单，接二连三的都是藏宝山，有着品质极好的膨润土矿。二十年前，镇里终于松口，允许五龙村开一个矿。村支书韩三良是三组人，当然偏向三组，将南营子西南的一座山包辟为矿区。韩春圃事先得到消息，一夜之间在山上栽了好几百棵果树。矿山发包出去时，三组每户至少分得三五十万租地费，韩春圃头脑活泛，树卖出了天价，补偿费得得最多，七十多万。

曾兆光和我重复这件事儿时，茶几拍得山响，茶杯吓得在我眼前直跳，仿佛求我捂住。他吼道，三组本来就没有穷人，硬栽个贫困户，给媳妇治病，借口而已，这么多年了，他放出去的高利贷，都快翻番了，光伏设备安在韩春圃家，是亵渎了精准帮扶的政策，歪曲了党的形象。有人阻拦，那是维护正义，也是在保护你，别犯低级错误。

果真厉害，上纲上线了。

谈判不可能是一个人，等了好一会儿，另一个人姗姗来迟，一辆路虎车在杜会计家门口戛然而止。副驾驶下来一个人，高得像个大骆驼，一头板寸白发，根根晶亮。驻村这么久，我从未和他谋面，但从人们的口口相传中，已经猜出，他就是韩三良。显然，司机另有他人，家人或花钱雇的，我就不清楚了。自己有车不开，才是牛×的标志。

看到韩三良进屋，曾兆光的刻薄话立刻遛了过去，哟，你这只苍蝇真能挺，还没进去呢，做梦没吓醒了？里边的窝头能减肥，早尝几天还能多活几年，别在外边蹦跶了。

韩三良的一大坨肉呼扇一下子，坐在我身旁，沙发像地震了。他看着曾兆光冷笑道，托你的福，屁股早擦干净了，坐哪儿都不怕。

对待两人，杜会计接待我时的热情全丢了，冷淡地扫了他们几眼，对韩三良说，有茶，自己倒。

毕竟，我一直是旁观者，杜会计还是有偏向的，起码他给韩三良让茶了。韩三良却不领情，你那个破砖茶，熬奶子还行，我车上有明前龙井，茶是处女摘的，专门败火，老曾对你最管用，去车里取。

曾兆光说，不使唤人，你会憋死吗？

韩三良哈哈一笑，称曾兆光说对了，他使唤了一辈子人。我看到，杜会计的眼皮耷拉了一下子，显然不愿意，只是没表达。他当村会计这么久，有一半时间侍候韩三良。接下来，韩三良把话题转向我，驻村快两年了吧，也没到我家串串门，给你留的小公羊都长成种羊了。不用杜会计介绍，双方都知道谁是谁，说明他早就探到了我的底儿，等着我拜码头呢。

杜会计不愿意听含沙射影的话，开门见山地说，找你俩来，就是别把周书记的好心给弄砸了，你俩想个辙，把光伏的事儿给圆下来。

我们村受蒙古文化影响，喜欢直来直去。他俩的说话不再含沙射影，直率地亮明观点。曾兆光认为，三组早就富得流油了，没人有资格装光伏，若强行安装，组织百八十人去县政府，谁都会。韩三良的表态倒是出乎我的意料，他没给韩春圃撑腰，而是强调，指标一组一个，凭什么欺负三组，装在谁家他不管，缺三组，这事儿就没完。

谈判没有结果，谁也不肯妥协，车轱辘话来回说，还是僵局，两个人都甩袖子走了。

虽说远来的和尚好念经，他们只是听我念经而已，涉及利益，我只会被乱麻缠住，尽管好事是我给他们带来的，我永远是他们眼里的局外人，哪怕我迁入村里，成为村民，也融不进他们的圈子，因为没有血缘。

小徐是刻板的人，肯定按规矩走流程，我们村子进行不下去，还有很多村子等着呢。人家不愿意看村里人吵架，也不愿意与我为邻，干脆不住镇里，跑到县城红山，住进了国际酒店。我理解小徐，镇政府的食堂是粗茶淡饭，宿舍是硬板床，有虫子叮咬，更有马路噪声的骚扰，泡个热水澡总比听不堪入耳的辱骂强。

看我急得直挠脑袋，杜会计一笑，安慰道，车到山前必有路，找武书记去，让他召集个两委会，会上商量。

两委会，名声很大，人员很少，两委班子加上我，四个人大眼瞪小眼，谁也拿不出办法。武书记干脆表态，老杜，都听你的，你说用啥招儿吧。杜会计久经风雨，先把自己择出去，他说，记录上别写我，我不是两委委员，是你们研究的。他接着说，曾兆舫也不是完全无理取闹，三组没穷人，明摆着呢，但组长把自己弄成帮扶对象，不讲究，我的主意是把这套光伏卖出去，钱分给所有的帮扶户，谁都不会有意见了。

武书记想了想，觉得有道理，点头了，但难度是烫手的山芋谁接？又一次大眼瞪小眼，这一次是他们三人，我是外来的，没有接的资格。最后，武书记嬉皮笑脸地对杜会计说，你家有钱，主意是你出的，你就替村里扛个灾吧。

杜会计早就想到了会是这个结果，一脸无奈地说，又拿我当泔水桶。

事情定下来了，就开始行动。武书记负责按住韩春圃，别让他爹刺儿，立马回家。其他两名支委把曾韩两家人都撵散了。我呢，直奔县城，把小徐请回来。事情似乎是按照曾家的逻辑，成功地围剿了韩春圃。

卖光伏的事儿，小徐同意了，他只对项目负责，才不管是贫困户、边缘户，还是帮扶户呢。组长们没意见，反倒倍加赞许，其他帮扶户立马能得到五千块钱，是喜从天降。只有韩春圃，那张见人就笑的脸成了苦瓜脸，谁让他年少时欠下一条人命呢？

闹腾了一天，事情就平息了，五龙村重新安静下来，街头上恢复了人踪难觅。小徐的存在，很大程度影响着施工方的进度，光伏板早铺上一天，逆变器早安装上一日，就意味着能更早地并网发电，帮扶户就会早得到钱。

趁着杜会计家也安光伏，我把小徐留下了。杜会计家舒适程度不亚于宾馆，我和老杜轮流买菜，老杜媳妇和我也轮流掌勺，偶尔也请厨师，让餐桌更上一层楼。一日三餐，我们都使出浑身解数，从蒙古特色到满汉全席，天天不重样儿。

品完佳肴，我开着车，拉着小徐，边在村里闲逛，边监督光伏施工的质量和进度。

那几天，天天风和日丽，阳光充足，蓝天被擦过般干净，仿佛在特意迎接小徐。小徐特别感动，感慨地说，这里的阳光真好，可惜土地被庄稼和树林占满了，没有了闲地。虽然小徐没明说，我也听明白了，十户乡村振兴的光伏项目太小菜一碟了，对不起天上的太阳。

开车回杜会计家的路上，我特意绕远了，绕到了南营子西南。那里便是韩三良当政时开发的膨润土矿，曾经的山包早已夷为平地，如今二十年的期限已满，县政府派来好几辆大铲车，推平了深深的矿坑，准备恢复土地原有的属性。

果然，像我猜测的那样，小徐连说了好几句停车。下了车，他站在坡顶，手搭凉棚，向下望去，那是一片平展展的南坡，有五百多亩，从早到晚，不浪费一丝阳光。小徐兴奋地说，在这里建光伏电站，光电转化率最高，别浪费了呀。

说实话，这个想法，我刚驻村时就有，还曾跑过手续，却处处碰了钉子，只得作罢。我神色暗淡地对小徐说，矿山复垦，要求恢复原样，土地用途只能是恢复耕地，顶多是果园。

小徐说，混着这么多尾矿、砂石、黏土，能种庄稼吗？再说了，光伏板下可以种豆类、牧草，也能种沙棘，两者间的冲突并不严重。

我说，天天看冷脸，疲倦了，不想跑了，等着退休，安享晚年吧。

小徐说，我年轻，省里那块儿，我和老总去疏通。

衙门越大，越好办事儿，关键是县里这道坎就迈不过去，谁也不会为一个村的事儿担责任。我倒是希望通过小徐，一竿子捅到底，责任让上边担过去。可是，上边管的是原则，办事的都在下边，别怪人家不作为，问责也问不到上边，谁会为你担风险？

我们都在惋惜时，看到韩三良的路虎车蜿蜒地开了上来。我虽然身后没长眼睛，可路虎车的影子太大了，这几天一直在背后盯着我，瞎子也能感觉得到。

韩三良大腹便便地下了车，押着鸵鸟般的大步子，走到我们身旁。我知道他一直在收集证据，报让三组出局的一箭之仇，便故意不理他。他没话找话，公羊多了，容易打架，我卖羊去了。言外之意，三组是他的地盘，不欢迎我来。

我说，卖得对，五龙漫山遍野都是羊，我一根羊毛没薅过，你白跟踪了。这一点，是我的自信，我不善饮酒，还天天开车，武维扬一天三顿都离不开酒，还酒后驾车，他喝酒出了事儿，我得吃锅烙，背个处分退休，弄成晚节不保，不值得。我在村里，不拿一针一线，没短儿。

小徐沉浸在他的光伏目测中，没有注意我们之间的对话，转过头来，一语道破天机，超过两万千瓦时没问题。

都是千年的狐狸，谁也别瞒谁。韩三良顿时眼睛锃亮，立刻明白了我们到这里的用意，他拍着胸脯说，相中了这块地，没问题，我给你们兜底儿。

我冷淡地说，你是豪华型的，租地钱谁也拿不起。

他笑了，居然和我甩起词儿，信任是合作的起点，现在时兴的是合伙人，我们三组出土地，省电网出资金，电费收入都进程序了，明摆着呢，按效益分红呗。

小徐对韩三良感兴趣了，问道，县里的手续，你能跑全吗？

韩三良不瞅小徐，对我说，你把我当成武维扬了，只会窝里横，占小便宜，县里那帮瘪犊子，欠着我呢，不帮我办事儿，我整死他们。

说完，他鼓捣一阵手机，扔进了我的车里，对我说，拍啥录啥还有别人给我发过来些啥，都在里边呢，密码改成了你的生日，这几天跟踪你们，就当是学习了。

这个王八蛋，果然神通，居然知道我的生日。手机已经是人体的器官了，他交给了我，等于是透明人了，你还有理由不信任他吗？

韩三良说，我的要求不高，把光伏当成铁杆庄稼，庄稼能挣多少钱，只要不少于这些，我们三组都能接受，省下种地的时间，打工去。

最先接受韩三良的是小徐，他太渴望这个项目了，我也如释重负，起码这事谈成了，我就不负于三组了，三组又一次锦上添花。

韩三良走后，我对小徐说，他是个有争议的人，从北京转到县里的上告信有好几斤，至今没有结论。小徐一笑，光伏板下面，也有阴影，放马出去，让它跑吧。

第二天一早，我站在岗岗沟的上坡，顺着阳光望下去，远远地看到，韩三良的路虎车从南营子出发了，驶向了县城红山的方向。

被风吹硬的岗

　　我呆坐在村部，孤寂地望向窗外。辽西以西的大地，庄稼早已收光，田野空旷枯黄，绵羊三五成群，悠闲地啃食枯草，觅食遗落的粮食。天色湛蓝，南飞雁"嗷嗷"地叫着，悠长而又忧郁，是留恋，也是期许。尽管雁少得屈指可数，但我还是认真地数着，如同数着我在村里的挚友。雁回南方了，我也想省城的家了，在五龙驻村两年多，已然超期，百事俱了之后，是百无聊赖的等待。

　　突然，唢呐声从村东八组的石门子沟炸出，"呜呜"声低沉、粗壮、缓慢、悲戚，穿透山林旷野，回荡在全村八个自然屯二十平方公里的土地上，震颤着每个人的心房。雁叫声被湮没了，我分散的目光被牵回，落在几名村干部的脸上。这是报丧的大号，村里又死人了，会是谁呢？

　　村支书武维扬早已了然于心，满不在乎地吐着烟圈儿，轻描淡写地说，老曾真废物，得癌症没几天，吓死了。

曾家是村里的大姓，死的究竟是哪个老曾？见我面露疑问，武书记笑了下，你认识，镇里打更的曾兆光。我惊呆了，仿佛也被贴在了墙上，没有了反应。老曾是我在村里屈指可数的挚友之一，几乎无话不谈，唯一的毛病，与我的"其他指头"格格不入，有时让我很难堪，他却决不妥协。

癌症再重，也是慢性病，不至于说没就没了，多少能让人有个心理准备。一个月前，我和老曾还在镇里谈天说地呢，只是几个值班日没见，以为他在忙收秋，谁想到，会成永诀，真是世事无常啊。

初识老曾，是两年前的初秋，一个残阳如火的傍晚。我背着行李，拖着一对拉杆箱，入住镇驻村第一书记集体宿舍，开启了我退休前的最后一站。镇值班室迎出个人，吓了我一跳，秃顶、灰脸、短眉、鼠目、鹰钩鼻，还是个小矮个儿，活脱脱的座山雕。若不是在镇政府，我真以为遇到了劫匪。

这便是老曾，他脸上唯一让人舒服的，就是一口白牙，白牙一露，一扫脸上的阴鸷。接我时，我感觉得到，他的白牙亮得很夸张，洋溢着一种热情。他毕竟比我小两岁，还常干庄稼活儿，体力比我这个书生好些，拎着一对拉杆箱，一口气爬上四楼，还对我说，我也是五龙村的人，欢迎你。老曾的声音和他的模样反差极强，说的是标准普通话，还有共鸣腔，不逊于央视播音员。闭上眼睛听他说话，是种享受。

丑到极致，更值得玩味，老曾就这样吸引了我。

刚驻村那段日子，晚上回镇里，只要是老曾值班，我肯定会倚在床头，和老曾说话。我频繁接触老曾，不为别的，只想让他当"翻译"。村里人口音重，说的是蒙古语腔调的汉语，我经常听个一知半解。老曾是村里唯一会说普通话的人，他就是一把钥匙，"啪"的一声，解开我的"半解"，让我不成局外人。

老曾很在乎我这个"远来的和尚"，敞开心扉，知无不言。义愤填膺时，他的鹰钩鼻子在灯光下一闪一闪，仿佛是蒙古弯刀，一刀一刀地割我们这个"软弱涣散"的村组织，最终归纳出五龙村最大的问题就两个字——不公，期盼我能主持正义。

我驻村不到一个月，对各色人等，深浅不同地有所了解，老曾功不可没。仅凭这一点，老曾过世了，我必须到灵前一拜。我说，去看老曾最后一眼。武书记说，他活着就没有好模样，死相更瘆人，别去了，省得做噩梦。

武书记的劝告，成了耳旁风，我匆匆出了村部，驾车赶往石门子沟。

这个自然屯，深藏在山坳里，除了树梢和炊烟，见不到屋舍。一条路扎进屯里，便到了尽头，前面有青峰山挡着，达官贵人来了，也得走回头路。如此闭塞，通向屯里的路，人影难觅，尤其深秋之后，水泥路光洁如冰，整天孤独地反射阳光。

然而，这天却一反常态，报丧号像块磁石，吸引来散落在各屯的人们。水泥路不再寂寞，一辆辆蓝色、灰色、红色的电动三轮车，蚂蚁搬家般，集结向全村的东北角——石门子沟。我看到，电动车斗里，三三两两地坐着黑衣人，手里抓着拭泪的白毛巾。车的扶手上拴着一摞黄表纸，随风飘出"哗啦啦"的声音。这一切分明地告诉路人，他们去吊唁。

村干部们说老曾性格古怪，爱树敌，人缘差。他们这样评价老曾时，我只当一面之词，因为镇党委书记老薛提醒过我，村里复杂，不管谁说啥，不能偏听偏信。老曾的对立面多，我是亲眼看见的，但敌人多，并不意味着朋友少，这么多人络绎不绝地去吊唁，能是人缘差吗？当然，也不排除有人怜惜他，毕竟英年早逝，惹人同情。

下到深沟，始见屯貌，屋舍都在沟坎崖畔。尽管我没去过老曾的家，但那里灵幡高挂，鼓乐哀鸣，我老远就发现了。老曾家的大门外，停留着一伙鼓乐班子，大多是二组人，班主喇叭谷完全沉浸在悲戚之中，腮帮一鼓一瘪地吹唢呐，吹得满脸是泪，不管谁来了，都视而不见。

老曾的灵堂不在屋里，院子里临时搭设的。屋小，吊唁的人多，装不下。可见，老曾生前不缺人缘。我进院时，满灵棚的人都起立了，密不透风的人群，不是各组的村民，就是亲戚朋友，我是唯一外来的，也是唯一的"官儿"——村干部。

我给老曾的遗像鞠躬时，知宾居然让孝家给我磕头还礼。我有些惶恐，这是最高礼仪，只有逝者的长辈才配得起。显然，老曾活着的时候，没少在家里和屯中提起我。可惜我辜负了他，一味在他身上榨取生活素材，换成作品，到死也没替他伸张正义。

驻村伊始，武书记对我就有误解，而且很深，这是我始料未及的，起因便是老曾。刚在一起搭班子，一件事还没商量过呢，突然就冷若冰霜了，我自己都想不明白，哪儿得罪了武书记，让他如此嫌弃我。我每天准时到村部，却天天吃闭门羹，铁将军冰冷地横在我眼前。没人给我配村部的钥匙，打电话给武书记，人家正忙秋收，没有闲人陪我。我像只流浪猫，在村里走街串巷，等待有人收留。

终于有人搭理我了，还捅开了谜底。我"流窜"到一处庭院外的打谷场，主人停下扬场的木锨，直接唤我周书记。我怔了下，毕竟，来村里没几天，也没见过几个人，认识我，肯定暗地里瞄着我呢。那人自我介绍，姓谷，村里人都把他叫喇叭谷。

我往这家的大门石上瞭了眼，发现一对倒扣的唢呐，便知道，除了种地，吹丧是他重要的收入来源。他告诉我，武书记在镇里有眼线，他和老曾形同水火，你和老曾那么黏糊，就是犯了忌，不给钥匙，你就会没面子待下去，窝在镇里的宿舍睡大觉，不在村里瞎搅和。

不给钥匙就想挤跑我？太小瞧我了。刨根问底是作家的天性，私家车就是我的流动办公室，我进村，想停哪儿就停哪儿，想找谁就找谁。我犯了拧劲儿，越是不给我钥匙，我越想打开村里的锁，探究其中的奥秘。更何况，老曾是现成的钥匙，每到周四、周五，就是他的值更日，我等老曾送上门来，给我答案。

晚霞映红天际时，我见到了脑袋闪着亮光的老曾，这天他当班。从镇政府食堂出来,我径直去了值班室,想和他唠个透彻。老曾亮出了白牙,却不是迎接我时的笑逐颜开,而是意味深长的哂笑,面目有些可憎。不言自明,他知道了我在村里的尴尬。

我想从他嘴里掏出对武维扬的评价,他说了句"竖子不能与谋",就闭口不谈了,只顾说自己的境遇,仿佛我这个从省直机关里来的人,能够改变他的命运。在老曾漫长的叙述中,我逐渐理清了他的经历。在五龙村长大就不提了,1983年他刚满18岁就当了兵,是通信兵,老连长一个字一个字地纠正他的发音,改掉了他叽里咕噜的蒙古语腔,成就了他字正腔圆的普通话。新兵连结束没多久,他就跟随老连长轮战到了南方战场。

老曾一生中最后悔的事情,就发生在战场上。"隆隆"的炮声中,他恐惧得不知所措,做英雄的梦瞬间吓丢。通信中的一个误操作,让他暴露了位置,老连长扑过来,把他压进一个弹坑。炮弹呼啸而落,炸在身旁,震得他眼睛发黑,嗓子发咸,五内俱焚,耳朵啥也听不见了。等他明白过来,发现弹片已经贯穿老连长的胸膛,老连长即使牺牲了,双手还牢牢地按着他的肩膀。老连长用命,护住了他。

这一幕是老曾一生的梦魇,他时常在夜里惊醒,然后望着房顶发呆。哪怕他复员回到老家,噩梦依旧如影随形,只有清明节不远万里,去一趟云南的烈士陵园,祭拜一番老连长,让泪痛快地流一回,梦魇才会按下暂停键。

从战场回来能安置,老曾不喜欢县城的工厂和银行,高低回老家的镇派出所当警察，即便不是正式的，以农代干也无所谓。他说，这个世界缺啥都行，就是不能缺正义，当警察，最能体现人生价值。

然而，二十年前，他的人生价值打了折扣。警察队伍转为公务员，没有干部身份的老曾，必须通过考试，才能成为正式警察。或许是炮弹震的，连接脑袋与手之间的神经在考试时短路了，白毛汗流得再多，也搭不上线，老曾几乎交了白卷。这般成绩，没法安置，自然被下放了，每月仅发一点儿生活费。

有工作时，老曾每年去趟云南，还不犯愁，收入锐减后，再去云南，就得勒紧裤腰带了。年轻的时候，老曾还不在乎，打工、种地忙活一年，手头不至于太紧，坐上绿皮火车，嚼着自烙的煎饼，多走几天也无妨，只要省钱就行。哭过一番老连长，心里就舒服多了。

年过半百之后，炮弹震出的毛病，开始折磨老曾，浑身上下，哪儿都疼，能把自家的庄稼侍弄妥当，就不错了，没有精力再去工地扛水泥，去云南的路费，也捉襟见肘了。一直认为活着就好的老曾，开始后悔，当了十几年警察，抓过的嫌疑人，数都数不过来，全镇能有个清平世界，老曾功不可没，毕竟他对镇情了如指掌。到头来，活得还不如村里三组南营子的组长韩春圃，真憋屈。

韩春圃第二次入狱就是老曾送进去的，他还公开叫板老曾白活了。这是老曾难以忍受的耻辱，他不嫉妒韩春圃当组长，监狱里还需要牢头呢。他憎恶的是韩春圃并没有被改造好，把村里的一个智障小伙当奴仆，天天给他家扫院子、劈柴火。

尊严是人的第二生命，老曾这才想到，应该找回自己的身份，不能一张卷子定终身，脑子的短路，是上战场的后遗症，不是他不会，不信，改成口试，他准能答对。时隔十几年后，他突然申请重穿警服，抓尽层出不穷的坏人，哪怕再遭几次暗算，丢了性命也无所谓，反正他欠老连长的。

找县里，都觉得是笑话，考场恐惧症再重，也不至于拿起笔眼睛就黑，看到卷纸脑袋就白。不过县里也没算白跑，退役军人事务局很客气地把老曾送到了民政局，解决了清明节祭拜老连长的路费，虽说是隔年报销一次，但总算有了开始。

找市里，居然在市委大院门口偶遇了市纪委于书记。老曾扯住于书记的袖口，于书记竟然不在乎他的丑，也没反感他的唐突，反倒停下步子，听他说。老曾灵机一动，说出了最关键的六个字，当过兵，打过仗。

于书记也当过兵，尊重上过战场的人，理解他的境遇，马上表态，不能让这个群体流血又流泪。老曾却固执己见，非要回派出所，哪怕当辅警也行，总比年轻的孩子有经验，他不在乎工资待遇，在乎的是公平正义。恢复老曾的警察身份，事关重大，于书记没表态，不过，去云南的事儿，他的态度很鲜明，一个民族最不能忘的就是英雄。他告诉老曾，不管隔不隔年，把去云南的票据贴好，到县民政局报销，不管人家说什么，不要分辩，在楼下等着就行。

老曾到达县民政局，碰了一鼻子灰。

于书记早就料到了，就会是这样。那时，市纪委正在抽查全市基层廉政情况，他顺势把县民政局圈了进来，要求对公款吃喝问题进行专项检查。县民政局局长慌了——隔级来查，肯定出了问题——打了一圈儿电话，终于弄明白了，起因是老曾。

全县上过战场的老兵，只有老曾一人丢了工作，扩大点儿优抚范围，没人攀比。坐在民政局台阶上的老曾，被请到楼上的会客厅，当了一回座上宾，喝上了一生没喝过的好茶。局长再也不把政策和原则挂在嘴边，不仅报了差旅费，还奉上了慰问金。

有些事情，一旦发生，就有了连锁反应。那时，薛书记刚来镇里，听说了这件事儿，怕老曾找起来没完，干脆安排老曾到镇政府值夜班，每个月睡几次觉都能赚上两千块钱，权当对派出所解聘他的补偿。唯一的要求，不管是不是值班日，外出必须请假，哪怕去的是外乡镇。因为，值班室不能空岗，一旦有人请假，需要随时补空。

表面上看，这是优抚老曾，深层次地说，是想办法把老曾拴在镇里。老曾向来遵守承诺，值班就是值班，像在部队站岗，哪怕读一夜报，也不会睡觉。

镇值班员共有三名，除了工资，福利待遇与机关干部无异，安置的人员也比较特殊，均是解决遗留问题，老曾便是其中之一。老曾仿佛被"平反"了般，对市纪委的于书记念念不忘。有时，他也会偷偷一笑，对他的第二位恩人薛书记敞开心扉，原来正义也有技巧，不必直来直去，于书记不愧是当大官的人。薛书记一笑，回答道，小官也要讲技巧，包括村支书。老曾挠挠脑袋，觉得失言了。

我把老曾这段往事翻出来，并不完全遵从老曾的口述，在听到别人的旁证后，才有了上述的文字表述。无论是谁谈自己，难免主观，我需要借别人的眼睛，校正准星。

守着老曾的遗体，望着老曾的遗像，我和许多人一样，不是礼节性地鞠躬、焚香、烧纸，慰问家属，然后转身离去，而是与大家同坐在灵堂，为老曾守灵。只是在白宴席开始时，我才短暂离开，第一杯酒敬的是躺着的老曾，泼在地上，权当他喝了。白宴是不能白吃的，我随了一千元丧礼。

鼓乐班子一直在吹，吹到天昏日落。我看到喇叭谷的唢呐口，渗出了藕断丝连的血滴，不知是吹破了腮，还是吹破了喉咙，抑或来自肺泡里的血。

镇值班室的三面门窗均是透明的，里面观察外面方便，外面看里面也很清楚。值班室有电视，也有 Wi-Fi，老曾却从来不玩手机，除了《新闻联播》和《焦点访谈》，他很少看其他节目，更多的时候是躺在床上，倚着行李看报。镇机关干部不是忙公事，就是忙私事，成摞的报纸不曾打开，老曾却逐字阅读，有时还拿笔做标记，拿剪刀做裁剪。他对我说，大报的文章，话中有话，要读出背后的东西。

后来，武书记终于看明白了，我无意"夺权"，只是看客，帮忙不添乱而已，不足以威胁他在村里的权威，才给我配了把钥匙，容我在村部栖身。有明白人告诉过他,让我驾车在村里到处流浪,听到的都是意见,遇到的都是反对,更加危险。不过,武书记还是忠告我,离曾兆光远些,全世界就他一个明白人,人精没饭吃,你看他活得个邋遢样儿,还教育别人呢。

其实,老曾只想教育一个人,这个人教育好了,县里就干净了,镇里也清平了。这个人不是县官,却比官儿更牛,他一跺脚,南山公园得晃,北山广场得摇,县财政得塌。他垄断了全县膨润土的采矿权,缴了全县小一半的税,有资格用鼻子说话。

这人叫李虢,街上传言,老虎一声吼,县长吓三抖。

老曾却不以为然,县长害怕,是被资本绑架了,百姓怕他个球,说是引进的外资集团,假洋鬼子罢了,资源是全镇人民的,他挖走了,肥了国外,穷了子孙,咱们吼他几声,咋了?羡慕李虢的人,把这当笑话听,赚到矿上钱的人,认为老曾是仇富。一个穷光蛋,去教育财神爷?再说了,两个人八竿子打不着,给老曾登天的梯子,也够不到李虢的脚丫子。

可老曾够得着五龙村的前任支书韩三良。

韩三良在位二十年,可谓神通广大。他扛一箱茅台进县城,就能让李虢唤来一圈儿县领导,再找一群心仪的男女相陪,转战到内蒙古的王府酒店,喝出了天上人间。五龙村的采矿证,就是在推杯换盏间,醉眼蒙眬地获批了。

五龙村的地下,蕴藏着丰厚的膨润土矿,挖掘机开进去,剥掉表层,一铲车就是两千块,开采权给谁,谁就会发大财。韩三良理所当然地把采矿权卖给了李虎,并且一卖就是二十年,承包费才一千万,贱到了鬼都不信的程度。即便如此,村集体一分钱也没得到,钱拿到手,还没焐热,全部分光了。矿区所在地,三组南营子屯的人,脸上的皱纹都笑飞了。

韩三良是个牛人,村里百年不遇的大事,他却不在现场。主持分钱的人是他的铁杆族弟,三组组长韩春圃,他早就跑到千里之外,潇洒去了。其他各组,眼红而已,钱毛都摸不到,谁让他们没有采矿证。

除了韩三良,全村人只听到辘轳把响,见不到井在哪里,义愤填膺了一阵子,想不出推倒重来的辙,也就罢了。几年过后,情景变了,矿区挖出了深坑,矿不再与村民们无关了,膨润土挖得过深,超过了地下水层,水被矿上抽干了。全村的地下水位急遽下降,莫说是浇地,就连吃水,也得重新打井。地面之上,也不消停,大风一刮,裸露堆放的膨润土矿粉,漫天飞舞,下风口的屯子,像下了场雪。

村里人这才恍然大悟,便宜三组人得了,挂落儿却让大家吃,上告信直接飞到了北京。虽说上边几次派人来查,但顶多是阻止矿山继续深挖,涉矿腐败的事儿,无从查起。韩三良满嘴是理,那是三组的事儿,和村里没关系,把自己撇得一干二净。到头来,这桩无头案,还得交给县里处理,韩三良自然安然无恙。

老曾搞过刑侦,知道这样告下去,只是治标,不是治本,弄不出啥结果。村民都是局外人,抓不到证据,仅凭推测告状,打不到狐狸，还惹一身臊。村民们到处串联告状时，老曾装聋作哑，没参与。打蛇打七寸，没有真凭实据，瞎折腾个啥。

见老曾无动于衷，上告无果的村民，把不满发泄到老曾身上，说老曾口口声声讲公平正义，原来是假的，事到临头，却躲到一边，是不是也同流合污了？激将法起了作用，老曾禁不起撺掇，自证清白的唯一办法，只能是妥协。结果，被公推为与韩三良博弈的头儿。

事实上，老曾早就按捺不住了，包矿的事儿有没有猫腻，暂且不论，毕竟是一对一的秘密，韩春圃都没资格知道。可掠夺和浪费资源，是明摆着的，开出的膨润土矿，最初的粗加工——焙烧——都在镇里，烟都让镇里人吃了，可药品、化妆品、陶瓷等精细产品，都拿到了国外生产，又高价进口了回来。一出一进，亏了谁，肥了谁，谁能说清楚？还有，一顿饭成千上万地花，一剩便是一桌子，不管钱是谁的，都是膨润土演化的，无度地糟蹋地球资源，就是罪过。

老曾要对不起薛书记了，不仅出镇，还要进京反映情况。他明知道这是徒劳，却不想让村民失望，只是客观地把上告信改成了请愿书，数百名村民按了手印签了名，恳请组织查明真相。

真相就是灯笼里的蜡烛，只见外边的光，不见里边的瓢。老曾敢抻头，类似飞蛾扑火了，撞狠了，和灯笼一块儿烧掉，撞不动，就燃烧自己，老连长的怀抱还空着呢。

一只小飞蛾就这样向资本的大象发起了进攻。

老曾进京，不是上访，而是找到当年生死与共的战友，疏通渠道，向上级反映情况。上边的纪委和环保督察都下来了，没完没了地刨根问底。县领导的屁股坐不住了，他们把薛书记找过去，骂他监管不力，县里又多了个污点。薛书记满脸的无奈，老曾又不是猪，扔进圈里就能养。县领导不耐烦了，骂薛书记是推卸责任，谁的孩子谁抱，你必须把五龙村的事儿给捂住，别再给我们惹祸了。

村里老鼓包，薛书记也上火，回到镇里，左思右想，找不出万全之策。但盐打哪儿咸、醋打哪儿酸，他很清楚，包都鼓在了韩三良身上，再疼也得割疮了。请愿书就是一把利刃，韩三良贱价出让矿山，渎职是秃脑袋上的虱子，就拿这事开刀。镇党委开会时，他传达了县领导的愤怒，剖析一番五龙村的痼疾，最后形成决议，免了韩三良，另选高人。

韩三良却满不在乎，转身就到李虎的矿上当了副总。在他的心目中，谁上位，无所谓，都是傀儡，幕后的绳，他拽着呢。

谁来接任，村里人跃跃欲试，都被薛书记否了，其中包括最有戏的武维扬。韩三良为所欲为，副书记武维扬只顾着当和事佬，薛书记不同意。空缺了两个月，薛书记终于忍不住了，问计于老曾。

让恩人挨了剋，老曾也很懊恼，但村里到处都是火药桶，也不能都交给时间解决。积怨越来越深，村子就更不像村子了。他向薛书记一五一十地道出村里的顽疾，还有依法依规的解决方案，说得头头是道。

薛书记一拍桌子，就你了，回到村里，一一落实，确保公平公正。老曾怔了片刻，随即喜出望外，他做梦也没想到，能回到村里当支书，撸胳膊卷袖表态，干出个样子来，不负养育他的土地。

到了正式谈话时，薛书记略有不安，他担心老曾太刚，缺乏柔性，语重心长地告诉老曾，别着急，先扎稳脚跟，慢慢地弥合矛盾，尤其安抚好各组村民与三组人的冲突，矿山抽水的事情，也要管起来，确保村里地有水浇、人有水喝。

镇里的任命文件都打印好了，准备第二天一早，送老曾到任。老曾抑制不住内心的喜悦，有些得意忘形了，当晚杀羊请客，畅饮庆功酒。遗憾的是，老曾杀羊时，忽略了一个细节，那只羊的眼睛水汪汪的，充满了乞求，叫声也不是"咩咩"，而是"爸爸"。如果此时住手，像薛书记忠告的那样，低调，或许就没有后来的麻烦了，可客都请了，人也来了，没有了回旋的余地，只能牺牲掉他心爱的小羊。

这边的酒喝得正酣，那边的韩春圃已经行动了，雇了两辆大客车，带着一百多人，连夜堵住了县政府大院，控告老曾，信访专业户怎能有资格当村支书！县领导最怕闹出群体事件，不管什么原因，必须立刻制止。凌晨，薛书记被县领导叫去，暴撸一顿，滔滔不绝的训斥，比老哈河水还旺盛。

太阳出来时，薛书记从县政府门前领回了村里的人。可风向标却变了，没人送老曾，镇党委的任命作废，印出的文件销毁，电脑上临时更名为武维扬，村支书的任命重新打印下发。老曾只欢喜了一个晚上，理想就成了煮熟的鸭子，一时的得意忘形，把自己弄成了烧鸡大窝脖。

武维扬白捡个村支书。

老曾虽然上火，却无悔，起码镇党委是认可他的。几个月之后，最认可他的薛书记，还是蔫不唧儿地调走了，不是传闻中的县人大常委会副主任，而是平调到一个默默无闻的小局，做着无足轻重的事情。临走时，薛书记对老曾说，没能当成你的老连长，我很遗憾。

这一刻，老曾浑身的热血都顶到了脑门，他本是个积极的建议者，怎么成了别人眼中消极的人？他不怨县领导给他的定位，谁让他活在最底层呢，没有话语权，只能不断地反映情况。可他怨县领导对薛书记的不公，缺一个好官儿，就会少了一片蓝天。

薛书记却大度地说，有时间读书看报了。

老曾却大度不起来，都这么麻木，都向往金钱，都沉迷于奢侈，老连长可真的白死了。他要用年轻时的刑侦手段，解决资本绑架权力的问题。为此，老曾花了两千块钱，买了辆旧捷达，配备了能接在手机上的望远镜，开始跟踪某些县领导。他录了好几十条他们出入高档酒店的视频，当然也有醉酒时与李虓勾肩搭背的场景。

当然，旧捷达跟踪李虓的路虎，常常被甩掉，何况老曾的背后还被一双眼睛盯着，那就是韩三良，跟踪是要冒风险的。不过，李虓却背不走他在镇上接二连三的矿山，生态环境是李虓最大的软肋。尽管李虓有本事"买通"天上的环境监测卫星，却无法买走老曾伸展的"眼睛"。

监测卫星再精准，绕到镇里上空的时间也是死的。每逢这时，李虓便用编织网将裸露的膨润土堆罩上，弄得和自然环境相差无几，莫说是卫星，人不到近前都看不出纰漏。卫星一过，原形毕露，载重车接成长龙，尘土飞扬地运来运去。

老曾及时补空，借助望远镜，拍了矿区的现场照，并且是带水印的照片，时间、地点、经纬度清清楚楚，证据确凿得不容置疑。他害怕照片丢失，或者手机出现意外，不等回家存入电脑，即刻发给监管部门。监管部门也毫不含糊，无缝衔接地给李虓下达了整改通知，证据比卫星照片还清晰。

环保监测系统的软件，设计得环环相扣，李虓想去疏通，机会被高科技压缩为零。上了网，就是板上钉钉，无法更改。结果招来了环保督察，县里和镇里的头头都被压得抬不起头，李虓还要支付大笔罚金。

这时候，我驻村已经快一年了，只言片语地知道了老曾的飞蛾扑火。有一次晚上值班，我看到老曾脸上的创可贴"横看成岭侧成峰"了，问他发生了什么也不说，手机也换成了更旧的，旧得勉强能上网。有知情人告诉我，老曾自不量力，虎口拔牙，被人家打了，手机也摔了。

老曾是在战场上摔打过的人，岂能怕受伤，他没有选择上访，也没有到纪委告状，而是选择了当堂吉诃德。他用了好几个月时间，学会了做小视频，还用他好听的声音做配音，把县领导和李虓一起出入高档会所的视频,集中一天全部发出去。视频做得很精彩,也很客观,模仿的是《焦点访谈》。转瞬间,视频像冷水滴进了热油锅,立刻炸了,此起彼伏,封都封不住。

第二天,视频里的县领导都被纪委带去"喝茶"了。或许因为茶太苦,或许是领导们养尊处优惯了,一点苦都受不了,说得个里出外进,互相不能成为证据链。既然对不上,就得刨根问底,结果越问越多,越多越关不住闸门,被穷追猛打得崩溃了,最终"泛滥成灾",牵扯到全县的相关人员。

韩三良的意志倒是格外坚定,他在社会上闯荡成了野猪王,皮糙肉厚得油盐不进。遗憾的是,县领导和李妩,都不是久经考验的人,把他交代了出去,旁证充足,照样定罪。办案人员问他,你一年的全部收入不足十万,哪儿来的百万进账?韩三良一脸的无所谓,说老婆搞破鞋赚的。

我见过韩三良的老婆,基本上是女版的老曾,韩三良终日采野花,与妻丑不无关系。他对办案人员说的话,不但我不信,鬼也不信。

老曾在拘留所只蹲了一夜,就出来了,他自豪地说,不信抬头看,苍天饶过谁。他只用针尖把窗户纸扎透了个孔,结果进来了斗大的风。不管怎么说,这一年清明,到云南祭拜老连长,他多了许多话题。

老曾仅用最简单的跟踪,就捅破了天,驱散了霾。

给老曾守灵，免不了要谈他的病，老曾患的是肝癌，发现时肚子都鼓了，村里人都说他是气死的。他走得这么急，我没来得及和他说上最后几句。可该说的话，他早已说完，该做的事儿，也做成了。他说这一辈子就是为公正活着，尽管力量微薄，不足以改变什么，但起码他在村里还是个"梗"。有他在，韩三良做过分的事儿，得藏着掖着，不敢明目张胆。有反对派盯着，武维扬办事也得公道些。

从某种意义上讲，老曾算是死得其所了。

夜渐渐深了，丧礼举行开光仪式，老曾的蒙脸布被揭开了。我看到，老曾仿佛成了蜡人，满脸的皱纹都舒展开了，眼睛也闭得特安详，一口雪白的牙虽然还露着，却粒粒如玉，样子不仅不吓人，也不像生前那么丑，只有鼻子还像一柄弯刀。

我承认，我和老曾性格迥异，我无意改变难以改变的事情，做个旁观者和记录者而已。老曾却不是，经常蚍蜉撼树，试图改变些什么，就连种地也不例外。谷雨到小满是播种的好时节，也是护林防火的紧要时，我天天奔跑在各个山头，看到全村只有老曾一人，还用老牛拉犁杖，用点葫芦种地。他种的不是高粱、玉米和谷子，那些是能够机播的，他是在自己开垦的薄地上种黑麦、燕麦、苦荞麦、黑豆、红豆、赤小豆，还有其他的五谷杂粮。

老曾邀请我秋后到他家，送给我这些五谷杂粮。这些粮食不仅纯天然，还是珍贵的种子库，他年年种，不是想赚钱，而是想保存种子，就像养儿子，总得给大地留点儿香火吧。我答应下来，老秋时节到他家串门，欣赏一下他家的种子库。

没想到，到了老秋，阎王爷点了他的名字，种子库我见到了，老曾却没了。

出殡那天，我抢下了头排的位置抬棺，尽管老曾瘦得只剩下骨头，但我依然觉得很沉重，必须挺起胸、昂着头往前走，才能显现出我的力量。模糊的泪眼中，老曾帮我拎拉杆箱的情景又浮现在眼前。

鼓乐队在灵前吹起了悲壮的《江河水》，最卖力气的依旧是喇叭谷。我看到，金色的唢呐口，又飘出了道道血丝，像飞扬的旗帜，溅入了初升的太阳。

老曾的遗体是在内蒙古的宁城火化的，因为一路向西，还可以不走回头路。装骨灰时，我发现了一块弹片，虽然他从来没说，也没人知道，可弹片分明是他受伤的证据。我拍了照片，同时把弹片收藏了起来。

大康的道路

我先认识的是大康的声音，那是2022年的小雪，村支书武维扬和大康通电话，用的是免提，两个人在电话里吵了起来。其实，事情并不复杂，大康想回家，武维扬不让，两个人在电话里骂起了祖宗。

大康的祖宗和武维扬的祖宗没有瓜葛，骂起来就没有了把门的，信马由缰，咋解恨咋来。村里人的姻亲关系错综复杂，一般不骂祖宗，怕不小心骂到自己。可是，对八辈子找不到血缘关系的人，有了纠葛，骂是轻的，整个你死我活，也不鲜见。村里最讲究宗族利益和裙带关系，裤腰带下没联系，即便翻脸了，也没顾忌。

两个人相差二十多岁，几年都碰不上一面，本来没有利害冲突。如此凶猛地对骂，怪就怪疫情，五龙也不例外，封村了，路口架起了铁丝网，狗都钻不进来，谁从外边回来，谁就是全村的公敌。

大康常年在外边开大货车，又和战友在北京合伙开了汽车修配厂，两条财路让大康成了五组敖包沟里最富的人家。富得五组扶贫的事情，都不需要村里管，谁穷就带谁家的人出去，到他的修配厂帮两年工，只要会出力气就行。

疫情闹了三年，修配厂没活儿，关了。可是，大康的长途货运却火了，专跑医疗物品配送，武汉、广州、上海，哪儿闹疫情往哪儿跑。各大医院是他的终点站，高速公路是他流动的家。然而，越来越严的防控，让他只许流，不许动，除了一扇车窗能摇下，封条把他关进了驾驶楼，吃喝拉撒睡都不能离开。

大康除了能把废弃物从车窗扔出去，不亚于圈养的猪。体味儿、汗味儿、残留的排泄味儿，风都吹不散，加上空间狭窄，钱赚得再多，也是憋屈。雪上加霜的是，大康他爹得了脑血栓，半身不遂了，撒尿都需要儿媳妇接，大康不想赚钱了，心急如焚地要挣开封条，回到村里，接替媳妇，不让媳妇天天难堪。

武维扬却不同意，你在外边咋折腾都行，就是不许回村，你敢回，我就敢抓走，送你隔离，我就不信，整不了你了。一听到整，大康火冒三丈。于是，双方的祖宗都倒了霉。武维扬说你家祖坟没冒青烟，有本事你让警车开道，送你回来。大康嘴更毒，你家祖宗裤裆流脓了，生出你这个垃圾人，把整个村子都弄臭了。武维扬干脆放开了国骂，把脓水都泼给了大康他妈。

越骂越不堪入耳，听的人都脸红，我躲了出去。本来，这场隔空打架，是可以避免的。那天上午，武维扬到边镇开会，挨了镇党委王书记的剋，项目没有，招商不会，饥荒一屁股，上访一大摞，替好人死了算了，还当个屁村支书。

当众挨骂，脸上挂不住，何以解忧，唯有杜康。中午，武维扬喝了闷酒，如果真的是杜康，或许就不会耍酒疯了，他酒量大，半斤八两撂不倒，可他喝的是八块钱一斤的散酒，高度的，自己喝了半葫芦，所以，又迈开了蝴蝶步。

大康的电话，来得确实不是时候，武维扬躺在村部的床上，抓心挠肝地打酒嗝，没说几句，两个人就开骂了，一直骂到日头偏西，手机没电。我回到屋里时，武维扬的手机已经滑落到枕边，他正在床上烙烧饼呢，嘴里嘟囔一句，小泥鳅装大龙，也想翻浪头，差得远呢，想回村里搅浑水，做梦都不行。接着，他又大声嚷了句，我啥也不干，就不犯错，能给我咋的？

酒后吐真言，他在说谁，我们都懂。

武维扬说完，真的进入梦乡了，村委会委员小卢瞅着我，满脸的尴尬。大康想回家，先跟小卢沟通的，他俩是同学，光屁股一块儿长大，说话方便。那时，武维扬正在外边饭店喝酒，小卢没了主意，问我一嘴，开大货的大康想回家，咋办？

驻村以来，我差不多每周都开车回家，特别注意防控政策。我知道，无论走便道还是上高速，关卡重重，必须出示行程卡、核酸检测报告，开具乡村接收证明，有专人到高速路口接。

疫情政策和出行经验同时告诉我，手续不全，难比登天。我把应该准备些什么，一一说给了小卢，小卢鹦鹉学舌，都转达了过去。大康经常出没疫区，防控政策岂能不知，无须叮嘱。何况他在上海阳过了，产生了抗体，不会传播病毒了，村里人不必担心。

小卢没觉得不妥，答应下来。给大康打印回村证明时，忽然发现，忽略了个环节——盖章。村里的章武维扬管着呢，锁在车里，随身携带，谁也拿不走。这就意味着，不管愿不愿意，大康必须给武维扬打电话，求武书记开恩，允许他回家尽孝。

我们商量完这一切，武维扬趔趔着回来了，大康的电话也跟了进来。武维扬断然拒绝，就这样，小卢是猪八戒照镜子——里外不是人。

武维扬在村里绝对是说一不二，倘若大康强硬回村，他肯定会把派出所的协勤找来，抓猪那样，抓走大康。真的这样，两家结怨就更深了。化解矛盾，是驻村第一书记的责任，尤其村支书和村民的矛盾，唯有我斡旋最合适，我是外来人，没有利益纠葛。

小卢带着我，来到敖包沟，做大康媳妇的工作，让她给大康熄火。大康的家虽不显赫，却也不同寻常，独门独院，前后通透的大院，套出六间青堂瓦舍。院的两侧，盖着东西厢房，仍没把院子挤窄，宽敞得小轿车只占据了院里很小的一角。

迎接我们进来的是一群高矮不一、大小不同的狗，它们翘着尾巴，来回摇晃，没有一点儿看家护院的意识。小卢说，村里的流浪狗都跑到了他家。

大康的父亲，瘫了半截身子，会动的那半边儿，也不利索，嘴角流着哈喇子，擦也擦不净，会动的那只眼睛，瞪得快凸出来了，直勾勾地看着我，挺瘆人。大康的媳妇，杏眼方口鹅蛋脸，腮上有红，是白里透红，不是村里常见的高原红，谁见谁都说，大康娶了个俊媳妇。

村里人爱嚼舌头，说趁儿子不在家，大康他爹扒灰。看到此番情景，谣言不攻自破，大康的父亲撒尿都快不知道了，哪儿还会有扒灰的本事。大康媳妇见到我们，眼泪一串一串往下掉，摔到地上能听到响儿，她说，太难了，一天要不断地翻身、按摩、擦洗，我一个人实在是弄不动了。

怪不得，进了屋，闻不到异味儿，大康的媳妇侍候得周全。啥话都不用说了，等到武维扬酒醒了，我也要劝劝他，别一棒子打死，灵活一点儿，让大康回来，居家隔离，还能兼顾老爹。小卢身高体壮，伸出双手，像抱孩子，给老人翻身，还答应每天早晚各来一趟，算是替发小尽孝。

小卢忙碌的时候，我很清闲地观赏着大康的家，他家的装修，完全参照楼房，包括室内的卫生间，若不看屋外，分不出城乡。卧室床头墙上，是一幅硕大的结婚照，床头柜上，摆着一个奖牌，上面有大康的名字，写着某某部队党员标兵。

我心里一惊，我经常浏览村党员花名册，记得差不多了，印象中没有大康。镇党委王书记曾问过我，找没找到村支书的后备人选？我把手机里的花名册打开给他看，五十岁以下的党员，几乎是老太太的嘴——一望无涯（牙），即便剩下几颗，也是龋齿，咬不动黄瓜。我们都在担忧，五龙村后继无人。

大康的出现，让我眼前一亮，不管能不能成为后备，起码多一个考察人选，让五龙村多颗硬牙。同时，我也疑惑不解，花名册里为啥没有大康？难道他在北京的修配厂有党支部？大康当的是汽车兵，专修野战重型车，经历过比武大赛，拿到过名次，所以，敢在北京操练修配厂，也许他的组织关系落在了那里。

回到村部，我劝武维扬，都在一个村住着，低头不见抬头见，别弄得太僵。武维扬没喝酒，却不减酒劲儿，恨恨地说，他在人前背后骂我是酒蒙子、糊涂虫，啥意思，不就是惦记我屁股下的椅子吗？老子天天喝酒不假，可谁也蒙不住我，老子的糊涂，是难得糊涂，老子的屁股就钉在上面了，他想都别想。

趁此话茬，我追问下去，这么说，大康也是党员了，他的组织关系在哪儿？武维扬知道说走嘴了，梗着脖子说，他爹偷坟掘墓，蹲过大牢，净干断子绝孙的事儿，能教育出好孩子？说出大天来，我也不收他。

按照党章，不允许有流浪党员，也不允许把组织关系揣在兜里，不按时交纳党费，就不再具有党员资格了，这是我最担心的。我也沉下了脸，直率地说，不接收人家，这是你的错。武维扬瞪着我说，他一年也回不来几次，我凭什么要他？

我说，党员还有出国留学的呢，我们就开除他党籍？

武维扬不耐烦地说，你是第一书记，你第一，你老大，你说了算好不，以后村里的烂屁眼子事儿，都你管。

我怔了下，实话实说，村里的关系盘根错节，都藏在地下呢，我真没有武维扬那个本事。就像房顶漏水，表象在滴水的地方，根源却不知藏了多远，让我调解这些烂事儿，只知其表，不知其里，就会弄得一地鸡毛，打不着狐狸，惹一身骚。

晚上开车回到镇里的宿舍，看到镇组委小郎加班，正好我的党费收据没取，就去了她的办公室。村里的党费统一交到组织办，六十四名党员，每人每年才五块钱，最多的交十块钱，象征而已，加在一起，没有我一个人多。

我拿着收据，间接地问，谁的党费交得比我多？小郎笑了下说，还真有，是姜大康，每年微信直接发我。我放心了，大康的党员身份坐实了，关系不在北京，还在镇里。

恰好，王书记当晚值班，我就把白天经历的事儿说给了他。王书记也笑了，镇党委书记有顺风耳，村里的情况瞒不住他。他只是对我说，周大哥，动了耳朵腮疼，你是作家，走马观花地下来，啥也看不到，给你点儿活儿，能体验到真相。

王书记当过文化站站长，擅长摄影，我们有共同语言，没有别人，他把我当大哥。他继续说，五龙是口泔水缸，不动啥事儿没有，越搅越臭，等到太阳晒干了就好了。到底基层经验丰富，他是让我既看到真相，又置身事外，还能让我不动声色地替他物色后备人选。

大雪过后，大康迎着初升的太阳，回来了，开着一辆厢式大卡车，车头上装上了一道防撞栏。那时，村口的防疫岗还没撤，各组的组长戴着红袖标，轮流站岗。早晨，正是冻得狗龇牙时，两个组长躲在车里，启动了发动机，吹着暖风，还觉得冷，缩成了一团。

大康是带着声势回来的，他的车上，放着个喇叭，播放着刚刚颁布的"防疫新十条"。喇叭声惊动了组长，他们快速下了车，挥动着手臂，去拦截，示意着开回去。

车开到铁丝网前，根本没有停的意思，直接撞了过去，吓得两个组长躲到一旁，羽绒服都被铁丝剐破了，羽毛在红红的太阳下漫天飞舞。有人公然闯岗，这还了得！武维扬得到消息，立刻报警，让派出所帮忙，把大康抓走，马上隔离。

蒋所长没好气地骂他，你是猪脑子啊，高速公路都撤岗了，全放开了，你还封个屁村。

本来，武维扬是理直气壮地给蒋所长打电话，没想到，挨了呲，立刻蔫了。纵使武维扬有千般毛病，接电话喜欢用免提，不藏着掖着，也是可爱之处。已经骂上了祖宗，武维扬不可能和大康见面，只能由我和小卢去接触。

临走，武维扬还叮嘱，看着点儿，不许大康和别人见面，外边都是病毒，别让他带回来。

再次来到大康家，远远地看到厢式大卡车停在大门外，走到近处，铁丝网还挂在防撞栏上。最先欢迎我们的，依然是那群流浪狗，疫情影响不到它们，依然无忧无虑地晃着尾巴。大康到门口接我们时，我看到，大康名副其实，挺高大，也挺魁实，只是戴着N95口罩，看不到真面目，好在我见过他的结婚照。

我们也戴着口罩，双方虽然近在眼前，却有一种距离感。小卢向大康介绍了我，我穿着羽绒服，口罩上面的眼镜又腾起了一层水雾，基本上属于白介绍。好在是信息社会，他在手机上搜了我的名字，我的真实面目一下子摆到了他的面前。

大康没有在我面前骂武维扬，病毒才是我们共同的敌人。他以亲历者的角度，对我们说，那东西无孔不入，防不胜防，每个人早晚都得过一次筛子，就像洪水，憋是憋不住的，总得找个渠道，让它泄下去。

这些，不用大康普及，我们也都知道，我俩来的目的，让大康待在家里，照顾老父亲，哪儿都别去。

大康有些激动了，隔着口罩都能感觉得到，他说，不成，我不但要走，还要走遍全村，给每家每户发药，水不来，先叠坝。

我愣住了，大康闯关回村，不单是为了照顾老爹。我忽然感到脸红，我只给自己备了药，还没有想到全村。

大康没有让我们进屋，还把媳妇唤出来，一起走到院门外的卡车旁。打开车厢门，我看到装得满满的药，他让我俩帮他把一箱箱连花清瘟、布洛芬，还有其他退烧、消炎、止咳的药搬下车厢，他和媳妇俩拆开大纸箱，把一盒盒药分装到塑料袋里。

搬到最后，大康不让我俩再搬了，我看到剩下的纸箱上写着苹果酸奈诺沙星胶囊、阿兹夫定等。大康说，这些都是治疗新冠肺炎的特效药，给感染重的人准备的，先不发。

本来，我和小卢是劝大康居家的，没想到居然成了他的帮手，心甘情愿地陪着他走遍全村。药是从五组敖包沟开始发的，不进门，也不入户，就放在每家每户的大门口。我本想把每个组的组长找来，让他们领回去，发给大家。大康不同意，信不着他们，怕他们把药贪污了，必须亲自送。

厢式卡车上的喇叭又发挥了作用，喇叭里放着大康提前录好的声音，发药了，发药了，抗新冠的药，赶紧出来取。小卢也在手机上忙碌，把大康发药的消息发到村民代表的群里，让大家互相转告，别错过机会。

从一组的前五龙到十组的喇嘛沟，全村二十多平方公里，整整绕了一天，五百多份药经过我和小卢还有大康媳妇的手，摆在了每家每户的大门外。在大喇叭的伴奏下，大康缓慢地开车，我借着后视镜，看到每家每户的大门打开了，拎回了药。显然，大康很懂事，怕我们俩为难，和所有人家都没有碰面。

天黑以后，小卢接到武维扬的电话，留我在村里喝酒。我不善饮酒，一直拒绝和他上酒桌，何况我还要开车回镇里的宿舍，决不能酒后开车。其实，我心里也明白，留我喝酒是假，试探虚实是真。我们在发药，他在村部肯定如坐针毡，本来应该村里做的事儿，让大康给抢了风头，他这个村支书，脸往哪儿搁？憋了一天，他总要问问，大康和村里人说了些啥。

大康走南闯北，啥事儿没见过，马上就明白了，抢过小卢的电话，开诚布公地说，我提前拉票贿选呢，咱俩2024年见，有本事你去告我。面对大康的挑衅，电话那头没有了回声。

今晚注定没人陪武书记喝酒。

疫情像洪峰一样来了,谁也不知道是咋进来的,谁传染了谁,咳嗽声伴随着鸡鸣狗吠,传遍全村。幸亏大康有先见之明,给全村人发了药,染上了,烧几天,吃上药,咬咬牙,就挺过去了,就当得了一次感冒,没必要蜂拥着跑到县城,挤破医院。

咳嗽重了,感觉到喘不上气来,就跑到大康的家,来领特效药。大康的家,比村卫生所的人还多,电话接得比村医还勤。

可是,谁都怕染上,没人愿意出车。这一点,武维扬还算敞亮,不管谁家老人病重了,他抬脚就走,随叫随到,加大油门就往医院里赶,哪怕住不进院,在走廊里打吊瓶,心里总觉得比在家里托底。我也染上了,属于轻症,烧了半天,提前吃了大康送我的阿兹夫定,病毒没有往嗓子下走,也和武维扬一样,拉上村里的重症,往县医院赶。

村里的人,大概有七成染上了,剩下的关门闭户,把自己严实地保护起来。说来也奇怪,接触病人最多的武书记,居然毫发无损,不知是天生具有免疫力,还是大酒包把病毒烧死了。

最不幸的是大康的爹,都来大康家讨药,无孔不入的病毒也跟随进来了,戴着两层口罩也没用。大康虽然有预防经验,也不缺治疗的药,可他爹的身体实在太弱了,上了呼吸机都没好使,挺了半个多月,病毒没了,人却没挺过去。别人家听到的是新年的钟声,他们家却传来了大康的哭声。

打归打，骂归骂，婚丧嫁娶都是村里的大事，一般都由村支书当知客。武维扬不请自来，主动操办大康他爹的丧事。死者为大，不管生前有什么事，都随着火葬场那股青烟一笔勾销了。况且在死者灵前言好事，也不会把恩怨带到阴间去。

随着大康他爹的过世，疫情像一场风暴，铺天盖地地来，悄无声息地走，很奇怪地没了。五龙村的人还是讲良心的，停灵三天后，那些阳过的人家，都来给老人送行，出殡的队伍比全民核酸检测时还长。三年了，村里死了老人，都是悄悄地出殡，悄悄地埋，如此声势浩大，还是头一次。

大康救了全村，却牺牲了自己的爹，不出来表示表示，显得太没人情味儿了。

让人意外的是，镇党委王书记、宣委小迟也来送葬。王书记听说大康为抗疫慷慨解囊，颇为感动，疫情来得比寒流还快，镇里猝不及防，大康当了及时雨。大康惠及的不仅仅是五龙，外村家里有重症的，花多少钱也买不来药，急忙跑到大康家求援，不花一分钱就拿到了救命的药，这是替全镇扛灾呀。

王书记替大康算过一笔账，这一车厢的药起码能值二十几万，疫情暴发时，能翻上十倍的价钱，眼看着能发大财，他却分文不取，这样的典型，应该宣传。

等到大康安葬完父亲，我陪着小迟去采访他，看到他家的大门已经上锁。解禁了，又赶上春节物流高峰，高速公路又成了游龙，北京的修配厂也重新开张了，大康还有很多生意要做，没时间待在家里，带着媳妇远走高飞了。

电话采访时，大康正在高速公路上飞奔，只说了句，你们看着办吧，又回到了他的安全驾驶状态。

疫情的阴霾像一阵风，说来就来，说散就散去了，快得不可思议。人们的生活又回到了从前，似乎什么也没发生过。如同遮不住的阳光，挡不住的风，村庄的节奏顺着季节的变化，一如既往。生老病死，在广袤的大地上，司空见惯地循环。忙完护林防火，春风已顶走了寒风，花该开还开，树该绿还绿。宽广的大地上，播种机在忙碌，武维扬又成为村里的核心，因为没人比他更懂种地。

春风越刮越浓，大地一片新绿，不知不觉间，夏天已经抓走了春天的接力棒。半年一晃就过去了，大康和村里毫无联系，就连家里的地，也转给了别人家种，菜园子也交给了邻居打理，这种状态让武维扬又获得了安全感。他心中也有个小九九，谁会傻到舍弃每年几十万的收入，去捧不够养家糊口的泥饭碗。就算到了2024年的选举，大康能舍得下生意，天天到村部里上班？借着疫情，吓唬他一下罢了。

芒种过后，武维扬不再忙碌了，家家户户的地都种完了。过了芒种，不可强种，除了荞麦，种啥都晚了。这个春播，武维扬全心全意地给村民选种子，找专家测土配方施肥，寻找水源覆膜、滴灌，抗旱播种。

武维扬向来舞马长枪，最会给别人挑错，忽然这么热心肠，是在为第二年的选举做铺垫呢,看来,大康对他的压力不小,这就是竞争机制的好处,鲇鱼不是捞出来吃的,它的作用是把水搅起来,让鱼动起来。

有人故意调侃他,武书记,大康给我们买药了,种子化肥钱你给我们掏了呗。

武维扬瞪着眼睛说,疫情一百年一回,我替你种一百年地呀!

夜越来越短,白天无限蔓延,这样的时节,太容易让人失眠了。我好不容易睡着了,手机的铃声叫醒了我,半夜三更来电话,准没好事儿。我没戴眼镜,很烦地摸到手机,电话里传来镇党委王书记的声音,让我替他去趟县交警队,把武维扬接回来。他在市里开会呢,没时间赶回。

原来,武维扬醉驾,被交警逮了个正着。我没感到奇怪,他天天喝酒,却天天开车,车里的酒味儿从来没散去过,还说没有四两酒,稳不住神儿。常在河边走,哪有不湿鞋的,被警察抓住,那是早晚的事儿。我奇怪的是,他酒后开车,总是在镇里绕,不会出这个圈儿,因为镇里没交警,这回咋就耀武扬威地作到了县城?

我不习惯夜里开车,因为叶天线上拉膨润土矿的大货车太多,大灯刺得我睁不开眼睛,太容易发生意外了。可是,这个活爹酒后舞马长枪到了县城,不知道是没喝够,还是去找小姐。我是驻村书记,我不接他谁去接?

好不容易进了县城,绚丽的彩灯和明亮的路灯顿时让我眼界大开,没有了卡车与我交会,我握着方向盘的手不再紧张了。进了交警队,警察说,武维扬血中酒精含量达到了140毫克/100毫升,不是今年有了新法规,直接送他进监狱,不用你来接了。

被交警抓住的武维扬,再也不是武书记了,比普通农民还尿,他央求着我,你认识县里的官儿,他们能帮你为咱村修路、安光伏,也能帮你把我捞出去,千万千万别处理我。

这时候才想起了不能酒后开车,已经晚了,神仙也救不了他。

武维扬说,好大哥,我不是故意的,我是太倒霉了。

警察说,若是不考虑情节,直接拘捕你了,还能让人接你回去?

究竟是什么情节,我有点儿蒙,作家最讲究的是情节,我得把情节弄明白。武维扬只顾急着求我救他,磕磕巴巴讲不好情节,情节是警察讲给我的,简单得只有几句话。警察说,车里拉着难产的孕妇,他接连闯红灯,还超速,我们把他拦下了,带进交警队醒酒,孕妇我们送进了医院。

武维扬说,对对对,孕妇你认识的,我们家邻居。

交接很顺利,毕竟救人一命,做的是好事儿,警察依旧按程序办事儿,救命和违法是两码事儿,不能混为一谈。回去的路上,武维扬不断地和我嘟囔,事情太急了,喇嘛沟那么偏,找到替我开车的人,血都流干了,两条人命啊。

我不敢分心,因为对面又有拉矿的大货车开来,灯光刺得我差点儿把车开沟里。武维扬说,你的车技还不行,我替你开。我生气了,大声说,教训还不够吗?这几年你都别想摸车。

镇党委开会了，我列席参加，纪检书记陈述了案情，讲清楚了武维扬醉酒驾车的来龙去脉，虽说当天放回，只是夜深了，不想惊扰看守所的人，让我替交警约束到他酒醒，事后还是拘留了他。集体讨论时，没人说可以将功抵过，一致通过了开除他党籍的决议，这就意味着，武维扬的村支书干到头了。

谁来接替，是个大问题。有人提议让我暂替，王书记不同意，周大哥都六十岁了，快办退休手续了，别让他搅这个泔水缸。我说，可以让大康试试，代理一段儿。大康疫情期间的表现，大家都知道，我的提议取得了共识。

王书记让我马上打电话，找大康回来，到镇里谈话。我把电话打过去了，大康和我说话是断断续续的，显然是在驾驶途中。我说，武维扬醉驾，被抓了现行，镇里让你回来，到村里主事儿。大康说，他醉驾跟我有什么关系？我说，关系大了，你不用等到2024年了。大康说，村里互联网时代还没入门呢，我在往星链网上赶呢，我们不在一个时代，也不在一个频道。我说，正因为如此，村里更需要你。大康说，村里是座荒山，我拉不动。我还想劝他愚公移山。他说，前面有交警，就把电话挂了。再打，他一直不接。

直到第二天上午，大康也没给我回电话，也没跟镇党委其他人联系。我从小卢那儿要来了大康媳妇的电话，大康媳妇没和大康在一起，坐镇在北京的修配厂，她说刚和大康通完电话，忙得脚打后脑勺，哪有工夫听村里的闲事儿。

王书记把我、镇党委副书记和组委小郎找到一块儿，开了个小会，王书记说，刘备还能三顾茅庐呢，你们三个辛苦一趟，亲自找大康谈，你们出差这几天，我临时兼任村支书，不让村里出乱子。你们一定要说服大康，带出个不一样的五龙。

我们出发了，开着我的那辆新吉普，走上了追赶大康的道路。